U0083072

比较文学与世界文学研究丛书

主编 曹顺庆

三编 第5册

英美学界的极简主义音乐研究（下）

周 姝 著

花木兰文化事业有限公司

国家图书馆出版品预行编目资料

英美学界的极简主义音乐研究（下）／周姝 著 -- 初版 -- 新北市：花木兰文化事业有限公司，2024〔民113〕

目 4+166 面；19×26 公分

（比较文学与世界文学研究丛书 三编 第5册）

ISBN 978-626-344-804-9（精装）

1.CST：极简主义音乐 2.CST：比较研究

810.8 113009365

ISBN-978-626-344-804-9

比较文学与世界文学研究丛书

三编 第五册 ISBN：978-626-344-804-9

英美学界的极简主义音乐研究（下）

作　　者 周　姝

主　　编 曹顺庆

企　　划 四川大学双一流学科暨比较文学研究基地

总 编 辑 杜洁祥

副总编辑 杨嘉乐

编辑主任 许郁翎

编　　辑 潘玟静、蔡正宣　美术编辑 陈逸婷

出　　版 花木兰文化事业有限公司

发 行 人 高小娟

联络地址 台湾 235 新北市中和区中安街七二号十三楼

电话：02-2923-1455 ／传真：02-2923-1452

网　　址 http://www.huamulan.tw 信箱 service@huamulans.com

印　　刷 普罗文化出版广告事业

初　　版 2024 年 9 月

定　　价 三编 26 册（精装）新台币 70,000 元

英美学界的极简主义音乐研究（下）

周姝 著

目次

上册

下 册

第四章　英美学界极简主义音乐的创作个案研究

纵观英美学界对极简主义音乐的研究，可以发现有为数不少的文献针对某部特定的极简主义音乐作品展开。在本章中，笔者立足于研究极简主义音乐作品的专著，包括罗伯特·卡尔的《特里·莱利的〈C 调〉：音乐起源与结构研究》、约翰·理查森和伊莲娜·诺瓦克编辑的论文集《〈海滩上的爱因斯坦〉：超越戏剧的歌剧》、约翰·理查森的《歌唱考古学：菲利普·格拉斯的〈阿赫纳顿〉》，并结合相关的博士论文、专著章节和期刊论文，着重讨论《C 调》《海滩上的爱因斯坦》和《阿赫纳顿》这三部英美学界花费众多笔墨和心血、呈现多元研究方法和思路的极简主义音乐作品。

第一节　《C 调》在英美学界中的研究

《C 调》是作曲家特里·莱利于 1964 年创作的室内乐作品。作品被称为极简主义音乐运动的开山之作。它的乐谱只有一页，包含五十三个动机。作品没有指定的乐器，没有明显的曲式，也没有节奏标记，只有一个极其简洁的标题：《C 调》。在美国作曲家罗伯特·卡尔看来，这件作品似乎完全颠覆了音乐“进步”的理念。其原因在于，《C 调》完成的时代正值音乐创作中复杂主义的盛行，作曲家卡特、斯特拉文斯基、贝里奥以及斯托克豪森都在那时的音乐创作中树立了复杂主义的权威。因此，在专著《特里·莱利的〈C 调〉：音乐起源与结构研究》中，罗伯特·卡尔提出疑问，莱利的小小乐谱不能与这些现代主义纪念碑竞争，不是吗？[1]在专著中，卡尔围绕《C 调》的时代背景与美学理念、音乐语言的内生和外生分析、作品的接受情况及演出版本等方面展开了多维度研究。

一、时代背景与美学理念

卡尔首先讨论了《C 调》诞生的时代背景。《C 调》所标志的极简主义音乐运动发端于现代主义、复杂主义盛行的时期。该时期的“新音乐”具有以下特征。(1) 序列主义。新音乐的创作意味着组织音高和节奏的新方法，其中最引人注目的是整体序列主义。卡尔认为，虽然布列兹、斯托克豪森和诺诺都在这一领域中创造了具有里程碑意义的作品，但欧洲人似乎感觉到序列主义作为一种特殊的技术已经快耗尽了[2]。(2) 形式主义。在卡尔看来，即使不采用序列主义的作曲方法，现代主义作曲家仍然倾向于采用一种“预合成程序”，即在实施创作之前制定一套严格的规则和算法以确保材料在所有参数（音高、和声、节奏、力度、音色、曲式）上的一致性。(3) 实验。卡尔认为，这个时代的新音乐都采取了科学的立场，而实验方法是所有科学的核心。这一时期伟大的“另类”音乐——约翰·凯奇和他的追随者的音乐，把实验的概念带到了一个不同的方向，延伸了对音乐的定义。

卡尔认为，许多“现代主义”立场都在极简主义实践中继续存在，尤其是该运动的早期作品。然而，《C 调》又具有它自己的艺术标准，主要体现在：它的脉动和重复方式；它对调性的保留和极其简约的音高；它的乐器、演奏员数量的开放；它的即兴精神和开放形式具有一定程度的随机性，但它同时拒绝了凯奇式的不确定性；它的简单性和经济性似乎嘲弄了同时代人的复杂性。因此，在卡尔看来，《C 调》是音乐极简主义的圣地[3]。

第二，作者讨论了《C 调》的重要性和独创性要素。在作者看来，西海岸根源、民主与社区、非西方基础、即兴创作共同构成了《C 调》音乐语言的特征。首先，与美国东海岸相比，以加州为代表的西海岸代表了一种比东海岸现代主义更宽松、更包容的美学。这在某种程度上帮助定义了美国本民族进步音乐的理念。其次，《C 调》体现出个人与群体之间的微妙平衡。作品带来一个关系网络，这要求演奏员不仅要认真聆听周围表演者的演奏，还需要倾听他们

1 Robert Carl. *Terry Riley's In C*. *op. cit*., p.4.
2 Robert Carl. *Terry Riley's In C*. *op. cit*., p.5.
3 Robert Carl. *Terry Riley's In C*. *op. cit*., p.6.

的行为对整个作品的影响。因此，音乐是集体决定的结果，但每个实体都保留独立的特征和自主权，是对美国个人主义和民主理想的巨大致敬。最后，在作者看来，《C 调》具有爵士乐和非西方音乐的某些基础和元素。作品要求演奏员重复一个动机并进行即兴表演，体现出爵士乐中的即兴创作元素；像亚洲音乐一样，作品强调不同时间模块而非和弦产生的和声；此外，作品也暗示了类似印度音乐的基本和声停滞感。最后，这部作品非常适合运用各种世界民族乐器进行演奏，从而成为一部真正意义上的“全球主义”作品[4]。

二、内生分析与外生分析

在对作品的分析中，卡尔采用了内生分析与外生分析两条平行的轨道来呈现作品的全景。内生分析立足于对乐谱的本体研究，旨在从材料和结构的角度来审视作品；外生分析则致力于在实时演奏中观察音乐的事件和片段。由于《C 调》的结构所固有的开放元素，因此不同的演出会呈现出作品的不同效果。《C 调》实际演奏的多样性正是该作品最引人注目的方面，因此，人们需要理解作品的各种可能性并看到这些可能性的实现。尽管具有差异，但人们仍可以看到该作品投射出的一种基本的统一性[5]。

图 4-1：
《C 调》模块中的音级数量[6]

Number of PC	Module #
1	(6, 7, 15, 19, 21, 30)
2	(1, 3, 8, 9, 10, 17, 18, 28, 33, 34, 37, 40, 41, 43, 47, 50, 52, 53)
3	(2, 4, 5, 11, 13, 16, 20, 27, 29, 31, 32, 36, 38, 42, 44, 45, 46, 48, 49)
4	(12, 14, 39)
5	(22, 23, 24, 25, 26)
9	(35)

图 4-2：
《C 调》相同模块的结构对称[7]

10 = 41
11 = 36
18 = 28

卡尔将对乐谱本体的分析分别从和声密度、节奏材料、动机发展、模块 35 的意义等几个部分来分别论述。首先，和声密度是指每个模块中使用的不同音级的数量。卡尔每个模块中的音级数量逐一列出（见图 4-1）。从中可见，模块

4 Robert Carl. *Terry Riley's In C. op. cit.*, p.9.
5 Robert Carl. *Terry Riley's In C. op. cit.*, p.57.
6 Robert Carl. *Terry Riley's In C. op. cit.*, p.61.
7 Robert Carl. *Terry Riley's In C. op. cit.*, p.66.

的音级数量普遍在1-5个音之间，其中最小数量为1，最大数量为9。卡尔认为，《C调》对音高内容的严格限制成为了近几十年甚至几个世纪以来音乐作品从未出现的一个重要特征[8]。

通过对和声密度的分析，卡尔认为，莱利对音乐材料有着精确而流畅的控制，他"知道什么时候引入一个新想法，什么时候让另一个想法褪色，以及如何调整变化和成长。"[9]

就作品的节奏素材而言，作者卡尔也采用与音高相类似的方式，将每个模块中的节奏内容分别列出。整部作品的总体节奏特征体现为：音乐以较短的八分音符开始，慢慢引入长音与十六分音符；在模块22-26中，音乐开始引入连续的附点四分音符节奏；模块27-34回到了从十六分音符到附点全音符范围内的广泛节奏动机；模块35将整首乐曲的几乎每一种不同的节奏组合成一个单一的旋律形式；模块36将十六分音符重新确定为主导节奏。

就作品的动机发展而言，卡尔通过分析每个模块之间的动机的联系与变化来说明其转变的过程。卡尔还强调，模块与模块之间具有相似性。此外，作品中还存在三个完全相同的模块，分别是模块10和41、11和36以及18和28（见图4-2）。相同的模块体现出作品整体结构的回归感，可以让音乐顺畅地向前推进。早期模块的再现营造出音乐从更早的时间点重新开始的印象[10]，对结构的平衡起到了重要作用。

接下来，作者分析了模块35之于整体结构的意义。他将模块35的特征罗列如下：（1）它持续了30拍，是全曲最长的模块；（2）它的节奏词汇最为多样化，使用了从十六分音符到全音符的各种节奏时值；（3）它是唯一具有真正主题或旋律性质的模块；（4）它也是唯一一个在和声含量上符合半音体系的模块；（5）它出现在整体结构的大约2/3处[11]。这些特征都将模块35标记为作品进程中的一个非凡事件。

最后，作者对《C调》的和声过程进行了描述并展开了对调式调性的分析。作者将作品的整体调性发展总结为：C伊奥尼亚→G混合利迪亚→e爱奥尼亚→（C）→G混合利迪亚→g多利亚[12]。

8 Robert Carl. *Terry Riley's In C. op. cit.*, p.61.
9 Robert Carl. *Terry Riley's In C. op. cit.*, p.62.
10 Robert Carl. *Terry Riley's In C. op. cit.*, p.66.
11 Robert Carl. *Terry Riley's In C. op. cit.*, p.66.
12 Robert Carl. *Terry Riley's In C. op. cit.*, p.107.

沿着第二条轨迹，卡尔对《C 调》进行了“外生”分析。与通过乐谱来解读这首作品不同，外生分析通过实时聆听来实现[13]。卡尔在聆听中认真记录了作品进行过程中每个模块的进出点，并绘制了模块与时间关系的模板。

卡尔采用的聆听版本是哥伦比亚唱片于 1968 年录制的版本。在卡尔看来，《C 调》正式录音的发行是极简主义音乐运动的里程碑，也是公众对“新音乐”的认识开始转变的里程碑[14]。但这也成为了作品的负担，因为在它生命的早期，录音似乎以特定的声音和形式感性在听众的脑海中形成了框架。对于一部最具革命性和开放性的作品而言，这是一种伤害。音乐采用多轨录制，使得 11 名演奏者呈现出 28 个声轨，音响效果比现场表演更加密集。由于加入了打击乐器，音乐与佳美兰等东方音乐的相似性更加明显。另一方面，其与 20 世纪 60 年代迷幻摇滚的相似性也被唤起。

卡尔绘制了各模块在持续时间内的延伸长度的图标（见表 4-1）。其中水平轴表示分钟，垂直轴表示模块。通过这种方式，作者总结，《C 调》显示出对渐进式、精心控制的节奏的品味，并导致音乐在不知不觉中从一种状态转变为另一种状态。

表 4-1：1968 年《C 调》首次录音中的模块进展情况[15]

模块 1-19 的进展时间	模块 19-43 的进展时间
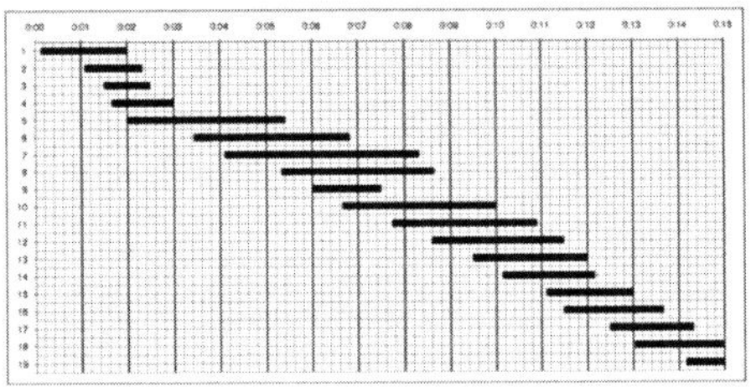	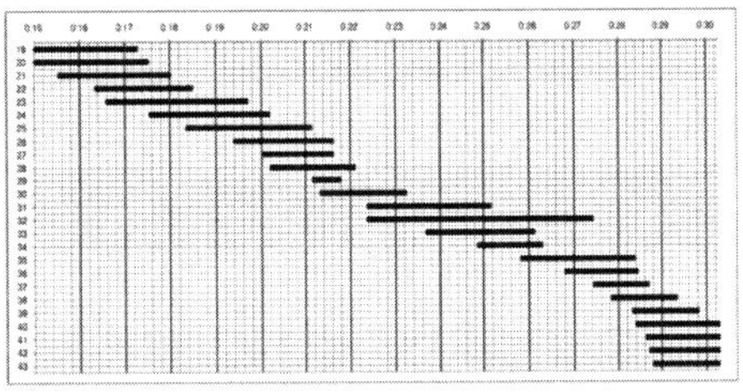

从进展图中可以看到，每个模块至少重复一分钟，更长的时间是常态。开头的五个模块稳定地展开了三分半钟，随后才进入模块 6 的长音。同时，模块之间的重叠还展现出和声模糊的现象。作者举例，第一个转位的 C 大三和弦在模块 29 处进入时，听起来并不像是 C 调的再现，而是 e 爱奥尼亚调式的一个

13 Robert Carl. *Terry Riley's In C. op. cit.*, p.87.

14 Robert Carl. *Terry Riley's In C. op. cit.*, p.88.

15 Robert Carl. *Terry Riley's In C. op. cit.*, p.90-92.由于篇幅限制，笔者在引用中省略了模块 44-53 的进展情况。

额外的音阶音。在约一分钟后的模块 31 入口处，才能听到明确偏离 e 中心的声音。

在笔者看来，卡尔对《C 调》的两条分析路径非常切合该作品的实际情况。作者采用内生和外生两种分析模式，分别从理性分析和感性聆听两个角度对该作品进行了本体论考察。同时，卡尔的外生分析具有创新性。通过聆听，作者绘制出每个模块的持续时间长度，从而清晰地展现了模块的渐变过程。同时，任何研究方式的转变都是伴随着研究对象的转变应运而生的。由此，可以更清楚地看到《C 调》本身便是基于这样一种不断渐进、退出的音乐过程中，彰显出极简主义音乐的本质特征。因此，卡尔的外生方式也适用于大多数极简主义音乐的研究，从而为音乐的过程进展、音乐的材料模式提供更加直观的解读。

三、不同群体的接受情况

在笔者看来，卡尔这本专著的另一个突出特点在于其融合了多位音乐评论家、作曲家和音乐理论家对《C 调》的看法。作者卡尔将这些观点进行了汇总并探讨，反映出《C 调》在不同群体中的接受情况。基于来自不同群体的声音和卡尔的评论，笔者也试图对这些评论观点进行解读，从而达到与作者、评论者的三方对话。

（一）同时代音乐评论家的观点

评论家保罗·威廉姆斯在《C 调》光盘的封底上写下了他聆听这部作品的一些感受：

> 你被安置在一个世界中，被赋予了一种原始的运动感，并被留下来选择以自己的方式穿越世界的表面。唯一确定的是你正在移动，并且朝着一个方向——从开始到结束。旅行的性质由你决定。任何音乐体验都可能如此。这首曲子的卓越之处在于，无论你过去的个人或音乐经历如何，它都如此引人入胜，如此平易近人。打开它，它就会发挥作用。为什么？因为它从起源开始，它从声音、声音的模式以及模式的运动开始，然后是声音织体、运动美学以及不断的交互艺术（伟大音乐表演的关键）。[16]

在卡尔看来，威廉姆斯强调听众体验的开放性作为对作品本身开放结构

16 Robert Carl. *Terry Riley's In C. op. cit.*, p.86.

的补充。聆听这件作品是一次“旅行”：作品不可预测，向多种解释开放，唯一的确定性在于其从头到尾的移动。通过说明该作品“平易近人”的特征，威廉姆斯强调了音乐的原始本质以及它对来自广泛背景的听众的吸引力，甚至包括根本没有音乐背景的听众。

在笔者看来，无论是威廉姆斯对这部作品的评论，还是卡尔对评论的解读都是非常中肯的。他们都指向了这部作品的本质，即其具有一种平易近人的包容性，以其“超”风格的音乐体验向来自各种背景的听众开放。

评论家珍妮特·罗特则更加关心这部作品在视觉艺术和文化发展中的整体地位：

> 在《C调》中，人们可以发现让·廷格利（Jean Tinguely）或威尼斯双年展获奖者胡里奥·勒·帕克（Julio Le Parc）广受欢迎的雕塑所具有的相同动态张力。如果我必须给它起个名字，那将是“地球村的第一首仪式交响曲”。它不断地演奏，在听众的耳朵上玩花样，创造出虚幻的声音模式，就像在动态雕塑中运动模糊产生的视觉错觉一样。我相信，在《C调》中，我们以诚实和勇气庆祝我们今天过着的大众生活。[17]

卡尔认为，罗特将动态雕塑和极简主义音乐进行类比是恰当的。当大部分极简主义音乐创作还不受欢迎的时候，二者之间的纽带将扶持该音乐运动并为其提供观众[18]。

在笔者看来，音乐极简主义本就起源于视觉极简主义的运动之中，其简约化的材料和创作手法使得音乐成为了当下生活方式的写照，映证了罗特所说的“在《C调》中，我们以诚实和勇气庆祝我们今天过着的大众生活”。同时，将《C调》看作是“地球村的第一首仪式交响乐曲”以一种世界主义、全球主义的观点打破了音乐中长期存在的“欧洲中心主义”，肯定了音乐可以作为一种跨文化媒介的存在。因此，以《C调》为代表的极简主义音乐流派的另一个重要的历史意义在于其呈现了来自不同文化、学科的音乐图景，模糊了东方与西方、视觉与听觉之间的二元对立并将它们连接起来，起到了桥梁和纽带的作用。正如卡尔总结的《C调》中的二分法，音乐总会在对立面之间找到相遇的交点并实现它：

17 Robert Carl. *Terry Riley's In C. op. cit.*, p.95.
18 Robert Carl. *Terry Riley's In C. op. cit.*, p.95.

西方 / 非西方
古典 / 爵士
东海岸 / 西海岸
即兴 / 记谱
学术化 / 民间化
个人 / 团体
结构化 / 开放式
静态 / 定向
单一 / 多元[19]

另一位评论家，来自期刊《高保真》的阿尔弗雷德·弗兰肯斯坦认为：

> 特里·莱利的《C 调》是 20 世纪最权威的杰作之一。因为它定义了一种新的、也是最重要的一种审美。这种美学涉及到相同的短句和乐器效果的无休止重复，以及它们在相当长的时间内非常缓慢和逐渐的变化。重复既麻木了一个人的感觉，也使他们更加警觉。最微妙、最小的变化，例如在另一种情况下可能被忽视的变化，也具有不朽的意义。[20]

在笔者看来，弗兰肯斯坦强调了《C 调》中“重复”技法的审美倾向。“重复”是极简主义音乐最突出的特征之一，也是其留给听众最刻板的音乐印象。音乐理论家凯尔·江恩在他的文章《对极简主义定义的徒劳尝试》中追溯了极简主义音乐中最早出现重复技法的例子，其首次出现在莱利于 1963 年创作的磁带作品《麦斯卡林混合》和《礼物》中[21]。因此，可以说莱利是极简主义音乐流派中使用重复技法进行音乐创作的鼻祖。同时，弗兰肯斯坦提到了“最微妙、最小的变化”，引入了《C 调》中的又一对二元概念，即重复与变化，二者相辅相成，共同推动音乐向前发展。

综上所述，威廉姆斯、罗特和弗兰肯斯坦三位音乐评论家对《C 调》的评论和反应虽然多种多样，但都以独到的见解展示出他们对这种新的、具有影响力的音乐作品的认识。

---

19 Robert Carl. *Terry Riley's In C. op. cit*., p.108.

20 Robert Carl. *Terry Riley's In C. op. cit*., p.96.

21 Kyle Gann. Thankless Attempts at a Definition of Minimalism, see Christoph Cox and Daniel Warner, ed. *Audio Culture: Readings in Modern Music*. Bloomsbury: Bloomsbury Academic, 2017, p.516.

（二）同时代演奏者、参与者的观点

莱利本人在谈到这部作品时如是说：

> 在作品中，比极简主义主题更重要的是动机的相互关系。《C 调》和后来的作品都具有很强的发展质量，大量的变化和动机的排列。这不是理论上的，这是我听到的方式。我觉得他们试图用极简主义表达的意思是，他们正在将音乐剥离到它的基本要素——是什么让我们在音乐中感动。没有华丽的装饰，你仍然可以了解音乐的骨骼、神经和纤维。[22]

笔者认为，莱利在他对作品的评论中强调了“动机的相互关系”。纵观这部作品，其动机的呈示和发展遵循了一定的理性化逻辑，但同时又不得不说音乐是理性和灵感相结合的产物。正如评论家大卫 · 伯恩斯坦提到的，“特里的耳朵很棒”，依靠优秀的内心听觉和对音乐的直觉体验，莱利“以不同的方式为我们呈现了一个非常有趣、丰富的概念和音乐内容”[23]。这首先体现在，某些模块中的动机发展方式遵循了严格的理性化模式，如在模块 22-26 中，开头音符的时值在严格的附加节奏中变化；另一些模块的发展似乎看不出特定的动机发展手法，因此，其不能以“技法”来衡量，只能诉诸于作曲家灵感的产物。第二，作品将长音动机片段与短音动机片段并置且交替使用，如短音动机模块 1-5 与长音动机模块 6-8，短音动机模块 9-13 与长音动机模块 14，短音动机模块 36-41 与长音动机模块 42，短音动机模块 43-47 与长音动机模块 48 等。长音的使用能够缓解短音动机带来的紧张与疲劳感，在听觉、结构上给音乐带来呼吸与起伏。这样的模块结构安排方式也充分体现出莱利将灵感与理性相结合创作方式。莱利的最后一句话“没有华丽的装饰，你仍然可以了解音乐的骨骼、神经和纤维”说明了这种风格的音乐不以华丽的装饰为特征，其以一种原始、纯朴的方式展示了音乐的精神内涵和本质特征。

《C 调》首演的参演者之一，作曲家宝琳 · 奥利弗罗斯将这部作品比喻为“一群候鸟”。她提到：

> 我在电视上看到关于鸟类的一些节目，我不确定在哪里，但我以前从未见过的如此大数量的鸟类迁徙。那些鸟的图案和动作真是令人震惊，形成了让人难以置信的形状。我认为这就是我参与表演

22 Geoff Smith and Nicole Walker Smith. *New Voices: American Composers Talk about Their Music*. Portland, Ore.: Amadeus Press, 1995, p.231.

23 Robert Carl. *Terry Riley's In C. op. cit.*, p.105.

> 时的感受。[24]

将《C 调》的音乐形象比作候鸟的飞行，可以反映出该作品的流动性特征。在笔者看来，奥利弗罗斯的比喻恰当地描绘了音乐在不同时间段所具有的织体形状和音响色彩的变化。

大卫·罗森布姆则指出了该作品非凡的表现灵活性：

> 作品有非常宏伟的版本，也有精致和简单的版本，超出了西方乐器的概念。《C 调》证明了只要一个人尊重材料，他就有数百万种正确的方法可以演奏它。[25]

在笔者看来，罗森布姆对这部作品的开放性进行了解读。开放特征是伴随着后现代主义中的解构主义思潮应运而生的。解构主义是 20 世纪 60 年代在法国兴起的思潮，由雅克·德里达开创，主要是为了反对形而上学、逻各斯中心以及一切封闭僵硬的体系，大力宣扬主体消散、意义延异、能指自由，其两大基本特征分别是开放性和无终止性。[26]笔者认为，《C 调》中的开放性和解构性主要体现在：（1）乐器类型、数量的开放。与罗森布姆的观点一致，笔者认为，《C 调》并没有限制其演奏的乐器类型，体现出对乐器选择的开放性。演奏者甚至可以使用东方乐器，如上海电影管弦乐团 1989 年录制的《C 调》版本便采用了不同种类的琵琶、筝、口弦琴等中国乐器[27]，充分体现出该作品的跨文化潜力；（2）重复次数的开放。在《C 调》的演奏中，每位表演者可以自由决定每个模块的重复次数。（3）模块组合的开放。由于演奏中每个模块可以与自身以及前后相邻的模块以任意方式对齐，因此，奇妙的、多节奏的组合形状会相应产生。（4）曲式结构的开放。在中国学者姜蕾看来，莱利《C 调》的音乐结构“不再具有传统音乐结构中‘再现’或‘回归’的结构功能，而是体现为一种自然流动的过程”[28]。作品既打破了传统调性音乐的结构概念，又不同于凯奇偶然音乐的完全随机化操作，而是采用了在既定音乐材料中的有控制的开放化模式。（5）终止的开放。正如标题所显示的那样，《C 调》由以 C 音为中心的 C 伊奥尼亚调式开始，最终结束在 g 多利亚调式。以严格的西方调性音乐观点来看，最后结束的降 B 音和 g 音属于 C 调式的开放半终止，

---

24 Robert Carl. *Terry Riley's In C. op. cit*., p.99.

25 Robert Carl. *Terry Riley's In C. op. cit*., p.100.

26 王泉，朱岩岩：《解构主义》，《外国文学》，2004 年第 3 期。

27 Robert Carl. *Terry Riley's In C. op. cit*., p.112.

28 姜蕾：《解构与重构》，上海音乐学院 2012 年博士学位论文，第 170 页。

也就意味着《C 调》其实并不是首尾呼应地结束在 C 音上的。(6) 音域的开放。“乐侃群星”合奏团（Bang on a Can All-Stars）的成员、贝司演奏家罗伯特·布莱克曾谈到《C 调》的音域开放问题：

> （作品的）音域是开放的，所以我们并不都在同一个八度内演奏。我们中的任何一个人都可以发生巨大的变化，例如在钢琴或贝司的低音区演奏特定模式，与其他人所在的音域相反。[29]

布莱克对《C 调》演奏的实际描述表明，相对于记谱而言，作品的实际演奏呈现出更加立体化的特征。演奏员可以根据乐器的性能、音域等特点将音乐进行八度移位，以保证乐器在最佳音域范围、音区内呈现音乐。

（三）下一代作曲家、音乐理论家的观点

美国实验音乐批评家凯尔·江恩在家乡达拉斯组织《C 调》的演出时告知学生：

> 作品需要对他人的节奏和力度如此敏感，它会让你惊讶于某种音乐性。对我来说，这是一个非常重要的范式：让音乐从表演情况告诉你它需要什么，而不是作曲家必须记录的每一个细微差别。[30]

卡尔认为，江恩看到了这部作品在表演中放松控制的奇迹。同时，在笔者看来，江恩更注重表演者对作品的二度创作。正是由于乐谱的简洁，因此，《C 调》给演奏者预留了充分发挥的空间。通过聆听“他人的节奏和力度”，音乐在演奏员的相互合作与信任中逐渐展开。

作曲家英格拉姆·马歇尔则以一种不同于传统音乐会形式的分类法来看待这首作品：

> 这是另一种交叉的东西……多年来，它一直受到人们的关注。现在年轻作曲家和音乐家可能对它感兴趣的另一个原因是，你会看到它处理了流行音乐和古典音乐之区别是无关紧要的整个想法。[31]

马歇尔认为，作品模糊了流行音乐和古典音乐的边界，成为一种具有“交叉”风格的音乐作品。这也是《C 调》多年来受到人们持续关注的原因——它以清新、简约的古典音乐风格为非专业音乐人士、非学院派音乐背景的普通听众带来了能够一遍遍播放的古典音乐曲目。

---

29 Robert Carl. *Terry Riley's In C. op. cit.*, p.103.
30 Robert Carl. *Terry Riley's In C. op. cit.*, p.100.
31 Robert Carl. *Terry Riley's In C. op. cit.*, p.102.

从以上各界学者的评论中可见，《C 调》在美学上是如此包罗万象，在概念上体现出如此多元化的二元对立特征。在汇集了众多英美学界的专家、学者及参演人员对这部作品的评论后，卡尔总结到，一部“革命性”的作品，如果它不仅仅是一个历史的脚注，如果它要进入历史的保留曲目，就不应只具有概念上的优势。它需要满足使某些作品能够存活几个世纪的音乐实质标准。《C 调》有一个看似简单的表面——仅仅一页且相对容易演奏的乐谱，但它其实是一个丰富而微妙的作品。“它是一位大师级音乐家的产物，它看到了创造性艺术家在面临 20 世纪下半叶‘新音乐’的挑战中的优雅解决方案”[32]。作品的微观和宏观相辅相成，使技术、概念和美学“产生共鸣”，从而创造出比乐谱更宏大、更有影响力的最终产品。因此，这部作品是最出色的“隐形杰作”[33]。

综上所述，在笔者看来，专著作者卡尔从《C 调》诞生的时代背景与美学理念，两条轨迹下的作品内生与外生分析，以及音乐评论家、参与者、作曲家和理论家对这部作品的评论以及作品不同版本的录音等方面对其进行了全面的分析与论述。除此之外，专著还对《C 调》创作前后作曲家莱利的相关音乐作品进行了简要分析，包括对《C 调》创作之前的《弦乐四重奏》《弦乐三重奏》《键盘研究》《礼物音乐》等作品，以及《C 调》创作之后的《秋天的落叶》《踏上小径》《奥尔森 III》和《多利安簧片》等作品的音乐语言、创作特色及其与《C 调》的联系进行简要论述，勾勒出《C 调》风格形成的主要因素及其对作曲家随后创作生涯的音乐风格与范式的影响。

同时，在描述《C 调》的首演及其录音的具体过程时，卡尔还增加了许多细节的描绘，如首演时配合《C 调》演出的灯光秀。首演的灯光秀由安东尼·马丁设计。马丁采用了一种更加微妙、抽象和观念化的方法将灯光图案投影到天花板上，使其看起来像是一个旋转的星系[34]。灯光的使用使《C 调》的首演在某种程度上成为一个多媒体活动，其与音乐和声、织体的缓慢变化相平行，创造了演出当晚整个空间的视觉氛围。卡尔对这些细节的描绘为《C 调》的整个创作历程、演出经历增添了纵深感和真实气息，让读者全方位了解《C 调》产生的时代背景，真正理解这部作品是如何成为极简主义音乐的创始之作的。

32 Robert Carl. *Terry Riley's In C. op. cit*., p.109.
33 Robert Carl. *Terry Riley's In C. op. cit*., p.109.
34 Robert Carl. *Terry Riley's In C. op. cit*., p.47.

四、录音版本的比对分析

在其博士论文《音乐表演实验：史学、政治和后凯奇先锋派》中，塞西莉娅·孙详细探讨了莱利《C 调》的各个不同的录音版本。作者遵循两条轨迹以说明这些录音中的现代主义趋向或东方主义定位。

首先，塞西莉娅·孙比较了美国“乐侃群星”合奏团（录制于 2000 年）和比利时“强音”合奏团（Ictus，录制于 2001 年）对《C 调》的演绎。这两个乐团都曾在新音乐的演奏领域取得了相当大的成功，都由受过传统西方训练的高技能音乐家组成，且都在《C 调》的录音中表现出高水平的现代化表演[35]。乐侃群星乐团在选择用计算机生成的敲击代替人类演奏《C 调》脉冲的同时，又突出了演奏成员非凡的技术实力，使每位演奏员都能作为独奏家展现实力。该乐团对《C 调》的喜爱源自于乔治·利盖蒂对这部作品的着迷。乐团将他们的表演描述为“对当代的重新诠释”以及“利盖蒂合成”[36]。他们对《C 调》的诠释并不像“乐侃群星”乐团那样将作品作为展示个人艺术才能的载体，而是突出由模块的堆积而产生的不同声音层次。长时值音符的旋律片段为短时值音符的点画旋律提供了基础，创造了一种与利盖蒂的许多器乐作品惊人相似的织体。通过他们的演奏，极简主义从美国来到了欧洲并被重新想象为欧洲现代主义的产物。

塞西莉娅·孙在文中讨论的第三个录音版本是由沃尔特·布德罗监制的、由“表演者”乐团（L'Infonie）演奏的《C 调》版本（录制于 1970 年）。该版本的《C 调》被称为“MANTRA”，其不仅放弃了莱利原本的标题，甚至没有奏完整首作品，而只是停在了模块 48 处。MANTRA 的开头由一些随机的钹敲击声、难以辨认的喊叫音节和电吉他上杂乱无章的音响构成。当脉冲出现时，听众必须再等一分钟才能听到模块 1 在敲击的迷雾中不确定地出现。作者认为，该版本录音的整体演奏加入了更多的噪音，有时甚至掩盖了乐曲的关键旋律元素[37]。1997 年，布德罗与“表演者”乐团的联合创始人拉乌尔·杜圭合作，再次录制了《C 调》。布德罗录制的第二个《C 调》制造并放大了许多 20 世纪 60 年代的标志性品质，如反文化的实验主义，进一步突出作品的包容性，将大型乐团与合唱团配对演奏，并邀请观众加入《C 调》的表演。同时，该版

35 Cecilia Jian-Xuan Sun. *Experiments in Musical Performance. op. cit.*, p.171.
36 Cecilia Jian-Xuan Sun. *Experiments in Musical Performance. op. cit.*, p.175.
37 Cecilia Jian-Xuan Sun. *Experiments in Musical Performance. op. cit.*, p.178.

本录音开头的声音事件如同某种放大的“西藏”吟唱，三分钟后西塔琴和塔布拉鼓的加入又使其更加接近印度音乐。因此，作者认为布德罗第二个版本的《C 调》带有东方主义的色彩[38]。

作者讨论的第四版录音是由上海电影管弦乐团录制的《C 调》(录制于 1989 年)。该版本的录音在指挥王永吉的带领下进行，其突出的特点是演奏并未完全遵循乐谱模块的顺序，而是“再现”了某些早期的模块以形成分段清晰、结构透明的作品。由于整首录音都很突出模块中带有 C 音的片段，因此该版录音也被称为有史以来最以 C 音为中心的《C 调》。卡尔在其专著的附录中也曾对 1970 年-2007 年间《C 调》的 14 个重要录音进行了整理和罗列。在谈到上海电影管弦乐团的录音时，卡尔描述该版本的独特之处在于“锣和木槌打击乐听起来比任何其他版本的录音都更像佳美兰”[39]。另一方面，卡尔指出，该乐团仍然有指挥，因此“它没有在演奏者之间实现那种通常有助于成功表演的真正民主合作”[40]。最终，卡尔评价该录音版本为“作为一项跨文化实验，它如履薄冰，但最终还是以其声音和活力而令人愉悦”[41]。在笔者看来，两位学者均从不同的方面概括了该版本录音的特征所在。

最后，作者分析了日本的“酸母神庙乐团”（The Acid Mothers Temple）于 2001 年录制的《C 调》版本。酸母神庙在其录音中呈现了旧金山湾区的反主流文化异国情调。在录音的开头，酸母神庙省略了《C 调》的脉冲，取而代之以持续嗡鸣填充的声音空间。同时，乐团只是简单地演奏旋律动机，几乎没有重叠，从而剥夺了演奏者在多节奏组合中的互动并在模块之间自发出现的乐趣。乐团采用比 MANTRA 更极端的方式让噪音占据了主导地位，使得莱利的《C 调》进入了“终极怪胎”的宇宙迷幻世界[42]。

通过对以上录音版本的梳理及其各自所呈现的特点，作者塞西莉娅·孙总结，以“酸母神庙”为代表的乐团的演奏混乱不堪，而像“强音”之类的乐团则呈现出严格控制的现代主义重塑，以至于人们很难将这两种截然不同的表演视为对同一作品的诠释。然而，这正是《C 调》的开放性所带来的结果。没有一个录音是完全正确或错误的，来自不同国家、地区演奏团体的不同诠释更

38 Cecilia Jian-Xuan Sun. *Experiments in Musical Performance. op. cit*., p.186.
39 Cecilia Jian-Xuan Sun. *Experiments in Musical Performance. op. cit*., p.112.
40 Cecilia Jian-Xuan Sun. *Experiments in Musical Performance. op. cit*., p.113.
41 Cecilia Jian-Xuan Sun. *Experiments in Musical Performance. op. cit*., p.113.
42 Cecilia Jian-Xuan Sun. *Experiments in Musical Performance. op. cit*., p.207.

加证明了《C 调》在后现代全球语境中作为一部“地球村交响曲”的地位。

在笔者看来，塞西莉娅·孙的研究从对不同演奏版本的比对着眼指出了其各自最具特色的方面。可以说，一部作品中的随机因素越多，这部作品在由不同演奏人员、团队呈现时的差异就越大。因此，整首作品在由不同的演出团队进行塑造时，也充分展现了他们的喜好和对作品的理解。塞西莉娅·孙在论文中发展出两条并行的录音风格趋向，从一定程度上说明了这些录音版本所遵照的风格分类。“乐侃群星”乐团和“强音”乐团的诠释带有现代主义、专业化的倾向，而由沃尔特·布德罗领导的“表演者”乐团、上海电影管弦乐团和日本“酸母神庙”乐团录制的《C 调》则不同程度地体现出一种东方主义倾向。这些不同的演奏团体充分发挥其想象力，塑造出来自全球的、多元化的《C 调》演奏录音，真正实现了该作品在创作和演奏中的跨文化创作倾向。

除了卡尔对《C 调》的全面覆盖化研究、塞西莉娅·孙对《C 调》录音版本的研究外，英美学界还有其他学者试图从不同角度、采用不同方法对作品《C 调》进行分析。S.亚历山大·里德在《就〈C 调〉本身的术语而言：统计和历史观点》中采用统计学的方法将《C 调》中的音高等级通过图表方式进行罗列，进而研究了每个模块和其他模块在重叠时产生的音高与和声集合。通过分析，里德得出结论，首先，作品的对称性是其重要的创作特征；第二，模块 35 和模块 48-53 所形成的尾声给整体对称性造成了破坏。另一方面，模块 35 参与了作品高潮的建立；最后，作者提出，当统计分析与音乐直觉一起应用时，可以阐明作品中呈明显对称的主导成分和与对称无关的部分。主导成分构成了作品的核心框架。其中，和谐的和声与模块中局部的小二度碰撞所带来的异常性在结构上与模块 35 的高潮交织在一起，形成了同时进行的音乐过程之间的交织与发展[43]。

从以上学者的研究可见，虽然《C 调》仅有一页乐谱，但英美学者从基于作品本身的理性分析和感性聆听，到对作品的统计学分析，对作品接受情况、评论话语的分析，再到对作品演出、录音版本的比对，这些研究通过一页的乐谱跃入了无限广阔的视阈，展现出英美学界对《C 调》本身及其后续影响的不断回应，并充分肯定了该作品在极简主义音乐史上的重要地位。

---

43 S. Alexander Reed. In C on Its Own Terms: A Statistical and Historical View. *Perspectives of New Music* 49.1 (Winter 2011): pp.47-78.

第二节 《海滩上的爱因斯坦》在英美学界中的研究

《海滩上的爱因斯坦》(以下简称《爱因斯坦》)是由作曲家菲利普·格拉斯作曲、戏剧家罗伯特·威尔逊执导的一部四幕歌剧，首演于1976年。歌剧在布景、人物和音乐中融入了科学家爱因斯坦生活中的符号，避开了传统叙事和特定情节。就音乐的长度而言，该作品是作曲家格拉斯最长的一部歌剧，完整演出大约需要五个小时，没有中场休息，但观众可以根据需要进入和离开。就编制而言，歌剧由两名女性、一名男性和一名男性儿童担任演讲角色；人声部分包括一个16人的室内合唱团，以及女高音、男高音独唱；器乐部分包括三支木管（长笛、高音萨克斯管与次中音萨克斯管)，独奏小提琴以及两个电子管风琴。就结构而言，歌剧由九个相连的场景组成，分四幕；场景包括三个主要元素：火车（A)、审判（B）和宇宙飞船（C)，采用AB-CA-BC-ABC的结构布局，并由膝剧分隔。格拉斯将“膝剧”定义为幕之间的间奏曲，具有如同人类膝关节一般的连接功能。

表4-2:《海滩上的爱因斯坦》的幕、场景和间奏曲结构:

<table>
<tr><td colspan="2">膝剧1</td></tr>
<tr><td rowspan="2">第一幕</td><td>场景1A.火车</td></tr>
<tr><td>场景2B.审判（床）</td></tr>
<tr><td colspan="2">膝剧2</td></tr>
<tr><td rowspan="2">第二幕</td><td>场景1C.场地（宇宙飞船）(远距离）</td></tr>
<tr><td>场景2A.火车（夜间）</td></tr>
<tr><td colspan="2">膝剧3</td></tr>
<tr><td rowspan="2">第三幕</td><td>场景1B.审判（床)、监狱</td></tr>
<tr><td>场景2C.场地（宇宙飞船）(近距离观察）</td></tr>
<tr><td colspan="2">膝剧4</td></tr>
<tr><td rowspan="3">第四幕</td><td>场景1A.建筑（与第二幕场景1B中的火车视角相同）</td></tr>
<tr><td>场景2B.床</td></tr>
<tr><td>场景3C.宇宙飞船（内部）</td></tr>
<tr><td colspan="2">膝剧5</td></tr>
</table>

一、颠覆：对传统歌剧的超越与革新

在音乐学家苏珊·麦克拉里看来，《爱因斯坦》以不计其数的方式改变了该时期的音乐、文化方向，使得歌剧本身再次成为新音乐的可行媒介，也使得歌剧舞台成为激进实验的潜在场所。因此，《爱因斯坦》可以被视为西方文化的一个重要转折点。[44]

利亚·温伯格在其博士论文《神话背后的歌剧：〈海滩上的爱因斯坦〉的档案检查》中对《爱因斯坦》是否是一部歌剧进行了辨析。他提出以下几个观点。首先是形式。该作品在每一次音乐会节目单和唱片中都表明它是一部“四幕歌剧”。其舞台规模、结构和戏剧性都指向了这种具有500年历史的音乐会剧院形式——歌剧。该作品既具有歌剧属性，又是一种特定类型的音乐剧场，同时又融入了市中心开放剧院的戏剧素材。因此，作者认为这部歌剧“在别致的后现代美学中挑逗性地装点了一种古典形式”[45]。第二，就场地而言，作品曾在世界各地的歌剧院上演。例如，作品的首映式是在享有盛誉的纽约大都会歌剧院举行。第三，格拉斯、威尔逊以及该歌剧的合作者、管理者和评论家组成的合作网络促成了《爱因斯坦》在歌剧领域的成功定位。

另一方面，尽管歌剧体裁中的大多数惯例都出现在《爱因斯坦》身上，纽约先锋派戏剧、极简主义音乐和后现代舞蹈又对其进行了彻底的折射。因此，格拉斯将《爱因斯坦》称为“我们世纪的歌剧”。在《海滩上的爱因斯坦：超越戏剧的歌剧》一书中，约翰·理查森和伊莲娜·诺瓦克认为，《爱因斯坦》与传统歌剧的区别在于，前者没有传统歌剧的声乐技巧、女主角，也没有一致的叙事、剧本，其标题人物只是作为一个形象出现。但另一方面，这部作品又具有传统歌剧的先决条件，包括歌唱、舞蹈、表演和说话等场面，尽管《爱因斯坦》“几乎把这些范畴的边界扩展到了极限”[46]。事实上，《爱因斯坦》所带来的是新歌剧对传统歌剧的背离。作品将重复的结构原则嵌入反映后资本主义媒体时代的景观中，并以一种后现代与后戏剧并存的“超越戏剧的歌剧”姿态出现，从而达到对古典歌剧的革新和颠覆。英美学界围绕《爱因斯坦》对歌剧传统的颠覆进行了相关研究，并主要从作者身份、叙事情节和创作理念等

44 Jelena Novak, and John Richardson, ed. *Einstein on the Beach: Opera Beyond Drama. op. cit.*, pp.20-24.

45 Leah G. Weinberg. *Opera behind the Myth. op. cit.*, p.57.

46 Jelena Novak, and John Richardson, ed. *Einstein on the Beach: Opera Beyond Drama. op. cit.*, p.39.

角度展开论述。

（一）对作者身份的颠覆

温伯格在《神话背后的歌剧》中认为，由于《爱因斯坦》的作曲家、导演和多位表演者都对歌剧做出了固定化、创造性贡献，因此该歌剧区别于传统歌剧的一个最突出的特征在于其对作者身份的颠覆。温伯格运用保罗·塞勒斯对作者身份定义的理论来对《爱因斯坦》中的不同作者类型进行辨析。塞勒斯强调“意图”在创作中的重要性，并将作者分为两类，其中一类作者被称为IMA，即贡献有意义艺术话语的有意作者；而另一类作者被称为IM，即有意发表有意义的话语，但无意将其贡献视为艺术的作者，例如程序注释员[47]。

在塞勒斯的基础上，作者进一步辨析了《爱因斯坦》中的作者类型，并将其分为概念作者和贡献作者两类。他认为，格拉斯和威尔逊在其他艺术家加入之前创作出作品的乐谱、草图，并将作品的标题、骨架结构、主题内容和持续时间可视化。如果没有这种最初的创造性表述，《爱因斯坦》就不可能存在，因此，格拉斯和威尔逊可以被认为是歌剧的概念作者。除他们二人以外，歌剧中还有许多人员被认为是贡献作者，如负责大部分口语文本的自闭症青少年克里斯托弗·诺尔斯，负责编舞的露辛达·柴尔兹，以及歌手琼·拉·芭芭拉等，他们为歌剧提供了重要的创意材料，但并没有最终控制格拉斯和威尔逊的创作领域。例如，琼·拉·芭芭拉在歌剧第四幕场景二“床”中要求作曲家格拉斯加入一段女高音咏叹调，以配合场景中光束的上升和消失。在作者看来，琼·拉·芭芭拉的投入对作为歌剧美学核心的视听互动产生了积极影响，增加了歌剧舞台表演的戏剧性。

由此，温伯格认为，与将作者身份限制为一个或几个人相比，在概念性和贡献性创作活动之间建立区分可以更细致地考虑表演艺术中的劳动种类。温伯格反对将作者身份视为一种固定状态的僵化概念，并承认作者身份概念是一个持续的话语过程，发生在创意艺术家、表演者、管理人员、观众和作家之间的媒体和社会空间中[48]。

在文中，作者具体考察了《爱因斯坦》中的舞蹈演员露辛达·柴尔兹对歌剧的创造性贡献。舞蹈是该歌剧中至关重要的戏剧和美学组成部分。柴尔兹为歌剧的每一个场景都设计了独创的编舞，并将她在创作团队中的角色转变为

47 Leah G Weinberg. *Opera behind the Myth. op. cit*., p.191.
48 Leah G Weinberg. *Opera behind the Myth. op. cit*., p.201.

类似格拉斯和威尔逊的概念性作者。

在《爱因斯坦》的第一个场景中，柴尔兹以她的“三条对角线上的舞蹈”主宰了整套动作。她的舞蹈表演极富戏剧性：从随意的闲逛到大摇大摆，再到有目的的大步，最后到疯狂的步伐。在作者看来，柴尔兹舞蹈发展的渐进过程非常像格拉斯的极简乐谱。同时，柴尔兹的舞蹈也扮演着重要的结构角色，并对歌剧的戏剧进程产生了影响。她的舞蹈段落分别位于第二幕的场景 1 和第三幕的场景 2 中（在图 4-3 中用粗体标出），将歌剧的时间结构分成较为均等的三部分，并使舞蹈成为关键的结构支柱。

图 4-3：《爱因斯坦》的早期时间结构（以分钟为单位）

Act I				Act II				Act III	Act IV				
K1	1A	2B	*K2*	**1C**	2A	*K3*	1B	**2C**	*K4*	1A	2B	3C	*K5*
4	24	23	*4*	**22**	23	*5*	24	**22**	*4*	18	16	17	*4*

55　**22**　52　**22**　59

210 minutes

在与音乐的结合方面，柴尔兹通过单个舞者的简单动作，形成了与格拉斯音乐结构相平行的模式。格拉斯和柴尔兹分别对简单的音乐动机和手势短语应用加法程序，以便在缺乏传统音乐曲式和舞蹈结构的情况下促进主题的发展和连贯性。查尔兹在将格拉斯的音乐作为共鸣板的同时又致力于创造她自己的结构，并将她的舞蹈与音乐进行结构对位[49]。同时，他们的音乐和舞蹈又与威尔逊以火车、审判和太空飞船三个主题图像为结构的设计模式相呼应。

作者总结到，市中心艺术领域最有力的贡献之一是其对协作的社区、美学的强调，这是一种试图挑战和颠覆创作者和表演者之间传统等级关系的创作方法。作为作品的概念型作者，柴尔兹的编舞起到了团队中关键的三轮车地位。尽管她的贡献在歌剧中具有学术边缘化的趋势，但她作为爱因斯坦的编舞和明星演员受到了观众的欢迎，并赢得了公众和学术界对她作者身份的不断认可。

除去编舞，歌剧口语文本的贡献者克里斯托弗·诺尔斯也值得关注。音乐学家罗伯特·芬克在文章《广播中的爱因斯坦》中，调查了诺尔斯在创作该歌剧口语文本时所使用的语言。芬克发现，诺尔斯为《爱因斯坦》创作的文本显

49 Leah G. Weinberg. *Opera behind the Myth. op. cit.*, p.234.

示出他对广播的兴趣，这些文本随后作为口头独白被编入歌剧中[50]。

具体而言，诺尔斯在《爱因斯坦》中的文本创作具有几何式、重复式的特征，并将非叙事方式的语言融入到歌剧中。这种类型的文本捕捉到无线电作为商业媒介现象学的基本内容。首先，作为20世纪60-70年代成长起来的高度敏锐、社会孤立的孩子，诺尔斯比他这一代的大多数人都更体现出“在广播中长大”的特质。他收听的WABC音乐广播节目是他文本创作的主要灵感来源。WABC是20世纪70年代早期美国最有影响力的广播电台，在38个州拥有近800万峰值的广播观众，其中青少年的份额达到了惊人的90%。芬克认为，“当诺尔斯写下《海滩上的爱因斯坦》中的部分文本时，他一生中的大部分时间都生活在广袤的WABC信号的覆盖下”，因此，“他对电台的日常工作了如指掌”，“可以凭记忆将每周节目的播音员阵容全部打出来”[51]，并进而写下《爱因斯坦》中第三幕第一场的《我感觉到地球移动》的文本和该歌剧的其他文本。第二，诺尔斯的文本以其形式和节奏控制水平，吸引了导演罗伯特·威尔逊的注意力。威尔逊认为，“这些词以一种模式化的节奏流动，其节奏的逻辑是自我支撑的。”[52]正是通过日常的声音媒介，包括电视、广播、唱片和广告，诺尔斯创造出了其语言中独特的节奏脉搏与律动特征。这些特征取代内容，成为了《爱因斯坦》中具有独特韵律的声音景观。伯林格在其文章《鹅卵石下是海滩》强调《爱因斯坦》中的文本在本质上的声音特征。他认为，歌剧中的语言实际上是声音元素而非语义语言，它们是达达，呈现出不完整且未解决的迭代特征，与格拉斯音乐的节奏流动性相得益彰[53]。

因此，芬克总结到，诺尔斯对《爱因斯坦》文本语言的贡献在形式上是激进的，这些语言有一种身临其境的社会描述。诺尔斯流畅的无线电文本体现出20世纪70年代美国社会的无线电衍生，其改变了作品的重心，并与音乐一道形成了一个“汽车收音机的稳定节拍”拟像[54]，体现了弗雷德里克·詹姆逊对后现代媒体流的速记听觉比喻。

---

50 Robert Fink. Einstein on the Radio, in Jelena Novak, and John Richardson, ed. *Einstein on the Beach: Opera Beyond Drama*. New York: The Routledge Press, 2019, p.86.

51 Robert Fink. Einstein on the Radio. *op. cit*., p.96.

52 Robert Fink. Einstein on the Radio. *op. cit*., p.96.

53 Johannes Birringer. Under the Paving Stones, the Beach (Sous les Pavés, La Plage), in Jelena Novak, and John Richardson, ed. *Einstein on the Beach: Opera Beyond Drama*. New York: The Routledge Press, 2019, p.156-157.

54 Johannes Birringer. Under the Paving Stones, the Beach (Sous les pavés, La Plage). *op. cit*., p.132.

在笔者看来，芬克的分析表明诺尔斯的类似无线电广播的文本创作给《爱因斯坦》的创作带来了新的意义。同时，笔者认为以上讨论的两位《爱因斯坦》的重要主创人员，包括编舞露辛达·柴尔兹和文本创作者克里斯托弗·诺尔斯在创作风格上都和作曲家格拉斯具有相同的特征。其中，柴尔兹在其舞蹈中也运用了与格拉斯极简技术相类似的附加节奏和渐进过程，保证了舞蹈的连贯性；诺尔斯则将上世纪 70 年代对无线电广播的拟像融进他的文本创作中，塑造了具有极简主义的重复性、非叙事性的文本创作。因此，笔者认为，虽然歌剧的导演和作曲家为歌剧提供了最初的概念性框架，但若没有来自柴尔兹的编舞、诺尔斯的文本以及其他表演者贡献的创意材料，那么歌剧便不会呈现出观众所看到的如此丰富、生动的面貌。因此，正如温伯格所言，艺术本质上是一种社会性和话语性活动，是一种通过艺术家、表演者和其他人的动态互动不断产生和复制的活动[55]，《爱因斯坦》的对传统歌剧的革新体现在其以一种更为开放的姿态拥抱了来自各个艺术领域的创作声音，拯救了边缘化的创作声音，从而鼓励了表演者质疑以伟人为基础的历史叙事。

（二）对叙事情节的超越

在《神话背后的歌剧》中，作者温伯格认为，《爱因斯坦》在一定程度上吸收了 20 世纪 50 年代末在纽约市中心兴起的戏剧团体——生活剧场的一些创作手法，在作品中放弃了叙事或情节，转而支持一种非叙事性的展示，构建出一系列诗意形象。正如格拉斯所言，这“更像是一个带有情感逻辑的诗意故事”[56]。作者引用了戏剧学者兼剧作家阿瑟·霍姆伯格的观点来描述歌剧的非叙事性：

> 像《海滩上的爱因斯坦》这样的威尔逊作品的一个特点是大量的叙事片段在舞台上交叉和碰撞。然而，这些叙事片段可能很难识别。碎片之间的间隙比碎片更大，给想要故事的观众几英亩的空间来建造一个故事。通过将戏剧从叙事转向抒情诗，并强调艺术手段而不是故事情节，威尔逊用空间和时间结构来替代叙事结构。但同时，威尔逊的作品中仍然充斥着故事的幽灵，他的故事可能没有开始或结束，但无数叙事的种子就在那里。[57]

55 Johannes Birringer. Under the Paving Stones, the Beach (Sous les Pavés, La Plage). *op. cit*., p.196.

56 Leah G. Weinberg. *Opera Behind the Myth. op. cit*., p.74.

57 Arthur Holmberg. *The Theatre of Robert Wilson*. Cambridge, UK: Cambridge University Press, 1996, p.11.

与此同时，在作者看来，格拉斯的音乐能够与威尔逊的叙事片段有效结合。一方面，音乐遵循了西方调性音乐的叙事逻辑。另一方面，格拉斯又将音乐置于重复的、附加的发展模式中从而不断地破坏这种逻辑。因此，格拉斯和威尔逊都通过运用熟悉的东西吸引观众，同时又将传统的地毯从他们的脚下拉出来，迫使他们发展新的阅读能力。

约翰·理查森和伊莲娜·诺瓦克则对《爱因斯坦》中的非叙事情节提出了不同的看法。他们认为，格拉斯采用非叙事情节的做法不仅来源自极简主义音乐风格，也是对传统古典音乐中的“英雄形象”的解构。首先，《爱因斯坦》描绘的是真实的历史人物，但其并未采用普通的传记描绘，而是由抽象的、以图像为中心的松散材料组成，类似于安迪·沃霍尔的丝网印刷或超现实主义作品中的解构主义肖像学[58]。第二，《爱因斯坦》在音乐技术上与传统的古典、浪漫主义英雄主义相距甚远。歌剧由流动的八分音符和十六分音符节奏组成，主要唱词为合唱团背诵的数字和视唱练耳符号。和声在相互竞争的调中心之间诡异地转换，而这些调中心又不会如观众所期望的那样解决[59]。这些特征都与传统音乐叙事中的英雄主义，如宏伟的音阶、长音渐强、活力的节奏、明亮的音响、乐器的齐奏形成了很大差异。因此，一些评论家将格拉斯作品中的人物形象塑造称为法国哲学家让·利奥塔所说的“反崇高”。另一方面，格拉斯在这部作品中又保留了部分英雄主义元素，并将其转移到演员身上。这表现在演员将持续表演歌剧近 5 个小时，同时还需要经过严格的训练才能记住所有台词以及威尔逊精心设计的同步动作。因此，耐力元素将表演者塑造成为作品中具有英雄意义的形象[60]。

（三）对超现实主义的运用

理论家弗雷德里克·詹姆逊将后现代主义描述为“没有潜意识的超现实主义”[61]，而约翰·理查森和伊莲娜·诺瓦克在《超越戏剧的歌剧》一书的绪论中则认为可以用“新超现实主义”来看待《爱因斯坦》这部歌剧，并将其作

58 Jelena Novak, and John Richardson ed. *Einstein on the Beach: Opera Beyond Drama. op. cit.*, p.45.

59 Jelena Novak, and John Richardson ed. *Einstein on the Beach: Opera Beyond Drama. op. cit.*, p.45.

60 Jelena Novak, and John Richardson ed. *Einstein on the Beach: Opera Beyond Drama. op. cit.*, p.46.

61 Fredric Jameson. *Postmodernism or The Cultural Logic of Late Capitalism*. Durham, NC, Duke University Press, 1991, p.67.

为信息时代的曙光和全球资本主义崛起的产物[62]。

超现实主义起源于法国，盛行于 20 世纪 20-30 年代的欧洲文学及艺术界。其主要特征是以所谓“超现实”“超理智”的梦境、幻觉等作为艺术创作的源泉，认为只有这种超越现实的“无意识”世界才能摆脱一切束缚，显示客观事实的真实面目[63]。该运动的发起人包括安德烈·布勒东、路易·阿拉贡和苏波，代表艺术家及作品包括马克斯·恩斯特的《沉默之眼》、萨尔瓦多·达利的《记忆的永恒》等。

理查森和诺瓦克探讨了超现实主义在歌剧《爱因斯坦》中的具体表现特征。首先，《爱因斯坦》中的超现实主义体现在歌剧引导人们依赖于非连接的、梦幻般的逻辑，用联想取代叙事。三个主题（火车、审判和太空飞船）中的每一个都被分解成一组图像，并通过观众的个体意识重新融合。正如格拉斯所说，整部歌剧可以看作是爱因斯坦的一个梦。阿夫拉·西迪罗普卢在其文章《在混乱中创造美——罗伯特·威尔逊在〈海滩上的爱因斯坦〉中的视觉创作》中也指出，这部歌剧的组织原则既不是主题性的，也不按时间顺序，而是坚决的非线性和重复性，构成了一个复杂的梦境结构[64]。11 人合唱团只有数字名称的催眠性吟唱（“1-2-3-4，1-2-3-4”）让听众感觉到时间的冰冷。在这种半睡眠状态中，听众进入了爱因斯坦的梦境。与听觉一样，视觉效果也通过延长和强调极端的持续时间来调整观众的感知。歌剧布景中的一个巨大的水平光条以极其缓慢的速度上升到垂直位置，呈现出催眠、停滞和慢动作的视觉策略；同时，精确、机械的舞蹈动作与重复的音乐同步。这一系列将时间延长的做法都使得“叙事变成了神话并放大了幻觉效果”[65]。

第二，歌剧的部分文本是由自闭症患者克里斯托弗·诺尔斯撰写的，他不连贯的意识流反映了歌剧的语言特征。第三，其他超现实主义元素包括在书面文本和投影图像中使用拼贴技术。歌剧将不完整的片段、记忆和图像并置在一起，接近超现实主义美学。这些拼贴的物体和图像从滋养它们的文化中分离出来，与历史上更遥远的物品联系在一起。历史学家简·阿斯曼称这些物品为

62 Jelena Novak, and John Richardson, ed. *Einstein on the Beach: Opera Beyond Drama. op. cit.*, p.49.

63 王刚编著：《放飞的情感：超现实主义》，天津科学技术出版社，2011 年版，第 1 页。

64 Avra Sidiropoulou. Creating Beauty in Chaos: Robert Wilson's Visual Authorship in Einstein on the Beach, in Jelena Novak, and John Richardson, ed. *Einstein on the Beach: Opera Beyond Drama*. New York: The Routledge Press, 2019, p.260.

65 Avra Sidiropoulou. Creating Beauty in Chaos. *op. cit.*, p.266.

“记忆的形象”[66]，记忆触发了联想，但同时又强烈地提请人们注意行动与历史起源之间的距离。在两位学者看来，《爱因斯坦》中的碎片化形象能够让观众处于记忆与失忆的中间地带，“我们记得或一半记得歌剧历史、音乐历史、歌剧主角的行为，但同时我们被展开的现在所震撼，在这里可以重新构思行为。”[67]

因此，在笔者看来，超现实主义是《爱因斯坦》区别于传统歌剧的创作理念。通过改变和分离现实的行为，《爱因斯坦》将人们的注意力从传统的思维方式和存在方式中转移开来，实现了记忆与失忆、真实与虚构、梦境与现实之间的平衡，为历史人物赋予具有时代特征的当下形象。

除了以上学者提到从作者身份、叙事情节和创作理念等角度对传统歌剧的颠覆外，温伯格在《神话背后的歌剧》中还提到了《爱因斯坦》对传统歌剧进行革新的其他方面，包括对歌剧技术的更新、对西方古典音乐会行为的解构以及对时代语境的反映等方面。就技术革新而言，在《爱因斯坦》中，格拉斯首次将循环结构、附加节奏等极简主义音乐技法融入歌剧中，使音乐发展的逻辑与传统的歌剧音乐完全不同。其次，《爱因斯坦》颠覆了歌剧院的礼节。歌剧没有设置预定的休息时间，而是由每位观众自行决定休息。音乐从歌剧院开张时而非幕布拉开时开始，代表着歌剧打破生活与艺术界限的含义。最后，《爱因斯坦》的创作模式体现出对 20 世纪 70 年代纽约市中心 SOHO 艺术社区合作精神的反映。市中心的 SOHO 艺术社区是名副其实的艺术家聚居地。其中，戏剧、音乐、舞蹈和造型艺术相互作用、影响与融合。《爱因斯坦》的作曲家和导演在编舞等团队成员的协助下从支撑整个市中心艺术场景的思想与观念角度来创作这部作品。正如霍华德 · S · 贝克尔所言，“合作的形式可能是短暂的，但往往成为或多或少的常规，产生了我们可以称之为艺术世界的集体活动模式”[68]，结合贝克尔的观点，我们可以了解《爱因斯坦》在非文学戏剧、歌剧和极简主义音乐的宏大叙事中可以被理解为广泛合作而非仅仅是两位主要艺术家的产物。

在笔者看来，以上学者的研究从不同角度阐释了《爱因斯坦》对传统歌剧

66 Jan Assmann. Collective Memory and Cultural Identity. *New German Critique* 65 (Spring-Summer 1995): pp.125-133.

67 Jelena Novak, and John Richardson, ed. *Einstein on the Beach: Opera Beyond Drama. op. cit.*, p.57.

68 Howard S. Becker. *Art Worlds*. Berkeley: University of California Press, 2008, p.1.

的革新，这也正是该歌剧所具有的特征：其既继承了传统歌剧的形式，又在不同层面上对传统歌剧进行了颠覆与革新。就歌剧的作者身份而言，其创作模式肯定了以作曲家、导演为核心的概念作者，同时也鼓励表演艺术者以及边缘化团队成员的创作声音。在《爱因斯坦》中，这些创意材料的贡献者包括编舞露辛达·柴尔兹、口语文本作者克里斯托弗·诺尔斯以及歌手琼·拉·芭芭拉等。就歌剧的叙事而言，温伯格提出，歌剧《爱因斯坦》体现出诗意化、碎片化的叙事特征。而在约翰·理查森和伊莲娜·诺瓦克看来，《爱因斯坦》的叙事体现出对传统古典音乐“英雄形象”的解构。就创作理念而言，《爱因斯坦》的新颖之处在于其引入了20世纪的超现实主义理念和艺术思潮。其在作品中具体表现为非连贯的梦幻般逻辑、非线性的时间体验、数字化的催眠性唱词、意识流的口语文本、拼贴式的投影图像等特征。最后，温伯格从该歌剧对创作技术革新、对传统音乐会行为的解构以及对20世纪70年代纽约市中心SOHO艺术社区合作模式的反映等方面总结了《爱因斯坦》超越传统歌剧的具体特征。正是这些创新之处，标记了歌剧《海滩上的爱因斯坦》在极简主义音乐及20世纪音乐史上的重要地位。总体而言，英美学者试图从《爱因斯坦》对传统歌剧的革新之处来看待其在创作上的传承与创新，该研究视角是新颖且独具特色的。

二、溯源：音乐、艺术、戏剧先驱

任何新事物的产生都不是无源之水、无本之木。对于歌剧《海滩上的爱因斯坦》来说更是如此。在《神话背后的歌剧》中，作者温伯格对歌剧《爱因斯坦》在音乐、艺术和戏剧上的先驱思想和理念进行了分析与溯源，并认为该作品受到了瓦格纳的整体艺术作品理念，杜尚、凯奇学派的先锋血统以及阿尔托、格洛托夫斯基等当代戏剧理论的影响。

（一）瓦格纳的整体艺术作品理念

温伯格指出，一些欧美评论家致力于将《爱因斯坦》与德国作曲家理查德·瓦格纳的歌剧作品及其整体艺术作品理念联系在一起进行讨论。在欧洲，柏林《晨报》的音乐评论家克劳斯·盖特尔将瓦格纳的“整体艺术作品”一词用在《爱因斯坦》身上，并认为《爱因斯坦》标志着一个划时代的事件：音乐戏剧新时代的曙光，一个明显受美国影响的时代[69]。盖特尔指出，每一个世纪

69 Leah G. Weinberg. *Opera Behind the Myth. op. cit.*, p.100.

左右都会出现一次歌剧革命的新思潮，19 世纪是瓦格纳，20 世纪是威尔逊，他们影响了对非传统歌剧的批判性评价。在温伯格看来，评论家盖特尔不仅将《爱因斯坦》视为一种新的音乐剧方法，而且将其视为一部美国歌剧，成为了代表美国艺术前沿的文化大使[70]。

在美国评论家的眼里，《爱因斯坦》是一部土生土长的作品。他们也对《爱因斯坦》和瓦格纳歌剧之间的联系进行了讨论。《纽约时报》的评论家约翰·洛克威尔提出，威尔逊和格拉斯的工作方式很容易被称为瓦格纳式，而瓦格纳是 400 年歌剧史上最有远见的改革家[71]。埃德蒙·怀特在《克里斯托弗街》发表的评论强化了格拉斯和瓦格纳的联系："尽管格拉斯听上去一点也不像瓦格纳，完全没有瓦格纳的探索色彩，但他们二人都用音乐包围着听众，并向他们灌输一种超越时钟时间的持续感。"[72]《纽约客》的安德鲁·波特认为《爱因斯坦》是一部整体艺术作品："在这部作品中，威尔逊的浪漫主义风格、诱惑力和拼贴技巧被格拉斯对纯粹结构的强烈坚持所调和。"[73]约翰·豪厄尔宣称《爱因斯坦》是"70 年代罕见的整体艺术作品"[74]；而约瑟夫·马佐在新泽西州报纸《记录》上写道："就像瓦格纳的最后一部歌剧一样，《爱因斯坦》很容易让人讨厌、嘲笑，甚至睡觉，但不可能被忽视。"[75]总体而言，在作者温伯格看来，这些评论帮助《爱因斯坦》获得了欧美批评界和学术机构的认可，成为"开创性的"、"传奇性的"、"经典的"，甚至"准神秘的"歌剧活动。

针对欧美评论家的言论，作者认为，理查德·瓦格纳的整体艺术作品理念对于《爱因斯坦》的创作产生了一定的影响。一方面，格拉斯和威尔逊的雄心壮志、作品不朽的规模以及前卫影响的连续性都能通过瓦格纳的整体艺术作品理想对《爱因斯坦》的文化相关性进行历史解读。另一方面，从更直接的语境看，尽管具有一定的相似性，但影响 19 世纪德国作曲家瓦格纳创作的社会、政治和文化环境与 20 世纪 70 年代的美国先锋派及其文化领域中的合作网络已脱节了一个多世纪。[76]

---

70 Leah G. Weinberg. *Opera Behind the Myth. op. cit*., p.101.

71 John Rockwell. "Einstein," New Wilson Opera, Taking Shape. *New York Times*, March 8, 1976.

72 Edmund White. Einstein on the Beach. *Christopher Street*, January 1977.

73 Andrew Porter. Musical Events: Many-Colored Glass. *New Yorker*, December 13, 1976.

74 Leah G. Weinberg. *Opera Behind the Myth. op. cit*., p.108.

75 Joseph H. Mazo. Einstein: More Bland than Brilliant. *The Record*, December 21, 1984.

76 Leah G. Weinberg. *Opera Behind the Myth. op. cit*., p.124.

（二）杜尚、凯奇学派的先锋血统

瓦格纳的创作理念与先锋派实验歌剧在时代语境上的脱节促使作者温伯格从 20 世纪 70 年代的美国先锋派理念中寻找影响《爱因斯坦》创作的思想来源。作者从格拉斯对“先锋派”一词的阐述中看到，杜尚、凯奇等人的观念思想是《爱因斯坦》诞生的美学谱系支柱：

> 音乐可以从根本上改变我们的体验。即使使用萨蒂或勃拉姆斯的语言，我们仍然可以写出极端激进的作品……以这种方式工作的人们发现，让一首乐曲焕然一新的不是一种新的和声或一种新的音调组织；这是一种新的观念。[77]

作者提出，观念是杜尚艺术中的核心，同时也是早期极简主义的直接前身。杜尚在蒙娜丽莎画像上画胡子（《L.H.O.O.Q.》，1919 年），并将小便器（《喷泉》，1917 年）等物品作为艺术展出，其主要目的并不是影响绘画或雕塑中的表现手段，而是质疑我们之所以将艺术视为艺术的方式。这些作品将生产、生活中的物品呈现为艺术，模糊了艺术与生活之间的界限。同时，他还认为艺术家不是意义的仲裁者，只是将作品概念传递给观众的媒介，观众则通过自己的感知完成作品[78]。作曲家凯奇则将音乐视为一种游戏的时间结构。“写音乐的目的是什么？”凯奇回答，“并不是处理目的，而是处理声音”，“或者答案必须以悖论的形式出现：有目的的无目的或无目的的游戏”[79]。

温伯格认为，杜尚与凯奇的理念反映在《爱因斯坦》的结构方式中。威尔逊提到：“当我读《沉默》时，这本书改变了我的生活。你可以从后面往前面读，从中间往后面读。对我来说，这是一次全新的经历。”[80]因此在《爱因斯坦》中，威尔逊对视觉材料进行了灵活处理，采用了类似儿童书的阅读实践模式，以任何顺序对其进行设计和阅读，充分体现出凯奇式“无目的音乐”的灵感启发。第二，威尔逊对创作持续时间较长的戏剧作品感兴趣，“你可以来来往往，它总是在上演，总是在发生”[81]。对这种去除仪式感、倾向生活化的艺术作品的兴趣也反映出杜尚、凯奇试图模糊艺术与生活之界限的理念。第三，

77 Philip Glass. Interview by Sylvère Lotringer and Bill Hellermann, “Phil Glass: Interview,” *Semiotexte 3*, no. 2 (1978): p.185.
78 Leah G. Weinberg. *Opera behind the Myth. op. cit*., p.131.
79 John Cage. *Silence: Lectures and Writings. op. cit*., p.12.
80 Leah G. Weinberg. *Opera behind the Myth. op. cit*., p.136.
81 Leah G. Weinberg. *Opera behind the Myth. op. cit*., p.136.

杜尚和凯奇都强调观众参与意义的产生。威尔逊也认为，在歌剧中观众可以体验到时间和空间结构，并自由地对它作出情感上的反应[82]。因此，杜尚和凯奇的思想与意图影响了《爱因斯坦》创作的美学视野，并使其在创作理念上与先锋派思想保持一致。

另一方面，《爱因斯坦》也体现出对凯奇理念的背离。在凯奇的创作中，机遇、偶然等因素占据了重要的位置。相反，《爱因斯坦》则体现出一种较为系统化、理性化的控制论。作品完全拒绝随机机会，准确地编排每一个视觉和听觉动作。在约翰内斯·伯林格看来，威尔逊倾向于“通过机械和数学的方法来支持冰冷的精确性”[83]，作品中这种高科技的控制感似乎违反直觉。因此，《爱因斯坦》所呈现的印象是一个雄心勃勃的时间操纵实验，被伯林格比喻为“一台新神话时代的时间机器”[84]。

（三）格洛托夫斯基的质朴戏剧理论

温伯格认为，《爱因斯坦》的创作还受到当代戏剧界的一些著名戏剧理论，包括贝托尔特·布莱希特的史诗剧场，安东宁·阿尔托的残酷剧场以及杰尔兹·格洛托夫斯基的质朴戏剧理论的影响。以质朴戏剧为例，温伯格提出，其与极简主义音乐共享了一些美学特征。格洛托夫斯基是格拉斯和威尔逊的同代人，因其在波兰的戏剧表演革命而声名鹊起。这位戏剧家设想了一种可以被类比为极简主义的戏剧。他建议从根本上减少所有非戏剧本质的元素，包括化妆、服装、布景、灯光等，最后只剩下演员的表演。根据格洛托夫斯基的说法，戏剧的存在离不开“演员与观众之间感性的、直接的、现场的交流关系”[85]。因此，在作者看来，格洛托夫斯基的质朴戏剧形成了与极简主义艺术、音乐和电影相称的创作风格。相对于威尔逊的新超现实主义戏剧的奢华象征性风格，格拉斯的极简主义音乐、德·格罗特以及柴尔兹的还原式舞蹈模式更符合格洛托夫斯基的美学理念。

综上所述，在笔者看来，《海滩上的爱因斯坦》对观众及批评家的吸引力很大程度上在于格拉斯和威尔逊对先锋派艺术观念、歌剧、戏剧理论的精辟

82 Leah G. Weinberg. *Opera behind the Myth. op. cit.*, p.139.

83 Johannes Birringer. Under the Paving Stones, the Beach (Sous les Pavés, La Plage). *op. cit.*, p.151.

84 Johannes Birringer. Under the Paving Stones, the Beach (Sous les Pavés, La Plage). *op. cit.*, p.152.

85 Jerzy Grotowski. *Towards a Poor Theater*. New York: Simon and Schuster, 1968, p.24.

输出。这些思想和理论将纽约曼哈顿下城的艺术场景融入到前卫的音乐与艺术世界中。杜尚、凯奇对艺术定义的革新、布莱希特、阿尔托和格洛托夫斯基以及他们的思想传播者组成了一个由纽约市中心向外辐散开来的艺术思想网络。

三、方法：技术、意象、情感分析

除去对《海滩上的爱因斯坦》创新性的阐述和艺术思想的溯源，英美学界针对这部歌剧的研究还体现在其多元化的分析方法和研究视阈中。其中，笔者认为较有代表性的包括对这部作品创作技术、意象的分析、以及由聆听主体形成的对作品各种不同情感体验的阐释性分析等。以下，笔者将针对这几类研究方法及其相关文献进行分析与总结。

（一）创作技术分析

在英美学界，包括凯尔·江恩、米洛斯·莱科维奇等学者都曾对歌剧《海滩上的爱因斯坦》进行了音乐创作技术的分析。在《〈海滩上的爱因斯坦〉中的直觉与算法》[86]中，江恩对作品的基本音乐语汇及陈述方式进行了总结。首先，江恩认为，极简主义音乐的出现使得我们已经走出了颂扬序列主义和严格机遇过程的时代。但同时，在20世纪60年代的先锋音乐环境中，科学崇拜的盛行使得极简主义音乐也变得科学化并成为一种数学现象。

在文章中，江恩重点对格拉斯作品中的重组技巧与附加技巧进行了分析。他认为，重组技巧体现为作品多次采用了相同的平行连续动机与和声写作，但每次的使用都略有不同[87]。在结构上，某些场景重复出现，且每次出现都带有变化。例如，审判场景在第一幕第二场、第三幕第一场中出现；第二幕第一场的舞蹈1与第三幕第二场的舞蹈2非常相似，只是后者增加了爱因斯坦的小提琴独奏。因此，在作者江恩看来，《爱因斯坦》中的一个标志性创新是，音乐段落成为一种设计元素，其可以在一个膝剧到另一个膝剧，或从一幕到另一幕中重复使用。

在对循环音乐元素的使用上，作者列举了作品中反复出现的、包含三个和

86 Kyle Gann. Intuition and Algorithm in Einstein on the Beach, in Jelena Novak, and John Richardson, ed. *Einstein on the Beach: Opera Beyond Drama*. New York: The Routledge Press, 2019, p.198.

87 Kyle Gann. Intuition and Algorithm in Einstein on the Beach. *op. cit.*, p.200.

弦、四个和弦及五个和弦的进行。从谱例 4-1 中可以看到，三个和弦的进行是一个简单的和声终止公式 vi-V-I，其出现在膝剧 1、3、4、5 中；四个和弦的进行总是以缓慢的琶音形式出现，并在审判场景、床场景中出现；五个和弦的进行体现了从 f 小调到 E 大调的逐渐过渡，是宇宙飞船场景的基础，同时也出现在火车场景、建筑场景以及膝盖剧 2、3、4 中。

谱例 4-1：《爱因斯坦》中的循环和弦进行和重复使用的音乐材料[88]

此外，作者还列举出在不同场景中出现的一些重复使用的音乐材料（见谱例 4-1 的第二行）。比如向上的 a 小调分解三和弦；在火车和夜火车场景中的降 A 大调 la-fa-la-si-do-si 旋律进行作为一种分段的标记，以及几乎构成建筑场景全部音乐材料的二音组与三音组组合模块。

就附加、缩减技巧而言，江恩认为，这种技术带来了作品中足够多的渐进过程，实现了节奏的缓慢扩展和收缩，并为听众提供感知训练，教会他们倾听时间框架的逐渐扩展。在《爱因斯坦》中，一些片段的附加过程体现出刻板的逻辑性。例如在床场景（第四幕第二场）中，女高音在表 4-3 中的四个和弦（f-^{b}E-C-D）的循环上演唱，节奏的长度周期以一种可预测的方式扩展。

88 Kyle Gann. Intuition and Algorithm in Einstein on the Beach. *op. cit*., p.202.谱例中的英文已由笔者翻译为中文。

表 4-3：《爱因斯坦》床场景中的附加节奏过程[89]

f	^{b}E	C	D
4+3	4	4+3	4
4+3+2	4	4+3+2	4
4+3+2	4+3	4+3+2	4+3
4+3+2	4+3+2	4+3+2	4+3+2
4+3+3+4	4+3+2	4+3+3+4	4+3+2
4+3+3+4	4+3+2+2	4+3+3+4	4+3+2+2
4+3+3+3+4	4+3+2+2	4+3+3+3+4	4+3+2+2
4+3+3+3+4	4+3+3+4	4+3+3+3+4	4+3+3+4
4+3+3+3+3+4	4+3+3+4	4+3+3+3+3+4	4+3+3+4
4+3+3+3+3+2+2+4	4+3+3+4	4+3+3+3+3+2+2+4	4+3+3+4
4+3+3+3+3+2+2+2+4	4+3+3+4	4+3+3+3+3+2+2+2+4	4+3+3+4
4+3+3+3+3+2+2+2+4	4+3+3+2+4	4+3+3+3+3+2+2+2+4	4+3+3+2+4

随后，通过具体对《爱因斯坦》中的火车场景和两个舞蹈场景的分析，江恩认为，《爱因斯坦》的创作采用了极端受限的材料，体现出作曲家对自己艺术“不那么慷慨”[90]的创作理念。同时，通过在有限的材料中迂回，使得作品的语言具有了某种内在的神秘感。

在笔者看来，江恩对《爱因斯坦》创作技术的分析体现出该歌剧在音乐语言上的最基本特征。作者主要分析了歌剧中的重组技巧和附加、缩减过程，涵盖了音高、节奏等基本音乐元素，力图展示格拉斯音乐中基于数学化、理性化思维的音乐建构模式。

（二）歌剧意象分析

歌剧《海滩上的爱因斯坦》塑造了多种意象，其中包括标题中的海滩，作为重要结构元素的火车、审判法庭、床、场地、宇宙飞船等意象，具有天真意味的纸飞机、小男孩等意象，以及具有永恒、循环意味的时钟、圆规等意象。英美学者针对这些意象及其背后的含义进行了多角度的分析和解读。

泽内普·布鲁特在文章《匿名的人声、音响和冷漠》中对《爱因斯坦》中的“海滩”意象进行了分析。布鲁特引用社会学家马克·奥盖对海滩的描述来

89 Kyle Gann. Intuition and Algorithm in Einstein on the Beach. *op. cit.*, p.204.
90 Kyle Gann. Intuition and Algorithm in Einstein on the Beach. *op. cit.*, p.222.

进行阐释：

> 海滩具有"非地方"的特征，人们可以穿过，而不是居住其中。海滩暗示了开始和结束，但没有叙述，因为海滩没有历史，海滩游客与早期的沿海人没有任何联系。相反，它呈现出一个永不改变的永恒回归点——一个从未发生过任何事情的地方……它与自然和历史的真实关系必须始终隐藏，因为它在现代文化中是逃避、湮没和遗忘的主要场所。[91]

基于海滩原本的意义，在布鲁特看来，《爱因斯坦》中的海滩具有孤独、冷漠的特质，该特质可以用来诠释歌剧中的无意义声音，如合唱团演唱的数字和视唱符号、克里斯托弗·诺尔斯的文本创作等。诺尔斯的文本将看似无关的词语聚集在一起，使所有的元素都在表面上相互作用，形成了一种无深度模式，代表了对海滩的想象。在这种情况下，文字失去了意义及象征性的内容，从而突出了其声音特性和语言的物理特征。

大卫·坎宁安在《海滩上的爱因斯坦》中对歌剧的结构意象进行了分析。他认为，歌剧存在三个结构元素，包括火车（1）、审判（2）和场（3）。第一幕包括火车和审判（A+B）两个场景，第二幕包括场和火车（C+A），第三幕包括审判和场（B+C），而第四幕包含了 ABC 三个元素及其转化。其中，火车变成了建筑物，审判变成了床，场变成了宇宙飞船[92]。因此，从整体上看，这个四幕歌剧具有 9 个部分的整体结构：呈现为 123、123、123 的组织方式。

坎宁安对第四幕中的嬗变过程作出了解释。他认为，火车是相对论最常用的例证，例如，可以从两列相互通过的火车之间的相对关系中测量火车的长度。歌剧将相对论假设为一条定律，因此，火车变成了一个建筑物，呈现出固定、静止的特征。阿夫拉·西迪罗普卢在文章《在混乱中创造美：罗伯特·威尔逊在〈海滩上的爱因斯坦〉中的视觉创作》中对床的场景作出了诠释。他认为，床场景体现了与梦有关的视觉、听觉和结构指标。他推测，床暗示了爱因斯坦是一个梦想家和有远见的人[93]。而追求梦想是这部歌剧作品中压倒一切的主题。

91 John R. Gillis. *The Human Shore: Seacoasts in History*. Chicago: University of Chicago Press, 2012, p.150-151.

92 David Cunningham. Einstein on the Beach, in Richard Kostelanetz, ed. *Writings On Glass: Essays, Interviews, Criticism*. New York: Schirmer Books, 1997, p.152.

93 Avra Sidiropoulou. Creating Beauty in Chaos. *op. cit.*, p.270.

对于场变成了太空飞船的内部，在坎宁安看来，这是一种由远及近的视角推进过程。宇宙飞船在前两个“场地”场景中一直悬浮在舞台上方，而此处则展示了在其内部所发生的系列事件[94]。西迪罗普卢则认为，宇宙飞船是一个传说中的物体，其代表着超越我们与生俱来的局限性的乌托邦愿望[95]。

同时，除了歌剧中承担主要结构元素的三个意象外，西迪罗普卢还提出，“天真”意象也是《爱因斯坦》中较为重要的意象元素[96]。如歌剧“火车”场景中从右到左缓慢移动的纸板火车似乎直接从童话故事中走来；又如一个孩子站在铺满铁轨的一座桥上，反复朝烟雾弥漫的舞台扔纸飞机的场景。西迪罗普卢认为，这个男孩可能是爱因斯坦的年轻版本，也有可能是另一个未来的科学家。

此外，时钟和圆规等通用符号强化了永恒的意象。为了达到永恒的目的，导演威尔逊将日常生活事件前景化并强调这些活动的重复性。例如，人们坐在办公桌前擦亮指甲的画面，或是一群人齐声吃外带午餐的程式化描绘。因此，西迪罗普卢认为，威尔逊对歌剧的布景具有人文主义理想，它完善了社区的经典理想。在无休止的、机械的、相互交换的人物角色和重复的行为活动中，威尔逊创造了一个可以称为后人类世界的景观。[97]

在笔者看来，以上三位学者均在他们的文章中讨论了《爱因斯坦》中的意象塑造，但他们的观点具有不同的侧重点。泽内普·布鲁特着重于强调歌剧中没有意图的声音，诸如合唱团的数字和视唱符号、克里斯托弗·诺尔斯的文本都给歌剧带来了一种冷漠的情感体验；大卫·坎宁安则主要对歌剧的结构意象进行了研究，并认为这些意象都不同程度地与爱因斯坦的相对论相联系；阿夫拉·西迪罗普卢则对歌剧中代表天真的“纸板火车”“纸飞机”意象、代表永恒的“时钟”意象，以及代表人文主义理想的“日常生活事件”意象进行了分析，并认为歌剧显示出社区的经典形象和创作者的人文主义理想。由此可见，三位学者基于不同主题下的意象分析呈现出差异性特征，并为解读《爱因斯坦》歌剧的意象提供了多元化的路径。

（三）聆听主体的情感分析

普威尔·阿普·西恩在《只有图片可以阅读：通过实验剧场阅读〈海滩上

94 David Cunningham. Einstein on the Beach. *op. cit.*, p.152.
95 Avra Sidiropoulou. Creating Beauty in Chaos. *op. cit.*, p.271.
96 Avra Sidiropoulou. Creating Beauty in Chaos. *op. cit.*, p.272.
97 Avra Sidiropoulou. Creating Beauty in Chaos. *op. cit.*, p.273.

的爱因斯坦〉》[98]中从聆听主体的角度对《爱因斯坦》中的疏远、分裂、反讽、超凡视觉等情感进行了解读。

西恩的论述基于“解读一段音乐就是隐含地冒着注意到理解中有一个‘我’的风险”[99]而展开。正如作曲家菲利普·格拉斯所言,《爱因斯坦》的故事“是由观众的想象力提供的，我们无法预测这个故事对任何特定的人来说可能是什么。”[100]因此，在西恩看来,《爱因斯坦》鼓励观察者以任何有意义的方式拼凑歌剧，我们不需要寻找具体的含义，而应该尽情发挥想象力，忘记情节、叙事和所有与传统歌剧相关的戏剧幻想，因为在《爱因斯坦》中，它们已被“图片”和“音乐”所取代[101]。因此，作者提出，聆听主体有责任对作品施加某种形式和秩序，并可以尝试提出对《爱因斯坦》的多样性阐释。

“聆听主体”的概念用于描述在音乐情境中构建主体的位置。苏珊娜·瓦利迈基将其进一步定义为“听众成为音乐话语的主体”，并将音乐作为“声音的自我体验”[102]。在作者看来，听力主体的概念在应用到《爱因斯坦》时特别适合。由于歌剧没有任何明确定义的叙事内容，注意力不可避免地转移到听者身上。作曲家格拉斯提出了非叙事性在他音乐中的重要性:

> 非叙事性的戏剧和非叙事性的艺术不是基于主题及其发展，而是基于不同的结构。作家们将主题从叙事中剔除：布莱希特通过讽刺的手法，贝克特通过碎片化的手法，而吉内特[103]则是通过超凡视野来实现的。[104]

基于格拉斯的描述，作者进一步提出了一系列坐标式、概念化的聆听立场来理解这部歌剧，包括讽刺、分裂和超凡视觉等术语，并分析这些情感在《爱因斯坦》中的具体体现。

首先，作者借用贝托尔特·布莱希特戏剧中的讽刺和疏远效应来分析《爱

98 Pwyll ap Siôn. Only Pictures to Hear: Reading Einstein on the Beach Through Experimental Theater, in Jelena Novak, and John Richardson, ed. *Einstein on the Beach: Opera Beyond Drama*. New York: The Routledge Press, 2019, p.223.

99 Naomi Cumming. *The Sonic Self: Musical Subjectivity and Signification*. Bloomington and Indianapolis: Indiana University Press, 2001, p.287.

100 K. Robert Schwarz. *Minimalists*. New York: Phaidon Press, 1996, p.135.

101 Pwyll ap Siôn. Only Pictures to Hear. *op. cit*., p.225.

102 Susanna Välimäki. Subject Strategies in Music: A Psychoanalytic Approach to Musical Signification. *Imatra* (2009): pp.133-135.

103 让·吉内特是法国小说家、剧作家、诗人、散文家和政治活动家。他的主要作品包括小说《小偷日记》《圣母花》以及话剧《阳台》《女仆》和《银幕》等。

104 Pwyll ap Siôn. Only Pictures to Hear. *op. cit*., p.233.

因斯坦》中的场景和音乐。布莱希特认为，情感上的疏离能够导致讽刺，使观众对作品背后的信息有更真实、更微妙的理解。同时，布莱希特将戏剧的“动作和手势简化到最低程度”，与格拉斯的“极简主义”美学形成类比。作者认为，在歌剧《爱因斯坦》中，主角爱因斯坦也被简化为具有疏离特征。例如，在第四幕场景一的“建筑”中，爱因斯坦出现在一座建筑物内，而建筑外的生活仍在继续。这一刻，爱因斯坦和世界产生了距离，展示出强烈的个人疏离感，成为了一个孤立的人物。在歌剧中，讽刺多被用来转移和推迟观众对某种情况的认同感。例如在第一幕场景二“审判”中，当宣布法庭开庭时，两位法官向观众扮鬼脸，由此法庭形式化的浮夸让位给了幽默和讽刺。两位老法官以嘲讽的方式发表了长篇大论，颂扬平权运动和妇女解放的美德。法庭严肃的气氛被幽默所抵消，观众对角色的认同感被法官模棱两可的讽刺语调所削弱。

第二，贝克特碎片化和简约化的戏剧风格也对格拉斯的音乐产生了影响。作者认为，贝克特的碎片化理念产生出对钟表学的排斥，使听众每次都会在不同的结构点体验到戏剧中的宣泄时刻[105]。歌剧《爱因斯坦》也采用了一种碎片化的叙事风格，例如在膝剧 1 中，合唱团演唱的数字和随机说话的声音呈现出一种时间开始之前的时间。同时，电子管风琴上稳定的、循环重复的 vi-V-I 低音线条又呈现出这种碎片化叙述方式的反面。此外，克里斯托弗 · 诺尔斯的意识流般的文本也加剧了场景的碎片化感觉。因此，通过分析，作者认为碎片化能够造成疏离感，但其中也孕育着稳定和秩序。

第三是吉内特的超验视觉。吉内特的超验视觉可以被理解为一种“想象力的转变”所带来的仪式氛围，并在那些相信超然力量、功效的人面前上演[106]。超验视觉体验在歌剧最后一幕中表现得尤为突出。第四幕场景三“宇宙飞船”展示了歌剧启示录式高潮，指出了科学探索以彻底的毁灭而告终：音乐家们成为了以爱因斯坦为指挥的音速宇宙飞船的操纵者，人类和机器在色彩饱和的线条和层次所营造的噩梦般的视觉中相互作用。现场也越来越混乱，自动化机器最终失控。因此，观众最终看到的是令人痛心的超然景象所带来的困境[107]。

由此，笔者认为，作者西恩根据作曲家菲利普 · 格拉斯所描述思想渊源，

105 Pwyll ap Siôn. Only Pictures to Hear. *op. cit.*, p.235.
106 Pwyll ap Siôn. Only Pictures to Hear. *op. cit.*, p.236.
107 Pwyll ap Siôn. Only Pictures to Hear. *op. cit.*, p.247.

对《爱因斯坦》提供了基于“倾听主体”的不同情感阐释。这种倾听的策略打开了听众的想象之门，以他们的个人感知为出发点来阐释歌剧中的事件、视觉效果和音乐陈述，形成了在缺乏叙事情节的后现代歌剧中的倾听主体对音乐的意义塑造。

综上所述，在笔者看来，英美学者将歌剧《海滩上的爱因斯坦》视为标记着20世纪歌剧艺术发展的里程碑和西方文化的重要转折点。学者们针对该歌剧形成了基于不同视角的研究。其中，利亚·温伯格在《神话背后的歌剧：〈海滩上的爱因斯坦〉的档案检查》以及约翰·理查森和伊莲娜·诺瓦克在《海滩上的爱因斯坦：超越戏剧的歌剧》中，探讨了该作品对传统歌剧在作者身份、叙事情节和创作理念等方面的革新；第二，结合温伯格的《神话背后的歌剧》，笔者对《爱因斯坦》在音乐、艺术和戏剧上的先驱思想进行了溯源；最后，笔者分别就凯尔·江恩的《〈海滩上的爱因斯坦〉中的直觉与算法》、泽内普·布鲁特的《匿名的人声、音响和冷漠》、大卫·坎宁安的《海滩上的爱因斯坦》、阿夫拉·西迪罗普卢的《在混乱中创造美：罗伯特·威尔逊在〈海滩上的爱因斯坦〉中的视觉创作》以及普威尔·阿普·西恩在《只有图片可以阅读：通过实验剧场阅读〈海滩上的爱因斯坦〉》等学者的论文探索了研究《爱因斯坦》的多元方法。这些文献通过对歌剧创作技术的研究、对音乐和视觉意象的研究以及对聆听主体情感的分析，进而从不同角度呈现出该歌剧的各个侧面与整体样貌。

第三节　《阿赫那顿》在英美学界中的研究

《阿赫那顿》是作曲家菲利普·格拉斯创作于1983年的一部基于埃及法老阿赫纳顿生平和宗教信仰的歌剧。歌剧的文本以原始的埃及语演唱，并在其中结合了叙述者以现代语言（如英语或德语）的评论。歌剧由三幕组成。第一幕分为三个场景，讲述了阿赫那顿在底比斯统治的第一年。前奏曲为a小调，呈现了公元前1370年的底比斯景象。场景一为阿赫那顿的父亲阿蒙霍特普三世的葬礼。场景2为阿赫那顿的加冕礼。场景3为“出现之窗”，以阿赫那顿与母亲泰伊王后及妻子娜芙蒂蒂的三重唱为特征。

第二幕分为四个场景，跨越了阿赫那顿5至15岁的十年时间。场景一为神殿，主要讲述了阿赫那顿及其追随者袭击神庙从而结束了其父阿蒙的统治。场景二是阿赫那顿和娜芙蒂蒂的爱情二重唱。场景三描绘了一段轻松的舞蹈，以庆祝阿赫那顿帝国城市的建设。场景四是阿赫纳顿演唱的一首赞美太阳神阿顿的咏叹调。

第三幕呈现了阿赫纳顿统治的第 17 年及现在。场景一为家庭，描绘了阿赫那顿、娜芙蒂蒂和他们的六个女儿在沉思中默默歌唱。旁白阅读了来自叙利亚诸侯的信件，请求阿赫纳顿帮助对抗敌人，但国王似乎并没有注意到这个国家正在分崩离析。场景二为对城市的进攻和沦陷。霍伦哈布、阿耶和大祭司煽动人民袭击宫殿，导致王室被杀，太阳之城摧毁。场景三为废墟，回归歌剧一开始的音乐。叙述者赞美“异端”的死亡和旧神的新统治。场景转移到今天的埃及，旁白以现代导游的身份出现并描述到：“这座拥有寺庙和宫殿的辉煌城市已经一无所有”。场景四为尾声。阿赫那顿、娜芙蒂蒂和王后泰伊的鬼魂在废墟中无声地歌唱并加入了歌剧开头的葬礼队伍。

针对这部歌剧，英国伦敦城市大学音乐系教师约翰·理查森在其专著《歌唱考古学：菲利普·格拉斯的〈阿赫纳顿〉》中，对该歌剧进行了详细的解读与分析。他认为，“歌唱考古学”概括了这部特定歌剧的主题，成为了对格拉斯和其同时代艺术家在 20 世纪 80 年代所追求的歌剧方法的一个恰当比喻。在书中，作者想要解决的主要误解之一是极简主义作曲家创作的音乐是没有过去的音乐，并进一步探讨后现代主义思想对过去的看法。《阿赫纳顿》无论是在音乐还是主题方面都公开地参考了历史实践[108]，因此，该作品非常适合这项任务。

一、方法与路径：考古学、后现代诗学与音乐分析学的交织

《歌唱考古学》的第一章讨论了《阿赫那顿》的起源，并考察了格拉斯和他的合作者在构建歌剧时的思想借鉴史。理查森认为，格拉斯的歌剧三部曲体现出 19 世纪理查德·瓦格纳的大歌剧传统和不朽品味。但同时，格拉斯又透过明显的后布莱希特式、后现代戏剧的感性镜头来进行创作[109]，展现出 20 世纪下半叶歌剧的新特征。在作者看来，格拉斯的肖像三部曲都具有一种“后人类主义”取向。在《海滩上的爱因斯坦》中，爱因斯坦本是公认的和平主义者，在歌剧中却因对发明原子弹的知识体系做出了贡献而接受审判；《非暴力不合作》体现了神话与历史的交织。歌剧与真实的历史事件相关，主角甘地能够逐

108 John Richardson. *Singing Archaeology: Philip Glass's Akhnaten. op. cit.*, p.xiii.
109 John Richardson. *Singing Archaeology: Philip Glass's Akhnaten. op. cit.*, p.2.

字背诵《博伽梵歌》并将其作为鼓舞人心的源泉，进而带领南非印度人民进行斗争。在作者看来，在这两部歌剧中，作曲家都关注了一位20世纪的、具有神话色彩的精神领袖。

从伊曼纽尔·维利科夫斯基的《俄狄浦斯与阿赫纳顿：神话与历史》一书中，作曲家格拉斯偶然遇见了他的第三个“思想家”。这本书将俄狄浦斯神话事件与公元前14世纪埃及法老阿赫那顿的生活联系起来。以阿赫纳顿的故事为蓝本，格拉斯请来了历史学家沙洛姆·戈德曼为他构建剧本。他们试图保留和传达给观众一些原始文物的味道，并对历史主题采取了最小干预原则下的自由处理，以使其在20世纪的歌剧背景下更好地发挥作用。在作者看来，这种最小干预原则与历史学家米歇尔·福柯所倡导的对历史文本的“考古”方法有很多共同之处。在福柯看来，考古学关注的是将话语本身作为一座纪念碑，而不是通过重建缺失的叙述和意义将纪念碑变成文件[110]。在《阿赫纳顿》的纪录片中，格拉斯一边细读阿赫纳顿圣城的废墟，一边评论道：“与其试图完成这个经常发生的故事，我还想，尽可能多地保留我们所知道的，并相信它是不完整的。”[111]由此可见，格拉斯和福柯都允许文件为自己说话，而不是将创作者的主观解释强加给它们。

作者提到，在更宽泛的意义上而言，格拉斯《阿赫纳顿》的方法是考古学的。首先，歌剧所采用的文本是最纯粹意义上的考古学。《阿赫纳顿》中没有新编写的语言材料，所有文本都来自现有的历史和当代资源，并且都是用这些材料最初的语言来呈现的：包括古埃及语、阿卡德语和希伯来语。第二，在歌剧的音乐中，格拉斯广泛借鉴了巴洛克时期以及包括现代主义在内的其他各时期的音乐风格，从中可以看出对不同音乐类型的“考古形式”。这种对历史材料的考古态度是20世纪70年代末和20世纪80年代初后现代艺术的重要指标。它表明了对历史的日益增强的意识、对过去的新谦卑。

在第二章中，理查森从后现代主义的角度探讨了《阿赫纳顿》的理念及其影响之来源。他借用安德烈亚斯·胡伊森和莎莉·贝恩斯对后现代主义特征的描述来阐释格拉斯音乐创作中的后现代主义倾向。胡伊森列出了20世纪60年代北美后现代主义最显著的四个特征：

1. 在现有思想上打破传统，可与早期的前卫运动，如达达主义

110 John Richardson. *Singing Archaeology: Philip Glass's Akhnaten. op. cit.*, p.10.
111 John Richardson. *Singing Archaeology: Philip Glass's Akhnaten. op. cit.*, p.11.

和超现实主义相媲美；

2. 对制度化艺术及其自主意识形态的反感，体现生活、艺术二分法和审美知识分子无懈可击的地位，其目的是捍卫好与坏品味之间的区别（“高”和“低”艺术）；

3. 对技术的迷恋。媒体技术和控制论被视为主要的解放力量。这可以追溯到 20 世纪 20 年代受马克思主义影响的文化批评（本雅明、布莱希特等）；

4. 流行艺术形式的倡导，即流行形式优先于高雅艺术。[112]

这些特征在一定程度上可以映射到极简主义音乐上。在贝恩斯看来，20 世纪 60 年代的后现代主义艺术具有“糊涂、讽刺、俏皮、历史参考、本土材料的使用、文化的连续性、对过程的兴趣高于产品，各艺术形式之间、艺术与生活之间界限的破裂，以及艺术家与观众之间的新关系”[113]等特征。在这方面，极简主义音乐对本土材料的使用（三和弦、调性、稳定的节奏节拍）、对过程的兴趣以及与世界音乐的关系等都符合贝恩斯的标准。在他的后现代主义歌剧中，格拉斯将现代主义的话语打开并重写，向文本的异质性开放。在凯奇之后，格拉斯重建了与传统的对话，成为将极简主义带入歌剧领域的第一人。

理查森认为，《阿赫纳顿》代表了格拉斯逐渐转变为诗意歌剧叙事的阶段。作曲家本人将作品描述为“不是‘故事’的歌剧，而是情节象征性的肖像”[114]。因此，他的极简主义歌剧的一个突出特征便是，他不愿意为剧中人物的内心世界（即情感和体验）提供清晰的音乐和戏剧路标。那么为什么格拉斯要改变传统的规则呢？在作者看来，必须转向戏剧世界以进一步阐明由格拉斯和其他后现代主义代表制定的规则中去讨论。

作者提出，格拉斯音乐剧院对经典表现模式的革新受到阿尔托、布莱希特以及印度南部喀拉拉邦地区的卡塔卡利戏剧传统的影响。安东宁·阿尔托是法国著名的演员、导演、剧作家和散文家。他拒绝西方戏剧的传统戒律，转而支持一种他称之为残酷戏剧的新方法，即试图通过直接攻击观众的感官来禁用

112 John Richardson. *Singing Archaeology: Philip Glass's Akhnaten. op. cit*., p.31.

113 Sally Banes. *Terpsichore in Sneakers*. Middletown, Conn.: Wesleyan University Press, 1987, p.xv.

114 Philip Glass et al. *Akhnaten*. Booklet Accompanying the Compact-Disk Recording, CBS Records, 1987, p.16.

他们散漫的思维模式[115]。阿尔托深受巴厘岛戏剧的影响。在那里，他发现了各种戏剧媒介之间的完美平衡。每一种媒介都有自己的句法与意义，且其都与一个更大的整体紧密相连。相比之下，西方戏剧对阿尔托来说则显得贫乏，因为它过度依赖对话，在他看来，对话的本质不是戏剧而是文学。

阿尔托首次提出非文学、非叙事形式的戏剧，这一想法后来成为后结构主义文学和文化理论的基石之一。作者认为，罗伯特·威尔逊和菲利普·格拉斯合作歌剧中的强烈仪式感在很大程度上可以归功于阿尔托。阿尔托的作品充斥着诸如振动、重复和咒语等术语，这些术语很容易应用于格拉斯的音乐[116]。肖像三部曲中都可以找到使用咒语语言的明显例子。在《海滩上的爱因斯坦》中，歌剧的文本部分仅由数字和视唱符号组成，它们还可以作为表演者的助记符；《非暴力不合作》整体采用了西方观众不熟悉的梵语进行演唱；而《阿赫纳顿》采用古埃及语等古老的语言写成，呈现出咒语的、非叙事的和难以理解的语言特征。因此，在这些歌剧中我们可以看到几乎完好无损的阿尔托式的象形文字的呈现。

“异化”或“距离效应”是贝尔托特·布莱希特重要的戏剧理论。在布莱希特眼里，异化通过对习以为常、众所周知的事件和人物性格进行剥离，使演员与角色、演员与观众之间产生一种距离，进而使观众从新的角度来看待这些事件和人物性格，并从中见出新颖之美[117]。正如布莱希特本人所说，异化是一种表征形式，“它让我们能够认识它的主题，但同时又让它显得陌生”[118]。

那么在特定的音乐术语中，异化是什么？以俄罗斯形式主义者的标准来讲，异化的音乐话语由显眼的修辞动机组成，其句法被程式化和不透明，并且严重依赖重复材料的使用[119]。这听起来很像是对格拉斯音乐语言的描述。那么，布莱希特的影响有可能延伸到格拉斯的音乐话语中。在格拉斯的音乐中，异化首先体现在与传统的、线性的、戏剧性的方法形成鲜明对比的情节。在作者看来，这种对情节的厌恶可以追溯到亚里士多德：在他的诗学中，这位希腊哲学家写到，“在简单的情节和动作中，情节是最糟糕的。我所说的‘插曲情

115 John Richardson. *Singing Archaeology: Philip Glass's Akhnaten. op. cit*., p.39.
116 John Richardson. *Singing Archaeology: Philip Glass's Akhnaten. op. cit*., p.42.
117 杨向荣：《陌生化》，《外国文学》，2005 年第 1 期。
118 John Richardson. *Singing Archaeology: Philip Glass's Akhnaten. op. cit*., p.46.
119 John Richardson. *Singing Archaeology: Philip Glass's Akhnaten. op. cit*., p.47.

节'是指事件发生的顺序没有可能性或必要性的情节"[120]。布莱希特采纳了亚里士多德的部分思想，因此，他的戏剧事件并非完全由叙事轨迹预先决定，这也体现在《阿赫纳顿》的音乐中。格拉斯歌剧中的第二个异化特征体现在，《阿赫那顿》中的考古材料本身就可以被解释为一种异化效应，其主要目的是让我们对历史事件的看法扎根于当下。这就是布莱希特所说的"历史化"，它是作品《阿赫纳顿》精神的重要组成部分。例如，这种历史化的尝试体现在格拉斯将《阿赫那顿》的尾声设置在阿赫那顿圣城的现今废墟中。他想通过这种方式告诉观众，尽管 20 世纪的人们正在观看想象中的公元前 1400 年的埃及，但埃及的真正废墟今天仍然存在。

卡塔卡利是印度西南部喀拉拉邦的一种本土舞剧形式，其对格拉斯歌剧创作的影响主要体现在以下四个方面。首先，卡塔卡利演员使用复杂的手势系统。64 种基本手势可以组合成多达 500 种不同的词，从而传达出复杂的戏剧信息。导演阿奇姆 · 弗雷尔在斯图加特演出的《阿赫纳顿》版本中便采用了类似于卡塔卡利的程式化手势来配合格拉斯的音乐，为其提供了一种刺激且风格恰当的对位。第二，卡塔卡利充满活力的节奏是其音乐最独特的元素，这对格拉斯有一定的吸引力，因为格拉斯的音乐语言主要是通过对节奏的强调来定义的。第三，卡塔卡利的音乐被描述为"充满魔力"。这种魔性是因为卡塔卡利具有强大的打击乐队伍，包括一个锣、一个三角铁、钹和两到四面鼓。因此，作者认为卡塔卡利中的打击乐使用对《阿赫纳顿》中的打击乐使用产生了影响。最后，卡塔卡利在演出中使用的原始梵文文本，包括《摩诃婆罗多》和《罗摩衍那》是由一位叙述者翻译的，这可与《阿赫纳顿》中使用叙述者的方式等同起来。因此，不难看出格拉斯的歌剧与这种对大多数西方人来说充满异国情调的音乐剧形式之间的亲和力。

在第三章中，理查森主要对《阿赫那顿》的音乐语言进行了技术分析。他将作曲家的技术特征分为（1）附加过程、（2）多节奏和循环分层、（3）和声循环、（4）和声模糊与双调性，以及（5）大型结构等五个方面来进行总结与论述。

首先，附加过程是格拉斯广为人知的创作技法，其受到印度音乐塔拉的启发，并在格拉斯早期的极简主义作品中得到了广泛运用。这种技法的特征体现在，当对单个音符或动机单元进行附加或缩减时，格拉斯没有用小节线的变化

120 John Richardson. *Singing Archaeology: Philip Glass's Akhnaten. op. cit.*, p.48.

来打断音乐时间，而是采用更流畅的术语来构想节奏。

织体的多节奏被作者认为广泛地存在于三部歌剧中。通过调整多节奏结构的密度和复杂性，作曲家能够制造不稳定性，从而产生音乐强度的变化[121]。作者举例，在《阿赫纳顿》的加冕场景（第 1 幕场景 2，排练号 49 处，谱例略）中，长笛（叠加钢片琴）、长号和低音单簧管（叠加大号）演奏的三声部多节奏分离感产生了对节奏稳定性的强烈渴望。通过分析，理查森进一步得出了作者使用多节奏结构的戏剧性理由。在他看来，这个场景中产生的音乐不稳定总体上反映了权力从最近被埋葬的国王阿蒙霍特普三世到他的儿子阿赫纳顿的过渡所造成的不稳定[122]。其中，长笛等高音乐器演奏的三拍子旋律很容易与对新宗教秩序的渴望联系起来；与此同时，反对变革的声音则表现为低音乐器的二拍子节奏。

歌剧中的和声循环集中体现在对恰空循环结构的使用。作品中，代表阿赫纳顿性格特征的三个恰空模式均出现在第一幕场景一描绘阿赫纳顿加冕礼的音乐中。作曲家通过采用平行和弦、转位和弦、附加音和弦、踏板音等技术造成了和声结构与和声进行的模糊性和不稳定性。此外，双调性的使用能够给作品带来一种不祥的主题氛围。

最后，作者谈到了《阿赫纳顿》对大型结构的使用。这种大型结构体现在作曲家对整部歌剧调性的宏观布局上：

表 4-4：《阿赫纳顿》的调性结构图[123]

第一幕	i-I/v-i-v[^{b}VII]-i（a 小调-e 小调-a 小调-e 小调[G 大调]-a 小调）
第二幕	i-v-i-I/i（a 小调-e 小调-a 小调-A 大调）
第三幕	v-vi/VI-i（e 小调-f 小调/F 大调-a 小调）

作者认为，歌剧的调性与其戏剧主题是精心巧妙地交织在一起的。例如，在第二幕场景四阿赫纳顿对太阳的赞美诗中，调性从 a 小调到 A 大调的转变见证了歌剧中无与伦比的超越时刻，并揭示出音乐调性转变背后的意义[124]。

综上所述，在笔者看来，作者从考古学、后现代主义和音乐创作技法三个

121 John Richardson. *Singing Archaeology: Philip Glass's Akhnaten. op. cit*., p.58.
122 John Richardson. *Singing Archaeology: Philip Glass's Akhnaten. op. cit*., p.60.
123 John Richardson. *Singing Archaeology: Philip Glass's Akhnaten. op. cit*., p.88.
124 John Richardson. *Singing Archaeology: Philip Glass's Akhnaten. op. cit*., p.89.

方面对这部作品进行了解读，展示了分析方法的多样性和思想理念的多元性。《阿赫纳顿》汇集了许多不同视角、理念、戏剧形式和更广泛的文化传统，代表了对格拉斯的多种影响。在《阿赫纳顿》中，可以看到考古学的理念。作品的文本保留了原始的埃及语言，并借鉴了盛行于巴洛克时期的音乐体例，如恰空舞曲，表明了对历史意识的增强。同时，后现代主义思潮、阿尔托、布莱希特的戏剧理念以及印度本土舞剧卡塔卡利对格拉斯也产生了一定程度的影响，并反映在作品创作中。最后，格拉斯的音乐既融合了极简主义音乐技法，又展现出结合情节、叙事的不断更新，从而形成了真正属于作曲家自己的创作语言。

二、解读与阐释：旧秩序、新几何象征与权利的神化和堕落

在专著的第四章至第七章，作者理查森对歌剧中的场景进行逐一解读和阐释。在第四章中，理查森讨论了歌剧的前奏以及第一幕前两个场景是如何表现旧秩序的。首先，他总结了歌剧序曲的几个特征。其一是序曲的再现性。不同于大多数传统或现代歌剧，《阿赫纳顿》的序曲在全剧中出现了三次：第一次是作为前奏，第二次是在靠近歌剧黄金分割点位置的第二幕场景三，第三次是在尾声的废墟场景中。序曲的多次出现体现出其过渡的功能，促进了真实与想象、叙事与非叙事之间的连接。其二是序曲的表现性和描绘性。序曲一开始就为听众提供了构建音乐意义的客观性，并让他们的想象力占据主导地位：在阿赫纳顿遗址周围的游客看到了几块砖头、建筑物的平面图、干涸的河床，然后砖变成墙，墙变成殿，殿变王宫。不久，这些地方充满了生命、植被、色彩、气味和歌声[125]。基于此，作者认为歌剧序曲从一开始就展示出一种表现性特征。其三是序曲中的水生比喻。在序曲及其再现中，叙述员都明显提到了河流。河流在古埃及具有重要意义。尼罗河是古埃及文明和循环世界观的象征，也是连接生者与死者的纽带。在葬礼仪式中，人们会将死去的国王遗体从尼罗河东岸运送到西岸。在阿奇姆·弗雷尔的版本中，序曲中的阿赫纳顿从舞台中央的五朔节花柱状结构中展开，缠绕在他躯干上的丝带使得河流的比喻和脐带的比喻都浮现在脑海中，在作者看来，这都是对音乐水生比喻的极具洞察力的诠释[126]。

125 John Richardson. *Singing Archaeology: Philip Glass's Akhnaten. op. cit.*, p.93.
126 John Richardson. *Singing Archaeology: Philip Glass's Akhnaten. op. cit.*, p.95.

第一幕场景一描绘了阿蒙霍特普三世的葬礼，这被作者认为是对旧秩序的音乐表现。葬礼音乐的不和谐让人们联想到暴力是建立和维持皇权的底线，因此这段音乐一开始的鼓声、铜管和木管音色便赋予它原始和准军事的声音。古埃及存在一种迷恋死亡的文化，这种“死亡焦虑”构成了格拉斯描绘古埃及秩序和埃及人民崇拜众神的基础[127]。因此，格拉斯将古埃及文化与具有现代音乐风格的语言相结合来描绘这段葬礼音乐。首先，格拉斯采用了打击乐的音色来表现埃及父权制文化中的礼仪音乐。打击乐原始的节奏和鲜明有力的声音能够激起古埃及人民的激情。第二，采用不和谐和声及带有三全音的旋律，如阿耶的主题（a-$^\#$d-$^\#$f-$^\#$g）。阿耶是阿赫纳顿的岳父，同时也是旧宗教秩序和太阳神崇拜之间的流浪者。他咄咄逼人的歌唱风格及其旋律线中的三全音音程使他毫不含糊地与阿赫纳顿抒情而空灵的嗓音区分开来。同时，这个段落还使用了建立在$^\#$D 音上的踏板音，它和主调 A 音之间为三全音的关系。该踏板音被作者描述为“就像章鱼将黑色墨水注入清澈湛蓝的河水中”[128]。第三是采用频繁的调性转变。在葬礼开始时，调性在调中心 e 和它的属调 b 之间摇摆不定；当男合唱进入时，音乐又在 A 大调上展开。在这里，父亲阿蒙霍特普担任大调，阿赫纳顿担任小调，使 A 音成为一个相互竞争的音高中心，并在很长时间内都呈现出大、小调模糊的状态。第四，这个场景突出了两个自然的元素。一是风，是“标志着一个时代结束和下一个时代曙光的幸运之风和变化之风”[129]，在音乐中用木管的音色来表现；另一个元素是“火”，代表着地狱的熔炉或启迪之火，同时象征着迎接年轻的王位继承人。

第一幕场景二是阿赫纳顿的加冕礼，音乐主要以三个恰空模式为特征。在加冕仪式上，旧秩序的三位拥护者阿蒙大祭司、霍勒姆哈布和艾伊带领底比斯的人民聚集在舞台上，为新任统治者阿赫纳顿戴上王冠。作者认为，三位族长的歌唱除了代表传统的宗教秩序外，还让人想起了拉康的镜像阶段，其中主体（阿赫纳顿）通过在镜子中观察自己来与周围的世界区别开来[130]。正是这种行为导致了主体产生一种基本的异化感，这种异化感来自于歌剧对阿赫纳顿雌雄同体的性别建构。

第五章通过对第一幕场景三，以及第二幕前两个场景的分析，阐释了“新

127 Philip Glass. Music by Philip Glass. New York: Harper and Row, 1987, p.154.
128 John Richardson. *Singing Archaeology: Philip Glass's Akhnaten. op. cit*., p.94.
129 John Richardson. *Singing Archaeology: Philip Glass's Akhnaten. op. cit*., p.118.
130 Jacques Lacan. *Écrits: A Selection*, trans. Alan Sheridan. London: Tavistock, 1977, p.17.

秩序”如何在歌剧中表现出来。首先，作者对阿赫纳顿的超男高音音色及其意义进行了论述。在“出现之窗”的三重唱中，阿赫纳顿空灵的超男高音的第一次发声被认为是这部歌剧的高潮之一。格拉斯描述这种效果为：

> 对我来说，阿赫纳顿使用超男高音的吸引力是从一个成年男人的嘴唇里听到高亢、美丽声音，一开始的效果会非常惊人，使得阿赫纳顿与他周围的所有人区别开来。[131]

在作者看来，阿赫纳顿的声音能够分享更高层次的快乐与欢爽，并将他与周围环境明显区分开来[132]。因此，格拉斯为阿赫纳顿设置的超男高音角色既反映出一种直接挑战严酷父权制政权的音乐话语，也反映出阿赫纳顿在生理和心理上的双性同体特征[133]。

除去阿赫纳顿的超男高音设置以外，这个三重唱中泰伊的女高音和纳芙蒂蒂的女低音设置也具有特色。通常，人们会期望母亲的声音更低而浪漫女主角的声音更高。然而，《阿赫纳顿》却带给听众们两重惊喜。观众会惊讶于形象怪诞的泰伊拥有健康的女高音嗓音；而当美丽的纳芙蒂蒂以女低音进入时，观众又会假设这个声音来自年龄较大的女性。事实上，随着音乐的发展，人们会发现纳芙蒂蒂的声音是极具吸引力的。伊丽莎白·伍德将纳芙蒂蒂的女低音称为蓝调：黑暗、朦胧、极度性感、危险或愉悦[134]。因此，这段音乐使人们不得不重新审视声音类型和随之产生的性别、年龄偏见。

第二，作者对这一场景中阿赫纳顿、纳芙蒂蒂和泰伊的三重唱进行了较为详细的分析（见谱例 4-2）。在这一唱段中，阿赫纳顿所唱主题的前四个音 a-b-c-e 是加冕礼中恰空模式的低音主题，其上升运动可以作为一种隐喻的日出崇拜。皇后泰伊以高于阿赫纳顿五度的高音 e 进入，显示出歌剧主调 a 与他者调性 e 之间的关系，代表了阿赫纳顿与他人的关系。泰伊旋律中下降的四音列模式 a-g-f-e 与阿赫纳顿的下降音列 e-d-c 相呼应，说明了他们在血统上的联系。作者在这里提到整部歌剧中最有趣的音乐事件之一：当阿赫纳顿下降到 c 音之后，泰伊分别从前一小节前两拍中的 e^2 音跳到后两拍中的 a^1 音，从而在音乐上围绕着他。妻子纳芙蒂蒂和泰伊一样，在低阿赫纳顿纯四度的五级音 e^1 上进入，强调了两者之间强大的物理联系。在接下来的三个小节中，纳芙蒂蒂

131 Philip Glass. *Music by Philip Glass. op. cit.*, p.156.
132 John Richardson. *Singing Archaeology: Philip Glass's Akhnaten. op. cit.*, p.94.
133 John Richardson. *Singing Archaeology: Philip Glass's Akhnaten. op. cit.*, p.142.
134 John Richardson. *Singing Archaeology: Philip Glass's Akhnaten. op. cit.*, p.154.

一直在阿赫纳顿旋律线下面低一个三度演唱，随后，她逐渐实现了旋律独立，并在旋律中以两次纯四度下跳 a-e-b 为特征，进入了比阿赫纳顿低一个八度的 a 音。

谱例 4-2：《阿赫纳顿》第一幕场景三“出现之窗”的三重唱[135]

接下来，作者对第二幕场景二中阿赫纳顿和纳芙蒂蒂的爱情二重唱进行了分析。理查森认为，在该唱段中，格拉斯致力于塑造出阿赫纳顿、纳芙蒂蒂和太阳神阿顿“三位一体”的图像，作为歌剧的新几何象征。作者分别从场景设置和音乐语言两个方面来进行分析。在二重唱中，两位主角面对面坐着，手伸向对方，掌心相扣。两只空闲的手，即阿赫纳顿的左手和纳芙蒂蒂的右手伸向太阳，他们手臂所包围的空间形成一个截断的三角形。该三角形代表了一种神圣的三位一体，太阳圆盘也成为这对夫妻共同意识的抽象象征[136]。音乐对“三位一体”的描绘同样精巧。作曲家在二重唱中还加入了小号，以其金属音色象征太阳神的光芒。同时，作者还提到了象征“三位一体”的数字 3 在歌剧中的频繁出现，包括前奏音乐在歌剧中出现了三次，太阳的赞美诗被三首恰空打断等。在作者看来，这些与数字 3 相关的音乐事件有助于孕育该作品的象征意义。

在第六章中，作者通过运用乌托邦理论来阐释阿赫那顿在太阳赞美诗和家庭场景中的神化与堕落。在作者看来，阿赫那顿和他的追随者是最严格意义上的乌托邦主义者。乌托邦本身被定义为“一个具有完美社会和政治制度的虚构地方，或是一个理想的完美地方或事物状态”[137]。在地理上而言，阿赫纳

135 John Richardson. *Singing Archaeology: Philip Glass's Akhnaten. op. cit*., p.151.
136 John Richardson. *Singing Archaeology: Philip Glass's Akhnaten. op. cit*., p.102.
137 John Richardson. *Singing Archaeology: Philip Glass's Akhnaten. op. cit*., p.187.

顿的国土如同一个岛屿。它的东侧被尼罗河环绕，北、西、南三面是悬崖峭壁，只能通过水路到达。这部分解释了格拉斯在歌剧前奏中融入“水”元素的原因。就意义而言，作者将阿赫纳顿看作是“一位热心但不切实际的改革者”[138]，这也符合关于乌托邦的定义。法老几乎完全忽视军事和殖民事务，并导致了埃及帝国的部分崩溃。因此，阿赫纳顿的新宗教是一种不切实际的理想主义。由此可见，无论在地理上还是在政治上，阿赫纳顿和他所领导的土地与王朝都形成了一个与世隔绝的乌托邦。

理查森具体分析了第二幕场景四的太阳赞美诗。在这一场景中，阿赫那顿阐述了新宗教教义的核心原则，也说明了他作为太阳神和埃及人民之间的中介角色。在赞美诗结束时，格拉斯将音乐传递给了一个混合合唱团。合唱团以圣经希伯来语的古老语言演唱，成为歌剧中超然力量的真正源泉，在作者看来是“让心跳加快的声音”[139]。正是在这个集体的声音中，我们体验到了真正非个人主观性的优雅、力量和雄辩。[140]

在作者看来，赞美诗的结构及其在整部歌剧中出现的结构位置正是利用了古典音乐中的惯例来代表一种康德所说的“崇高”。因此，赞美诗的音乐是考古的，它将西方古典音乐的整个历史视为考古遗址，从中挖掘出能指以将它们从曾经滋养它们的语义场中连根拔起[141]。具体而言，赞美诗由三个部分组成，每个部分之前都有一个 a 小调的恰空模式，代表了不可避免的苦难循环。然而，赞美诗的三个部分都暗示了从痛苦的车轮中解脱出来。同时，作者提到了赞美诗由 a 小调向 A 大调的转变。它标志着音乐主题和音乐本体的融合时刻，是精神上的“回家”，反映出歌剧主角阿赫纳顿由痛苦到变形的自我转变。

第二，在作者看来，在第三幕场景一的家庭场景中，格拉斯营造出一种回归母亲怀抱的乌托邦幻想空间[142]。在场景中，国王不仅退回到他的圣城乌托邦，而且退回到舒适且与世隔绝的家庭生活中。理查森对该场景的描述如下：

> 我们听到的是阿赫纳顿自我构建的幸福家庭的明确声音。格拉斯把这个场景变成了人声并非偶然，目的是让我们和歌剧的主角一

138 John Richardson. *Singing Archaeology: Philip Glass's Akhnaten. op. cit*., p.187.
139 John Richardson. *Singing Archaeology: Philip Glass's Akhnaten. op. cit*., p.200.
140 John Richardson. *Singing Archaeology: Philip Glass's Akhnaten. op. cit*., p.200.
141 John Richardson. *Singing Archaeology: Philip Glass's Akhnaten. op. cit*., p.201.
142 John Richardson. *Singing Archaeology: Philip Glass's Akhnaten. op. cit*., p.217.

> 起完全回到子宫里。在他的六个天使女儿的催眠下，阿赫纳顿以一种隐喻回到他母亲的怀抱中，不是像以前那样陶醉于享乐的欲望，而是处于一种超越它的假死状态。[143]

在音乐上，格拉斯也同样描绘出这种状态所面临的死亡驱动。随着歌剧的“他者”调性 e 小调的不断波涛汹涌，我们目睹了阿赫纳顿在家庭和女人的领域中逐渐奄奄一息。在这里，作者运用佛教思想中的“神界”概念对这一他者调性的建构进行阐述。作者认为，他者的地方远非一个有利于精神发展的居所，而是一个停滞不前、自满、放纵、自负和骄傲盛行的领域。佛教徒说“众神之苦”，不是因为他们不快乐，而是因为他们梦寐以求的幸福是自我构建和短暂的：起初看起来是无限快乐的境界，结果却是无限痛苦的根源。因此，阿赫纳顿和他的家人自欺欺人地相信他们居住在绝对的领域中。但是，这种超越欲望、超越享乐的绝对他者包罗万象的完美感将逐渐让位于日益增长的不安感[144]。

在第七章中，作者对歌剧第三幕的最后三个场景进行了讨论与思考。在第三幕场景二“进攻和沦陷”中，阿蒙大祭司、霍伦哈布将军以及阿耶三位族长从一开始就暴力闯入，形成一股联合力量，煽动人民推翻阿赫纳顿的统治。合唱的出现以及由 f 小调到 F 大调的转调标志着歌剧最引人注目的“启示”时刻之一：从太阳神阿顿到旧秩序阿蒙主义的转变。场景三“废墟”再现了前奏的音乐。水是前奏的主要自然元素，也是阿赫纳顿的对手在与他的战斗中所使用的元素，有助于熄灭太阳神的火焰。观众随着尼罗河波光粼粼的河面被传送到阿赫纳顿市，在叙述员的带领下参观曾经的圣城废墟。最后一个场景“尾声”是对早期音乐素材的综合。阿赫纳顿、纳芙蒂蒂和泰伊再次出现在空旷的舞台上，他们加入了歌剧开头阿赫那顿父亲阿蒙霍特普三世的葬礼队伍，登上了天堂的土地。

综上所述，作者理查森在《歌唱考古学》中结合多种理论，对作曲家菲利普·格拉斯的《阿赫纳顿》进行了非常详细的分析。纵览全书，笔者认为，理查森在对歌剧《阿赫纳顿》的情节和场景进行解读的时所采取的视阈和立场是非常独特且具有闪光点的。

首先，基于东西方文明交流与互鉴的立场。在第六章中谈到《阿赫纳顿》

143 John Richardson. *Singing Archaeology: Philip Glass's Akhnaten. op. cit.*, p.220.
144 John Richardson. *Singing Archaeology: Philip Glass's Akhnaten. op. cit.*, p.224.

对东方的幻想时，作者理查森结合了萨义德、伯纳尔等学者的观点来对东西方文明进行宏观考量。在极简主义和后现代主义中，“东方”音乐提供了一个理想化的想象空间。这种对东方的想象曾广泛存在于西方学者的思想中。古埃及在西方历史学家关于他们过去的幻想中占据了令人不安和自相矛盾的位置。这表现在一些学者将古埃及视为西方思想的来源，而另一些学者则将古埃及描绘成一种反文明。一方面，他们渴望占有陌生和异国情调的文化，另一方面，他们又不愿意完全承认从中挪用的文化影响。在爱德华·萨义德看来，东方主义者经常将东方作为西方文明的对立面以定义自己的文化身份；马丁·伯纳尔则认为传统上起源于希腊的诸多思想实际上是非洲和亚洲早期思想的衍生物。作曲家格拉斯与伯纳尔的观点相呼应。他认为，西方文明起源于希腊的学说是观众接受阿赫那顿的主要障碍：“我们总是说希腊是我们文明的摇篮，而实际上它是埃及。”[145]因此，这种对古埃及异质文明的乌托邦式幻想成为作曲家菲利普·格拉斯在创作上的策略体现，《阿赫纳顿》及其主题成为了他可以赋予异域文化想象力的乌托邦阵地。

笔者认为，正如萨义德所言，“西方人眼中的东方并不是真正的东方，而是西方从自己立场出发对东方的歪曲与误读”[146]，或许我们可以将萨义德的“歪曲和误读”进一步解释成“想象”。在对东方的、异质文明的想象中，当代作曲家构成了他们独特的创作语言。传统的欧洲中心主义使得西方音乐的整体创作多偏重于技术、流派和风格，而忽略了作品中的思想性与神秘特征；《阿赫纳顿》则从历史性、考古性的理念出发，通过实现不同文明的交流、互鉴，探索了多元文明的共生与东方文明的强大潜力。古希腊文明不是原生性文明，而是吸收古埃及、古巴比伦文明而形成的次生文明。因此可以说，东方文明深刻地影响了西方文明。作者理查森从文明交融互鉴的角度出发对歌剧《阿赫纳顿》的文化挪用和全球主义理念进行了较为深刻的解读，并展示了西方艺术家作曲家是如何将他们对东方的想象投射到古埃及画布上的。

第二，基于当代西方文艺思潮中的性别立场。在笔者看来，理查森也将性别问题渗入到对这部作品的考古话语中。在文中，作者引用了英国埃及古物学家詹姆斯·贝基的观点，将阿赫纳顿作为统治者的无能归因于一种颠覆性的女

145 Edward Strickland. *American Composers: Dialogues on Contemporary Music*. Bloomington: Indiana University Press, 1991, p.157.

146 Cao Shunqing. *The Variation Theory of Comparative Literature*. Heidelberg: Springer, 2013, Introduction p.xxvi.

性影响。贝基认为，阿赫纳顿在“东方后宫的半明半暗和朦胧现实中长大”，并且“缺乏对人和事物的实用知识”[147]。因此，他的统治是女性化的。当外国势力威胁要入侵阿赫纳顿被阉割的王国时，埃及民族就像它的统治者一样，变成了一个性别岌岌可危的“女人”。在阿赫纳顿这种缺乏男子气概的领导中，埃及的扩张的殖民主义与军事政策被搁置，最终导致了其土地和人民信任的日渐丧失。

除了对阿赫纳顿性格、统治中的女性倾向的阐释，作者还对了阿赫纳顿的超男高音和纳芙蒂蒂超越普通歌剧女主角常规的女低音音色进行了解读，并引入韦恩·科斯滕鲍姆、乔克·达姆、米歇尔·波扎特、伊丽莎白·伍德等学者关于性别与声音的多元观点。科斯滕鲍姆对非传统方法的声音越轨感到高兴，并认为其将声音从二元秩序的影响中完全解放出来[148]。他认为，阿赫纳顿是典型的超越二元秩序的越轨声音。在乔克·达姆看来，超男高音挑战了二元性别秩序，超越了传统的男性与女性概念，形成声音独特的主观性结构[149]。米歇尔·波扎特也提出了类似的观点，认为声音的内在品质将一些本能的存在模式带到了表面，并超越了男性和女性[150]。而在她一篇关于女性声音中的性别编码的文章中，伊丽莎白·伍德将以某种方式违反性别主导秩序的女性声音，包括女低音音域和超女高音音域称为“蓝调声音”。这种声音的挑战是性别和性的两极，表明性别和性都是可转移的。对于听众来说，蓝调的声音是幻想和欲望的不稳定因素。拥有这种声音的女人具有穿越声音可能性边界的能力，代表着一种欲望的体现[151]。从这些相类似又各具特色的观点中，可以看到歌剧《阿赫纳顿》在对主要角色声音类型的选择上也采取了一种打破惯性常规的方式，突破了声音性别中的二元对立模式从而获得了与众不同的效果。以上多位学者的阐释观点都为解读这部作品的性别和声音设置提供了不同的看法，体现出作者在旁征博引文献和材料基础上的观点融合与多元阐释。

第三，基于阐释的象征、隐喻的分析方法。除了运用考古学、后现代诗学对歌剧的思想来源进行分析，运用音乐分析法对歌剧的音乐语言进行分析，运

147 James Baikie. *The Amarna Age: A Study of the Crisis of the Ancient World.* London: A. and C. Black, 1926, p.335.

148 John Richardson. *Singing Archaeology: Philip Glass's Akhnaten. op. cit*., p.140.

149 John Richardson. *Singing Archaeology: Philip Glass's Akhnaten. op. cit*., p.140.

150 John Richardson. *Singing Archaeology: Philip Glass's Akhnaten. op. cit*., p.140.

151 Elizabeth Wood. "Sapphonics," in Brett, Wood, and Thomas, eds., *Queering the Pitch*, pp.2766.

用文明的交融与互鉴、性别等宏观理论对歌剧中的人物、思想进行分析外，在专著中，作者还对微观音乐要素，包括段落、唱段中的音色、调性、旋律特征等进行了阐释，从而展示出其背后的象征、隐喻意义。

就音色而言，具有代表性的是作者在第一幕场景三“出现之窗”中对象征新秩序的欢快的管钟主题的分析。钟声总是和宗教仪式、宗教建筑（教堂或寺庙）联系在一起。歌剧中管钟独特的金属敲击声能够有效地吸引观众的注意力。同时，钟声在歌剧中的象征意义在于它是一种在火中铸造的乐器，而火是歌剧的主要元素。其他金属类乐器，如铜管、三角铁、钢片琴等音色也与太阳神及其追随者有着类似的关系。

就调性而言，作者对第一幕场景二阿赫纳顿加冕礼的调性安排及其寓意阐释如下。他认为，歌剧中两个主要的调中心关系如下：主调 a 小调是主人公阿赫纳顿最脚踏实地”的状态，而 e 小调则与阿赫纳顿和他人的关系以及对他人的渴望密切相关。在音乐中具体表现为，在阿赫纳顿获得王冠之后，调性从 a 小调转到 e 小调，这意味着从“自我”到“他者”调，从真实到想象，标志着阿克纳滕从相对隐蔽的私人生活到法老的旅程，也象征着赋予新统治者（想象的）土地遗产。

就旋律特征而言，作者对序曲中“犯罪”主题的分析则具有代表性。这个主题出现在歌剧的前奏中，由管弦乐队的低音乐器长号、大号和低音提琴奏出。主题由低音 F 开始（F 是第三幕第二场的进攻和沦陷场景中的中心音高），上升到降 B 音，再上升小三度到降 D，最后下落减七度到 a 小调的属音 E。这段音乐中最具特征的语言在于其在降 B 大调和降 b 小调之间的和声模糊。在作者看来，这种模糊是对阿赫纳顿性别特征的隐喻。而主题下落到 a 小调 E 音上则预示着阿赫纳顿的堕落，代表了在第三幕中他的对手对阿赫纳顿的毁灭性打击。

从以上的分析中可以看到，作者对《阿赫纳顿》的阐释立足于音乐本体，从具体的音乐形式，包括旋律、和声、调性等要素的实证观察为基础，从而看到了形式、符号背后的指示、象征、隐喻特点。因此可以看到，作者在分析时搜寻到了具有符号意义的元素，从而将其意义进一步深化，挖掘出了歌剧中潜在的精神内涵。

在对《歌唱考古学》一书的书评中，哈德斯菲尔德大学的罗伯特·阿德林顿教授认为作者理查森对歌剧进行了详细的审查，并广泛运用后现代理论阐明了丰富的潜在意义类型。他认为，本书的前面三个章节为介绍性章节，分别论述了格拉斯的作品主题，并将他的音乐和极简主义作为后现代主义现象进行评估，同时对《阿赫纳顿》的音乐语言进行简要评价。第四至第七章为中心章节，按时间顺序解读了整部歌剧。同笔者一样，阿德林顿提到该专著的亮点在于，理查森对相关文献进行了详尽挖掘，这一点通过简要浏览他的尾注就很容易证实[152]。例如，他讲述了许多关于阿赫纳顿历史人物的事实信息，这将提高听众对格拉斯作品的欣赏。第二，理查森对该歌剧自 1984 年首演以来的各个版本都很熟悉，这使得他能通过从不同的版本中提取关于歌剧的细节来丰富他的阐释。另一方面，阿德林顿认为理查森在书中的大量参考资料有时也成为了他研究的短板。在理查森的阐释中，一些出了名的复杂想法得到了最快速的处理，他不断渴望涉及另一个阐释框架，但剥夺了它们中任何一个想法的呼吸和发展的空间[153]。同时，他认为理查森在绪论中提出的“该书应该可供普通读者阅读”的意图已被忽视了。阿德林顿指出，“索绪尔的所指和能指二分法”“认识论滑移”“浪漫主义意指”“形而上学基础”都出现书中第 44 页的同一个句子中，这种带有艰深理论的长难句很容易给普通读者造成阅读障碍。最后，阿德林顿指出，理查森在第三章中关于调性模糊的讨论将成为格拉斯与史蒂夫·里奇、路易斯·安德里森等其他极简主义者进行比较研究的一个很好的起点，因为他们处理调性模糊的方法非常不同[154]。

结合阿德林顿教授对该书的评论，在笔者看来，总体上讲，理查森对《阿赫纳顿》的研究体现出逻辑清晰，内容翔实、观点多元、理论扎实等特点，从而为读者展现了一个全方位的阿赫纳顿和 20 世纪新歌剧的面貌。

由此，我们可以看到英美学界针对极简主义音乐中的多部著名的、重要的作品进行了研究，并涌现出许多代表性成果和新观点、新方法。除去以上三部在英美学界中引起较多关注和研究的作品外，英美学界的学者还对其他极简主义作品展开了研究。作曲家拉·蒙特·扬的《调准的钢琴》在英美学界中受

152 Robert Adlington. Reviewed Work (s): *Singing Archaeology: Philip Glass's Akhnaten* by John Richardson; *Four Musical Minimalists: La Monte Young, Terry Riley, Steve Reich, Philip Glass* by Keith Potter; *Jonathan Harvey* by Arnold Whittall. *Music & Letters* 82.3 (Aug, 2001), pp.487-491.

153 Robert Adlington. Reviewed Work (s): *Singing Archaeology: Philip Glass's Akhnaten* by John Richardson. *op. cit.*, pp.487-491.

154 Robert Adlington. Reviewed Work (s): *Singing Archaeology: Philip Glass's Akhnaten* by John Richardson. *op. cit.*, pp.487-491.

到了较多的关注。凯尔·江恩在《拉·蒙特·扬的〈调准的钢琴〉》中认为，扬的《调准的钢琴》是继查尔斯·艾夫斯的《协和奏鸣曲》以来最重要的美国钢琴作品，作品以其即兴创作模式标记了革命性的创新[155]。在文中，作者从调音、起源、和声语言、结构、主题和织体等方面对这部作品进行了分析；艾利森·韦尔奇在其博士论文《印度音乐对菲利普·格拉斯、特里·莱利和拉·蒙特·扬音乐作品的影响》中认为，《调准的钢琴》将西方音乐的文化象征——三角钢琴变成了拉格式的即兴创作工具，并指出该作品同时体现了源自西方和印度的音乐、哲学价值观，其在很大程度上是跨文化影响的结果[156]；罗伯特·长谷川达男在《当代音乐中的纯律音程和音高表现》中则从音程频率的角度对《调准的钢琴》进行了研究，认为扬基于音程比率开发了复杂的和声系统，纯律的、和谐的长延音允许对声音质量的沉思，并导致了一种极简主义的创作方法[157]。

英美学界针对作曲家史蒂夫·里奇创作的研究主要集中在其器乐作品中，引发较多研究的作品包括《不同的火车》《为十八位音乐家而作的音乐》《六重奏》等。其中，对作品《不同的火车》的研究具有代表性。在《〈不同的火车〉的见证美学》中，作者艾米·林恩·沃达斯基认为里奇在其位弦乐四重奏和磁带而作的《不同的火车》中通过将三位大屠杀幸存者的口述回忆拼接在一起，以直截了当、不带感情的方式呈现了二战期间犹太人受到大屠杀的档案证据。在分析中，沃达斯基在耶鲁大学福尔图诺夫大屠杀证词视频档案馆和纽约公共图书馆中寻找里奇作品中的三位幸存者保罗、瑞秋和雷切拉的原始证人陈述，认为当里奇在使用证词的摘录时，原始含义和语气已经被改变。通过研究，她认为《不同的火车》本身就受到证词的美学和不准确性质的影响：归根结底，它是里奇自己的大屠杀证词，由除他自己以外的目击者的声音制作而成[158]。在笔者看来，文学、艺术作品的创作都受到创作主体主观因素的强烈影响。事实上，艺术创作不同于历史书和纪录片，就算是被称为现实主义的艺术

155 Kyle Gann. La Monte Young's The Well-Tuned Piano. *Perspectives of New Music* 31.1 (Winter, 1993): pp.134-162.

156 Allison Clare Welch. *The Influence of Hindustani Music on Selected Works of Philip Glass, Terry Riley and La Monte Young. op. cit.*, pp.352-354.

157 Robert Tatsuo Hasegawa. *Just Intervals and Tone Representation in Contemporary Music. op. cit.*, p.6.

158 Amy Lynn Wlodarski. The Testimonial Aesthetics of Different Trains. *op. cit.*, pp.99-141.

作品也都体现出一定程度上的以史料为基础并融合创作者主观情感与想象力的特征。因此，笔者认为从里奇对证词转录中的不准确性去重新评估《不同的火车》艺术价值和道德成功未免有失偏颇。但沃达斯基的研究为学界进一步了解《不同的火车》所刻画的真实历史事件和证人证词是有益的。此外，那奥米·卡明在《身份认同的恐怖：里奇的〈不同的火车〉》中采用基于听力经验的“聆听主体立场”对里奇的《不同的火车》进行了分析；卡丽娜·文特尔在《尽管这发生在这里，那发生在那里》中认为，《不同的火车》通过一种强迫的重复使听众不断地回归到被抹去的过去并陷入无法言喻的痛苦中[159]。在文中，她考虑了《不同的火车》中的自传、记忆和档案证词的声音审美化和空间化，并重点关注这些主题是如何排列、重新排列，甚至有时是错乱、加密或沉默的。从以上学者的研究中，可以大致看到他们都较为关注对《不同的火车》的精神分析、听觉经验分析以及对作品的历史事件、证词的档案考证，呈现出多元化的研究思路与方法。

除了在本章中提到的《海滩上的爱因斯坦》和《阿赫纳顿》外，英美学界针对作曲家菲利普·格拉斯的《第五交响曲》《十二部音乐》《萨克斯管四重奏协奏曲》《小提琴与钢琴奏鸣曲》以及歌剧《非暴力不合作》《航行》等都进行了研究，研究成果主要体现为各英美院校的学位论文，如在其博士论文《后现代文化中的音乐与宗教：格拉斯、戈廖夫和里奇作品中的概念整合》中，罗彻斯特大学的学者内森·保罗·伯格拉夫针对格拉斯《第五交响曲》的循环时间观念和宗教融合理念进行了研究。

英美学界针对作曲家约翰·亚当斯的《和声学》《大钢琴音乐》《弗里吉亚门》等器乐作品和《原子博士》《克林霍夫之死》等歌剧作品展开研究。其中具有代表性研究的是宇野·弥生·埃弗雷特教授在专著《重构当代歌剧中的神话和叙事：奥斯瓦尔多·戈利约夫、卡佳·萨利亚霍、约翰·亚当斯和谭盾》中的第三章《约翰·亚当斯的〈原子博士〉：现代浮士德寓言？》对歌剧《原子博士》的分析。在文中，作者主要从歌剧故事的历史背景、歌词中的折射参考、亚当斯的后极简主义音乐、歌剧与原型神话英雄模式的联系，以及塞拉斯和伍尔科克两个版本的《原子博士》的对比等视角着眼对这部歌剧进行解读。就历史背景而言，歌剧将我们带回到美国历史上的曼哈顿计划。1945 年 7 月，

159 Carina Venter. While This Happened Here, That Happened There. *International Review of the Aesthetics and Sociology of Music* 52.1 (June 2021), pp.23-38.

由奥本海默领导的一组科学家在新墨西哥州进行了第一次原子弹试验，以期结束第二次世界大战。歌剧关注的是洛斯·阿拉莫斯[160]的人们在准备第一颗原子弹试验时所经历的巨大压力和焦虑。就歌词中的折射参考而言，整部歌剧的文本来源于与曼哈顿计划相关的政府解密文件，一本 20 世纪 50 年代的关于原子弹的畅销书，查尔斯·波德莱尔、约翰·多恩和穆里尔·鲁凯瑟的诗歌，以及奥本海默以原始梵文读过的印度圣典《博伽梵歌》，呈现歌剧由叙事维度向诗意维度再到神话维度的转变。

就亚当斯的音乐语言而言，作者将作品中的音乐分为"填充"音乐、原型主题、主题、风格化引用和电子拼贴等五种类型[161]。"填充"音乐是指基于重复的稳定脉冲（固定音型）的一段较长的音乐，它具有极简主义音乐的参考意义；原型主题是类似于对象的新兴音乐主题（例如，在奥涅格的《太平洋 231 号》中模拟机车的声音），并描绘不存在表达惯例的现象；主题属于西方经典中已建立的音乐惯例，如进行曲、号角、哀叹低音等；风格化引用在很大程度上依赖于既定的惯例来唤起特定的情绪或氛围。例如，亚当斯在《原子博士》中引用了瓦格纳的特里斯坦和弦作为渴望的象征。最后，电子音效在字面意义上都具有最大的参考价值，例如歌剧中模拟雷暴或炸弹爆炸的电子声音。

第四，埃弗雷特借用约瑟夫·坎贝尔在《千面英雄》中对英雄的描述，将歌德《浮士德》的主人公与《原子博士》中的奥本海默进行了比较。第五，作者对比了塞拉斯和伍尔科克对《原子博士》的不同舞台呈现。她认为，在塞拉斯的作品中，最引人注目的是他努力建立符号学领域的形而上学和通感结合。其特征具体体现在歌词本身的构建脱离了作者身份的单一模式，同时将女性诗意的声音纳入歌剧中，为叙事注入了女权主义的观点；伍尔科克的版本则突出了歌剧的视觉领域和等级制度。例如，她通过放置带有隔间的多层面板来打破剧院空间，将科学家与工人和家庭佣人隔离开来。

综上所述，在笔者看来，英美学界对极简主义音乐创作个案的研究呈现以下特征。首先，关注创作理念的影响源。在研究中，英美学者试图从源头探索极简主义音乐作品的创作理念，如温伯格将瓦格纳的整体艺术作品、杜尚、凯

160 洛斯·阿拉莫斯国家实验室（通常简称为洛斯阿拉莫斯和 LANL）是美国能源部的国家实验室，最初是在二战期间组织的，用于设计核武器，作为曼哈顿计划的一部分。它位于美国西南部新墨西哥州圣达菲西北不远的地方。

161 Yayoi Uno Everett. *Reconfiguring Myth and Narrative in Contemporary Opera: Osvaldo Golijov, Kaija Saariaho, John Adams, and Tan Dun. op. cit.*, p.134.

奇学派的先锋血统以及格洛托夫斯基的质朴戏剧理论视作《海滩上的爱因斯坦》的思想先驱；理查森将福柯对历史文本的考古、阿尔托、布莱希特对戏剧理论的革新以及后现代主义特征、印度的卡塔卡利戏剧传统视作影响《阿赫纳顿》创作的多种来源。这种“溯源”的方法为英美学界对极简作品的研究提供了历史沿袭与开拓空间。

其二，注重对多元方法的综合。在针对特定作品的研究专著中，英美学者致力于采用多种研究方法来呈现不同角度下的研究对象。例如在卡尔的研究中，他从内生、外生分析两个层面对作品《C 调》进行研究，又从对作品的接受反馈和演出版本扩充他的研究视角。理查森对《阿赫纳顿》的研究中也是如此，他首先对整部歌剧所采用的技术语言，包括附加过程、多节奏织体、和声循环、和声模糊、双调性以及大型结构等进行了分析，随后将重点放在对《阿赫纳顿》中的各音乐场景的阐释，由此呈现出对同一部作品研究的多元化倾向。

其三，注重对历史背景的挖掘。极简主义音乐作品的题材在很大程度上体现出现实主义特征，如《海滩上的爱因斯坦》《尼克松在中国》《不同的火车》《原子博士》等作品都是以 20 世纪重要的政治、历史和思想事件为蓝本而创作。现实主义特征不仅赋予极简主义音乐作品以更浓厚、更真实的时代气息，也为研究者提供了解读歌剧的历史视角与材料，进而涌现出大卫 · 坎宁安将《海滩上的爱因斯坦》与相对论联系起来的解读，约翰逊将《尼克松在中国》与中美外交、经济政策相关联的讨论、沃达斯基将《不同的火车》的证词转录与二战大屠杀幸存者的原始证词相对比的分析，以及埃弗雷特对《原子博士》历史背景的溯源。以上分析均一方面扩展了研究的深度和广度，另一方面也使得学者、读者能够观察到艺术作品对真实历史事件的重塑与升华。其四，注重对符号意义的阐释。西迪罗普卢将歌剧《爱因斯坦》中的“床”意象解读为其暗示了爱因斯坦的梦想和远见，理查森则将《阿赫纳顿》中采用的金属乐器看作是太阳神阿顿的象征，这些解读都从符号的意义出发进行了阐释，展现出英美学者与音乐作品的对话。

第五章　英美学界极简主义音乐研究的多元视阈

综观英美学界的极简主义音乐研究，笔者发现，除了从常规的代表作品、创作理念、创作技法等领域进行研究外，学者们还从其他的诸多领域中开拓、挖掘研究的新视阈与新方法，涉及了消费现象学、行动者网络理论、新媒介、修辞学、语言学、政治学、身体观等当下学术界所关注的新思潮、新视阈与新方法。在笔者看来，这些前沿、热点问题的涌现必然有其价值取向与意义理解上的特征。通过对这些研究成果的吸收与引进能够在较大程度上启发、丰富中国学者的研究，从而达到学术研究的突破与创新。在本章中，笔者试图从消费现象学、多媒体音乐分析模型、行动者网络理论以及变异学的视域出发，以期对极简主义音乐进行多维阐释和全面解读。

第一节　消费现象学视阈下的极简主义音乐研究

《重复我们自己：作为文化实践的极简主义音乐》是本世纪以来研究极简主义音乐的重要专著。该书的作者罗伯特·芬克是加州大学洛杉矶分校音乐学系的教授，同时也是一位研究极简主义音乐与当代音乐、艺术的专家。在芬克看来，极简主义音乐可以解释为在大众媒体消费社会中一种典型的自我重复体验的响亮组成部分[1]。在20世纪50年代和20世纪60年代漫长的战后繁荣期间，工业社会开始逐渐形成一个技术化的世界。当维持资本主义现代性所必

1 Robert Fink. *Repeating Ourselves. op. cit.*, p.4.

需的高度重复结构自身变得突出时，一种重复文化就产生了。正是在这个意义上，我们不断地“重复自己”，通过重复经验塑造和调节生活与自我。“纯粹的”控制以及重复已经成为晚期现代性一种熟悉但未被承认的美学效果，有时体验到的是愉悦和色情，但更多时候是痛苦的过度、异化和崇高[2]。在本书中，芬克通过五章分别探索了极简主义音乐与迪斯科（第一章）、广告（第二章）、电视（第三章）、巴洛克音乐（第四章）和铃木教学法（第五章）之间的联系，并考察了作为文化实践的极简主义音乐是如何与它身后的文化语境相互交织和互动的。

一、极简主义音乐与迪斯科

在第一章中，芬克将重复视作对欲望的创造，并将极简主义音乐与迪斯科进行了比较。他认为，极简主义音乐和迪斯科都在 20 世纪后期令人眼花缭乱的目的论突变谱中重新组合了欲望的形式。过程音乐的重组目的论不是对欲望的否定，而是一种强大、全面的转移[3]。

（一）反目的论

在芬克看来，迪斯科和极简主义都使用了大量的“催眠式”重复，并重新配置了西方音乐的目的论体验[4]。芬克依次梳理了理论家、评论家们对非目的论音乐所作出的重要观点。

20 世纪 60 年代，音乐学家伦纳德 · 迈耶最早认识到了凯奇偶然音乐的深刻含义：“前卫音乐指引我们走向没有顶点的地方——没有设定任何前进的目标。”[5]迈耶称这种艺术为“反目的论”，并将其视为一种新的、形而上学的后人类主义先驱。20 世纪 70 年代，英国作曲家迈克 · 尼曼认为，实验音乐用“过程”的反目的论取代了“时间对象”的目的论：“实验作曲家大体上不关心规定一个明确的时间对象，其材料、结构和关系都是事先计算和安排的，但更兴奋的前景是概述一个产生行动的过程。”[6]维姆 · 梅尔滕斯也通过迪斯科来解读极简主义音乐：“重复的音乐会导致心理倒退。所谓的重复音乐的宗教体验实际上是一种伪装的性爱体验。毒品般的体验和它所带来的想象

2 Robert Fink. *Repeating Ourselves. op. cit.*, p.4.
3 Robert Fink. *Repeating Ourselves. op. cit.*, p.8.
4 Robert Fink. *Repeating Ourselves. op. cit.*, p.31.
5 Robert Fink. *Repeating Ourselves. op. cit.*, p.32.
6 Robert Fink. *Repeating Ourselves. op. cit.*, p.33.

中的满足感，在迪斯科音乐和太空摇滚这类重复音乐的流行衍生品中表现得更为明显。”[7]

70 年代末，在关于极简主义和迪斯科的文章中，一个全新的、非目的论的快乐音乐空间的被建构起来。苏珊·麦克拉里把极简主义音乐的过程体验与女性欲望的建构联系起来，认为这是一种“共享和持续的快乐”、“持续的性爱能量”以及“狂喜”的体验[8]。雅克·拉康认为，反目的音乐是享乐的音乐，是驱力的音乐，其“真正的乐趣源泉是这个闭合回路的重复运动。”[9]

基于以上学者将极简主义音乐与非目的论的快乐音乐空间和欲望联系起来的阐释，作者芬克认为，我们正在接近一个非常具体的、高度理论化的力比多话语时刻：唤起一种无目的的、避开阳具的快乐；一种主观领域的快乐，这是非西方的、同性恋的、女性的和与西方父权文化规范相对立的；一种从自我的压力中得到喘息的快乐；一种没有俄狄浦斯斗争的“纯粹”欲望所生产的快乐[10]。

（二）重组目的论

另一方面，尽管有大量反目的论观点，但极简主义音乐中的类似高潮的效果还是很容易找到的。例如，作者谈到，在格拉斯《十二声部音乐》的第五部分和里奇《相位模式》的 15 分钟左右，音乐还是出现了具有明显效果的高潮。就迪斯科而言，大众对唐娜·萨默的《爱你宝贝》等开创性迪斯科曲目的反应是关于性高潮的[11]。因此，在芬克看来，伦纳德·迈耶所看到的目的论和反目的论两极之间还存在着广泛的领域和多样性，并认为任何具有规律脉搏、清晰的调中心和某种程度的过程的音乐更有可能是重组目的论的一个例子[12]。

芬克将重组的目的论与目的论的经典范式进行了如下区分。首先，重组目的论放弃了古典音乐目的论的“人类尺度”。大多数西方传统的以目标为导向的音乐与我们感知日常身体节奏的方式保持着基本的现象学一致性。重组目的论倾向于忽视这种原理，其追求的张力和释放的规模远远超过了与个体受试者想象一致的身体反应。有时这体现为简单的时间延伸：菲利普·格拉斯

7 Robert Fink. *Repeating Ourselves. op. cit*., p.34.
8 Robert Fink, *Repeating Ourselves. op. cit*., p.35.
9 Robert Fink, *Repeating Ourselves. op. cit*., p.38.
10 Robert Fink. *Repeating Ourselves. op. cit*., p.37.
11 Robert Fink. *Repeating Ourselves. op. cit*., p.42.
12 Robert Fink. *Repeating Ourselves. op. cit*., p.43.

的《海滩上的爱因斯坦》持续五个小时，拉·蒙特·扬的《调准的钢琴》持续七个小时；或者，一部作品的绝对长度可能会保持在经典范围内，但目的论变化的量会减少，因此音乐会以一种“不人道”的缓慢进行积累和分解。如作曲家里奇的音乐“变化非常缓慢，但控制力非常可怕”[13]，以至于16分钟的《四架管风琴》，或21分钟的《钢琴相位》会让听众筋疲力尽，不知所措。因此，这类型的作品是在“正常”或“人类”的时间范围内无法被听众识别的目的论。正因如此，迪斯科和极简主义音乐经常被想象为机器或机器人的音乐[14]。再者，作品中的一个完整的张力释放弧可能比整首乐曲小得多，可能和四小节节奏循环一样小。数以百计的这些循环被加在一起，形成一个每时每刻都具有周期性目的论但没有必要的长期目标的作品[15]。

在本章的最后，芬克通过对唐娜·萨默的迪斯科音乐《爱你宝贝》和里奇的极简主义音乐《为十八位音乐家而作的音乐》进行相互参照的详细分析后发现，作曲家里奇和流行音乐人唐娜·萨默、乔治·莫洛德一样都在操纵着音乐参数，并在作品中创造出至少一个明显的目的论戏剧时刻。两部作品都通过累积效应引起突然的、戏剧性的和声转换和音乐能量的强烈释放。

综上所述，芬克认为，20世纪70年代的重复音乐已成为了彼时占据主导地位的音乐类型。迪斯科和极简主义音乐都不同程度地体现出一种重组目的论的音乐模式，并带领听众发现了后现代社会中的欲望重组以及五彩斑斓的大众媒介的关系特征。

二、极简主义音乐与广告

在第二章中，通过将20世纪60年代的音乐和广告创造欲望的方式相比较，芬克将极简主义音乐的目的论重组与二战后有关主体欲望形成的论点联系起来。随着生产力的提高，工业化经济体面临着商品过剩的威胁，人们的注意力转向了欲望创造理论，形成了一个依赖于广告的社会。正如社会学家让·鲍德里亚指出的那样，只有在战后的这个时刻，才能实现大量生产消费品系统的纪律和功能[16]。也是在此时，消费者的目的经历了与重复音乐相同的欲望重组。

13 Robert Fink. *Repeating Ourselves. op. cit*., p.44.
14 Robert Fink, *Repeating Ourselves. op. cit*., p.45.
15 Robert Fink. *Repeating Ourselves. op. cit*., p.46.
16 Robert Fink. *Repeating Ourselves. op. cit*., p.10.

极简主义音乐就像广告的说法可能意味着几件事：极简主义音乐的过程就像通过重复的广告来激发消费者主观欲望的过程一样；极简主义的重复超载也对应于大众媒体广告的力量。它将大量的个人欲望堆积成后工业经济的驱动力，即总体消费者的需求。芬克认为，重复的音乐可以与广告相比较，因为二者都是利用时间结构来创造和引导欲望的美国话语[17]，其具有以下三个较为明显的共性特征。

（一）潜在的抽象形式结构

在芬克看来，极简主义音乐和广告都具有潜在的抽象形式结构。消费品广告是高度抽象和自成一体的。这个平面化、抽象化的广告世界有意将特定的产品与特定的人口群体、需求或场合联系起来。有时，为了不排除任何潜在的消费者，广告商选择在广告中不展示任何人物。因此，单调、概括、永恒、无地方、无个性的重复广告活动更接近一种极简且抽象的几何空间。极简主义音乐的重复过程产生了一个完美的广告模拟：音乐欲望的大规模生产[18]。

20 世纪 60 年代的视觉艺术运动宣扬了对广告文化和消费图像的兴趣。芬克认为，“在对视觉艺术历史叙述的阅读中，波普接受了披头士乐队、本戴圆点、布里洛盒子和坎贝尔汤罐；而极简主义则转身离开，清空自己以示抗议。”[19]艺术理论家苏西 · 加布里克则认为，极简主义则是抹去了商标的美国流行：“极简主义者已经将波普艺术扩展到了一个新的维度，他们将波普艺术的图像内容简化为构成技术语言的基本结构。”[20]通过使用广告“技术”，极简主义尝试表现其力量的本质：简单、扁平和抽象形式的重复。格拉斯、里奇等极简主义作曲家与他们的波普艺术同行安迪 · 沃霍尔、罗伊 · 李奇登斯坦一样，致力于对重复结构进行建模，并在音乐中采用抽象实验的方式来对抗外部富裕社会的当代资本主义现实主义[21]。

（二）以他人为导向的世界

芬克认为，极简主义音乐和广告都体现出以他人为导向的世界。美国社会学家大卫 · 里斯曼对“他人导向的个性”做出了开创性定义。他认为，他人导向人格的兴起标志着美国正进入后成长阶段。团队中的每个成员都不断地从

17 Robert Fink. *Repeating Ourselves. op. cit*., p.82.
18 Robert Fink. *Repeating Ourselves. op. cit*., p.72.
19 Robert Fink. *Repeating Ourselves. op. cit*., p.72.
20 Robert Fink. *Repeating Ourselves. op. cit*., p.74.
21 Robert Fink. *Repeating Ourselves. op. cit*., p.75.

其他成员那里获得指导：认可和归属感取代了成功作为最终目标。在里斯曼优雅的比喻中，内在导向型人格导航的陀螺仪被他人导向型人格极其敏感的雷达所取代[22]。

极简主义作曲家从结构上抓住了危机，将其特征转化为抽象的形式手段：对情感的减弱，对秩序、“和谐”的强调，对表面的、外在关系的刻意强调，对表现主观性或内在性尝试的缺乏。最重要的是，在音乐中，传统目的论的崩溃是对内在欲望“陀螺仪”崩溃的模仿反应[23]。具体而言，极简主义作曲家特里·莱利的《C 调》便强调在音乐表演中相互倾听的技巧。演奏家们的关系是复杂的多节奏交互，他们需要在团队中不断调整个人模式以适应群体的动态过程，并在没有领导者决定的情况下由群体共识民主地达成音乐的表演。因此，《C 调》的演奏需要更多世界性的、与他人合作的技巧：“以他人为导向的人必须能够接受远近的信号。信号的来源很多，变化很快。”[24]由此可见，《C 调》在本质上是一种人际关系的实践。

（三）消费社会的欲望驱使

那么，在一个以他人为导向的世界中，欲望是如何发挥作用的？作者芬克结合经济学家约翰·肯尼斯·加尔布雷斯对富裕社会供求关系的论述来说明问题：在传统经济中，人们的真实欲望证明了生产的增长是合理的；现在，产量的增加在人们心中创造了需求，这些需求将由生产来满足[25]。

需求是人们潜意识中真实欲望的反映。这意味着广告人不能通过简单、粗暴的重复刺激来将欲望植入我们体内。他们必须在我们已经拥有的对性、安全和地位等原始的绝对欲望之上搭载他们的人造欲望[26]。这也许是发达资本主义中音乐和广告文化实践之间最基本的结构联系。音乐可能没有塑造整个社会的力量，但它确实与广告一道，将话语的结构和连贯性强加于需求。苏珊·麦克拉里的表述依然清晰明了：“音乐教会我们如何体验自己的情感、欲望，甚至自己的身体。无论是好是坏，它让我们社会化了。”[27]麦克拉里认为，音乐训练我们的欲望结构并使我们社会化。但在先进的工业资本主义中，广告和消

22 Robert Fink. *Repeating Ourselves. op. cit*., p.88.
23 Robert Fink. *Repeating Ourselves. op. cit*., p.89.
24 Robert Fink. *Repeating Ourselves. op. cit*., p.90.
25 Robert Fink. *Repeating Ourselves. op. cit*., p.93.
26 Robert Fink. *Repeating Ourselves. op. cit*., p.95.
27 Susan McClary. *Feminine Endings: Music, Gender, and Sexuality*. Minneapolis: University of Minnesota Press, 2002, p.53.

费文化正以大得多且难以想象的幅度和强度发挥这一功能。

极简主义摒弃传统的目的论形式，通常被视为试图表现超越个人主观性欲望的声音。商业崇高的标志，包括无休止的扩展、“无意识”的重复都与消费社会中的欲望表现形式相契合。也许极简主义就是让我们收听消费社会的真实话语，大量商品无休止地、重复地相互交谈的声音，一种持续的、震耳欲聋的轰鸣声。因此芬克认为，听重复的音乐，在非常真实的意义上，是直接聆听将美国文化塑造成重复文化的最强大力量。

综上所述，20 世纪 60 年代涌现出的第一波极简主义音乐被认为是“20 世纪消费者主体性戏剧中色彩斑斓的一部作品”[28]。作为一种音乐程序，极简主义音乐可以看作是大众媒体广告活动不断重复脉冲的一种结构性的比喻，是在大规模欲望生产时代的这种文化和历史框架内的典型表达行为。它不仅仅是广告语言的艺术翻译，还是一种艺术探索，是关于“广告语言如何反映在我们身上”的抽象声音实践。

三、极简主义音乐与电视

在第三章中，作者通过探索电视播放的“流动”、广告频率的“脉冲”与极简主义音乐在结构上的相似性，揭示出极简主义音乐与其所体现的当代消费社会中大众媒体流所营造的大规模的、甚至过剩的欲望生产模式。

（一）电视的“流动”

随着传播媒介的不断更新，在整个 20 世纪 50 年代，以电视为载体的广告收入一直在稳步增长。许多广告高管将这种新媒体视为有史以来最强大的销售工具。电视简史表明，历史相关性是如此精确地被建立：电视和现场广告的新组合在 1965 年左右在美国观众中引发了重复的洪流，这正是特里 · 莱利和史蒂夫 · 里奇等极简主义作曲家创作第一批重复音乐的时刻[29]。

电视具有流动性的特征，就像音乐中的极简主义一样，它倾向于时间上的扩展。许多电视评论家在意识到“感知的流动”时会得出这样的结论：电视是完全没有目的论的，它会把观众带入一种永恒的恍惚状态，一种电子毒品之旅，一种工业生产和装配线上无脑循环的模拟[30]。然而，另一些评论家则认为，

---

28 Robert Fink. *Repeating Ourselves. op. cit*., p.10.
29 Robert Fink. *Repeating Ourselves. op. cit*., p.141.
30 Robert Fink. *Repeating Ourselves. op. cit*., p.133.

流动的体验并不意味着电视没有目的论，也并不意味着程式化节目的内在高潮会消失。事实上，电视目的论与极简主义音乐中的调性目的论经历了相同的突变：尽管广播和电视节目不断被广告、台间休息和其他填充物打断，但在任何情况下，电视流动的结构张力都没有消失。相反，它分散在一个大的、延长的时间场中，分散在重复的、逐渐变化的周期中。也正因为如此，社会学家理查德·塞内特提出了他关于极简主义的经典论点以类比电视的流动：极简主义音乐的流动，甚至比电视更有效，它可以为日常生活的冲击提供必要的冥想休息[31]。

（二）广告的“脉冲”

广告学家休伯特·齐尔斯克在 1959 年对广告的“记忆和遗忘”进行了调查。在一年的时间里，他让两组家庭主妇接受了重复 13 次的同一广告。一组在前 13 周内看到所有的 13 次重复，之后不再接收任何信息；而另一组则在一年中看到 13 次重复的均匀分布。广告的快速爆发产生了人们可能预料到的结果：在第 13 周结束时回头率非常高，然后到年底急剧下降到几乎没有；均匀分布的相同广告达到了很高的回头率且全年保持稳定[32]。

图 5-1：齐尔斯克让家庭主妇接收重复 13 次的肥皂广告[33]

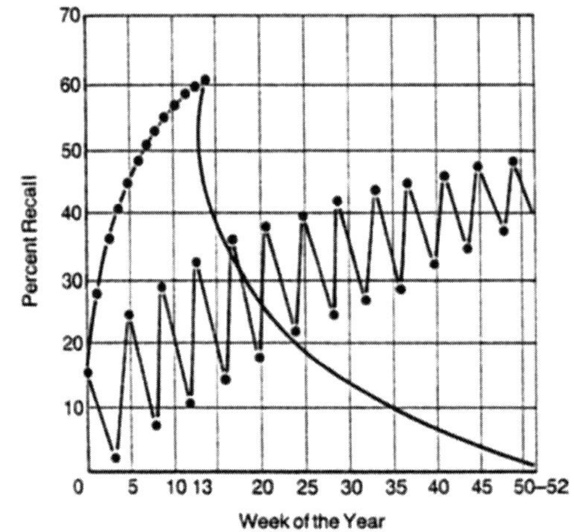

齐尔斯克将测试的两种媒体策略称为：“飞行”，即在短期内最大限度地扩大广告的覆盖范围和频率，以及“稳定状态”，即始终保持广告的连续性。

31 Robert Fink. *Repeating Ourselves. op. cit*., p.135.
32 Robert Fink. *Repeating Ourselves. op. cit*., p.142.
33 Robert Fink. *Repeating Ourselves. op. cit*., p.143.

该领域的研究确定了一种最大限度地利用资源的折衷策略：将广告宣传保持在基本水平以提高产品知名度，但增加一系列不那么密集的飞行以保证定期突破有效频率。这种常见的媒体规划策略的名称——“脉冲”[34]与极简主义音乐的过程及脉冲重复产生一种奇怪的熟悉感。

如果说极简主义在织体和节奏上反映了广告的日常脉搏，那么它在其悠长的旋律结构中便反映了广告活动所产生的欲望[35]。极简主义音乐不仅仅是一种消费社会的节目音乐，它是对充满广告的媒体环境的声音表现，就像贝多芬《田园交响曲》描绘的维也纳郊外树林中的鸟儿一样。一些最有影响力的极简主义音乐作品已经将重组目的论融入其长线性结构中，将“人造”消费的欲望转化为同样人造的音乐欲望。

在作者看来，极简主义作曲家史蒂夫·里奇的八重奏《八行线条》便是对媒体购买模式的“磷光反射”[36]。《八行线条》的重组目的论体现在，作品只在前两段有明显的突破和线性上升；剩下的部分就好像只是倒在沙发上，又沉入了水流中。不过，这种重组目的论具有独特的二分结构感觉：首先是一个长长的、静态的稳定期，以大量足够引起注意的短重复片段为特征；然后，仿佛释放储存的能量，一个旋律事件，通常伴随着一个新的音高集合，增加了和声张力的整体水平。有时这种二分性又是交织的：重复音乐的音高稳定期和旋律上升在无缝体验中相互渗透，将逐渐增加的线性张力与不间断的流动感融合在一起。

（三）媒体崇高

在《信息缺失的时代》一书中，美国环境保护主义理论家比尔·麦吉本通过实验的方法拥抱了来自大众媒体的“洪水猛兽”。他分别在两天进行了两个实验。第一天是在 1990 年 5 月 3 日观看了在录像带上录下的费尔法克斯有线电视系统播放的几乎每一分钟的电视节目；另一天则亲近自然，在山上扎营、爬山、游泳、做饭、看星星。大多数评论家认为，音乐中的极简主义就像麦吉本在山顶上冥想的日子，与史蒂夫·里奇在著名的《音乐作为一个渐进过程》一文中描述的自然循环进行深入交流，就像“把你的脚放在海边的沙子里，看着，感受，聆听海浪，逐渐将它们掩埋。”[37]但在作者芬克看来，事实

34 Robert Fink. *Repeating Ourselves. op. cit*., pp.142-143.
35 Robert Fink. *Repeating Ourselves. op. cit*., p.149.
36 Robert Fink. *Repeating Ourselves. op. cit*., p.148.
37 Steve Reich. Music as a Gradual Process. *op. cit*., p.35.

上，极简主义音乐更像是工业化世界中被每台电视机的重复信息流轰炸的一天。这个工业化世界在作曲家菲利普·格拉斯与导演戈弗雷·雷吉奥合作的电影《失衡生活》中呈现为如下景观：

> 未受破坏的大自然的宏伟景象已经让位于在土地上撕裂的机器和工业，然后是重复生产和消费的完全人造景观；最后，以媒体的速度冲刷着我们的电视流的彻底异化[38]。

芬克认为，作家麦吉本和《失衡生活》中的雷吉奥都有着相同的想法：通过对比自然世界的缓慢节奏与媒体文化的疯狂超载让读者相信我们的生活已失去平衡，失去了对“现实世界”的主观体验。但同时，他们的作品又是对大众媒体汹涌澎湃力量的唤起。这些工业化、大众化的重复文化形象也许不那么美，但却是崇高的，因为它们源于大众媒体总生产力所包容的整个抽象的欲望系统。

在这个意义上，过程音乐是纯粹的媒体崇高：它不断的重复为听众呈现出一种崇高的体验，让我们有机会体验整个媒体流以及它重复化欲望生产模式的崇高过剩。

四、极简主义音乐与新巴洛克

在第四章中，作者芬克提出将极简主义音乐作为20世纪后期巴洛克音乐在美国的复兴所带来的重复聆听现象的反映。在文中，芬克分别从 LP 唱片（Long Playing Record）技术的更新对重复聆听模式的影响、罗宾斯·兰登在文章《曼弗雷迪尼的瘟疫》中对巴洛克音乐复兴的批判，以及将极简主义音乐作为一种环境音乐和情绪调节音乐等方面对孕育极简主义音乐的文化、时代语境进行了分析。

（一）长时间播放的唱片

巴洛克音乐在战后美国复兴主要得益于当时的密纹唱片的推广。1948 年，密纹唱片的发明为不间断的聆听体验提供了技术支持。与此同时，美国广播唱片公司（RCA）开发了被吹捧为“世界上最快的唱片更换器”，其可以堆叠 10 张 45 转的唱片[39]。作为重复聆听方式背后的明显技术推动力，这些唱片所代表的技术力量激发了大众对巴赫、维瓦尔第和他们同时代作曲家音乐在当下社会的流行和商业兴趣。

38 Robert Fink. *Repeating Ourselves. op. cit.*, p.163.
39 Robert Fink. *Repeating Ourselves. op. cit.*, p.177.

美国文化历史学家雅克·巴尔赞在《伟大的音乐故事：巴洛克时代》的一篇文章“聆听的艺术和乐趣”中描述了一种自我灌输式的重复聆听：

> 留声机的一大优点是它允许即刻重复。连续演奏两到三遍；然后第二天再播放两次，并继续播放直到它的某些部分开始留在你的记忆中[40]。

作者芬克对这种重复聆听所带来的效果作出了如下评价。他认为，巴洛克式的重复、松散聆听并没有培养出对音乐结构的认识，也没有为贝多芬训练听众。相反，它正在训练听众聆听极简主义，有助于培养对重复模式本身的品味。

可以看到，巴洛克复兴和极简主义音乐的形成一样，都是在新兴录音技术的涌现和批量生产的背景下兴起。在技术、物质力量的支持下，一种重复聆听的方式应运而生，成为当时最流行的音乐文化实践，也使得极简主义音乐在这个环境中孕育出来，并将重复聆听融入其创作的结构中。

（二）《曼弗雷迪尼的瘟疫》

1961 年 6 月，音乐学、历史学家 H · C · 罗宾斯 · 兰登在杂志《高保真》上发表了题为《曼弗雷迪尼的瘟疫》的文章，并对 20 世纪巴洛克音乐在美国的复兴进行了最强烈的谴责。

在文中，兰登首先将他反对巴洛克式重复聆听的论点直接置于社会学领域。他认为聆听巴洛克音乐是“高雅人士”的安慰剂。他们是受过良好教育但肤浅、无根和国际化的专业人士，遍布广告、媒体、公共关系和文化行业[41]。随后，兰登引入了一位匿名作者对巴洛克音乐复兴的评价。该作者将维瓦尔第的音乐看作是“无知、幼稚的音乐”，并将巴洛克音乐的复兴视为“退化”，“是我们文明病态的另一个症状”[42]。文章的高潮部分是兰登重复聆听巴洛克音乐的极端实验：他前往唱片店购买了价值 100 美元的巴洛克式唱片，用了整整两周时间反复聆听了 208 首大协奏曲。最后，他在文章中描述到：“我终其一生都无法理解是什么可怕的变态把我们带到了这里，我们围坐在留声机旁，非常严肃和专注，听着永远不应该离开那个尘土飞扬的档案架的四流协奏曲。”[43]

---

40 Jacques Barzun. The Art, and Pleasure, of Listening, notes to *The Story of Great Music: The Baroque Era*, Time-Life Records TL-1/144-TL4/144.

41 Robert Fink. *Repeating Ourselves. op. cit*., p.188.

42 H. C. Robbins Landon. A Pox on Manfredini. *High Fidelity* 11.6 (June 1961): pp.38-39, pp.86-87.

43 H. C. Robbins Landon. A Pox on Manfredini. *op. cit*., pp.86-87.

在芬克看来，兰登歇斯底里的过度反应暴露了他对阿塔利“重复社会”所产生的深刻不安：大量生产的大协奏曲唱片在唱片更换器上重复和下意识地消费，体现出大众市场的文化过度生产[44]。就如同广告活动的“脉冲”和电视广播的“流动”一样，巴洛克式录音的“洪流”及其过载重复影响了极简主义音乐的内在重复结构。而我们所要做的是通过反复聆听极简主义，从而掌握重复的结构，并训练自己在洪流中冲浪，接受罗宾斯·兰登只能拒绝的“可怕的变态”[45]。

（三）环境音乐的诞生

在本章的最后一部分，芬克提出一个假设：极简主义音乐和巴洛克音乐在本质上是“古典穆扎克”，即一种在没有倾听注意力的情况下发挥作用的环境音乐。环境音乐可以被用来帮助创造各种音乐氛围或音乐空间，并作为一种介于极度紧张和疏离乏味之间的声音漫游来体验。

苏格兰小说家康普顿·麦肯齐是一名顽固的夜班工作者，他在他的私人岛屿上整夜播放古典室内乐录音作为工作或学习的音乐。他认为：“用现存最有秩序的艺术媒介——弦乐四重奏——来整理自己的思想是不可估量的价值。这就是为什么我养成了在室内乐伴奏下工作的习惯。”[46]在麦肯齐看来，早期和中期的贝多芬弦乐四重奏、海顿和莫扎特的弦乐四重奏是受欢迎的，这类音乐能够作为一种乐观、客观的聆听体验。

在社会学家提亚·德诺拉看来，“古典音乐”在当代听众生活中的唯一方式是在工作中需要它。她认为，对于具有代表性的大学生群体来说，选择古典音乐并不是因为它的社会声望或文化关联；它之所以受到青睐，正是因为它纯粹的抽象和缺乏联想性。也就是说，音乐与他们的社交、情感生活或记忆的特定方面没有密切的联系[47]。

基于以上学者的亲身经历和具体分析，芬克认为，一方面，听众不可能真正“有意识地听”极简主义音乐。因为在有意识地关注音乐的过程中，听力主体的内在方向会减弱；另一方面，极简主义音乐又可以被广泛地用于情绪的自我调节，以符合史蒂夫·里奇的比喻：“在演奏和聆听渐进音乐过程时，人们可以参与其中一种特殊的解放和非个人的仪式。专注于音乐过程使得注意力

44 Robert Fink. *Repeating Ourselves. op. cit*., p.194.
45 Robert Fink. *Repeating Ourselves. op. cit*., p.195.
46 Compton Mackenzie. *My Record of Music*. New York: Putnam, 1955, pp.100-113.
47 Compton Mackenzie. *My Record of Music. op. cit*., pp.100-113.

从他和她以及你我向外转移成为可能。”[48]

综上所述，美国的巴洛克音乐复兴展示了 18 世纪音乐的录音作为新的、丰富的原材料被用于构建 20 世纪后期的重复音乐体验，这些体验交织并预示着极简主义音乐的重复文化。

此外，在该专著的第五章中，作者芬克还讨论了天才教育法（Saino Kyoiku）的发明者铃木镇一（Shinichi Suzuki）构建的重复表演练习法。铃木教学法的核心是重复。他要求学生在正式开始学习小提琴之前，首先由父母培养孩子每天重复聆听录音的习惯。母亲应该先学习足够的基本技术并当着孩子练习，直到孩子最终出现加入的愿望。这种边看边学的方式建立在引导欲望的重复刺激上，与广告的操作方式类似。

除去重复外，铃木教学法还共享了极简主义音乐的“加法过程”来引导学生学习复杂的技术技能：

> 让我们假设学生已经能够很好地弹奏 A 曲，我会加入 B，然后练习 B 的同时继续 A。只要学生能弹好 B，我就在 A 和 B 的基础上加入 C。直到最后课程中增加了 D 曲，A 曲的重点将减少，课程将由 B、C 和 D 组成。这样，就遵循了规则的顺序。随着能力的逐步发展，所积累的技能将累积起来，使基础能力的储备不断增加，从而得到更大的进步[49]。

这种几乎机械化的训练形成了铃木教学法的标志性形象：在一部由 1200 名 5 到 13 岁的儿童组成的电影中，孩子们穿着一模一样的衣服以军队的形式站在东京国立体育馆的地板上背谱演奏巴赫和维瓦尔第的小提琴曲目[50]。

这样一种群众音乐会的奇观使得铃木教学法的舞台画面形成了一个活生生的极简主义雕塑，同时也引起了西方主流媒体对其的误读。《Look》杂志将铃木发展于心理学的一个完全合理的断言“孩子最强大的能力是顺从他的环境”扭曲成耸人听闻的引语：“孩子最自豪的天赋：顺从”[51]。这一误读表明，当代美国人对铃木教育方法显示出深刻的文化焦虑。西方杂志对机器、机器人、工厂和大规模生产的物质性隐喻表明，他们对重复工业化社会中个体主体

48 Steve Reich. Music as a Gradual Process. *op. cit*., p.36.

49 Clifford A. Cook. *Suzuki Education in Action*. Smithtown, N.Y.: Exposition Press, 1970, pp.42-43.

50 Robert Fink. *Repeating Ourselves. op. cit*., p.216.

51 Robert Fink. *Repeating Ourselves. op. cit*., p.218.

性的命运有着根深蒂固的矛盾心理。但铃木本人明确否认任何制造音乐机器人的欲望，他一次又一次地回到佛教的一个基本真理：重复并不会导致对极简自我的放弃，而是进入一种广阔的精神状态[52]。铃木的“天才教育法”源自东方的索托禅宗传统，重复的练习因其自身的价值而受到重视。索托修行者的所谓“静坐”的无尽重复并不是达到其他目的的手段，而是目的本身：“采取这种姿势本身就是拥有正确的心态。”[53]因此，在芬克看来，铃木教学法使用了破坏灵魂的工业教学和表演模式的重复练习，成为一种将音乐重复作为自我辩护行为的先锋派救赎。

由此可见，东方的禅宗思想被实践到铃木教学法中，而铃木又将他的教学法带到美国，开启了他的天才教育法并获得良好的效果。在芬克看来，作为音乐极简主义的一种形式，铃木方法代表了强大的重复文化、普遍的、成功的实验音乐形式，但其却从未走出东西方的融合[54]。因此，芬克提出关于极简主义最诱人的文化假设：它是后凯奇实验作曲家如拉·蒙特·扬、特里·莱利、史蒂夫·里奇和菲利普·格拉斯在20世纪60年代反主流文化的标志下与东方哲学和文化直接相遇的结果，随后将这些东方哲学思想大规模转移到垂死的欧洲中心音乐话语中[55]。

综上所述，在笔者看来，芬克以五彩斑斓的诠释学理论对产生极简主义音乐的消费社会语境进行了非常详尽的解读。就芬克的分析而言，笔者认为有以下特色之处。第一，比较的思维。在文中，作者芬克充分运用了类比、比较的方法来寻找当代消费社会中与极简主义音乐相似的文化现象，从而说明极简主义音乐所根植的社会语境。例如，在第一章中，芬克将极简主义音乐与迪斯科进行了比较，认为二者都以重复为特征，并在其作品中体现出“重组目的论”的结构模式。但另一方面，二者又是同一文化现象的两个方面。极简主义音乐是当代古典音乐流派，而迪斯科则代表了俱乐部里的流行、前卫音乐类型。在第二章中，作者将极简主义音乐与广告进行了类比，首先认为二者都具有潜在的抽象形式，如同被去除了内容的波普艺术；同时，二者都体现出以他人为导向的团队意识，并且都反映了消费社会中人们的真实欲望。在接下的三章中，芬克分别将极简主义音乐与电视的流动、广告的脉冲、复兴的巴洛克音

52 Robert Fink. *Repeating Ourselves. op. cit*., p.14.
53 Robert Fink. *Repeating Ourselves. op. cit*., p.15.
54 Robert Fink. *Repeating Ourselves. op. cit*., p.16.
55 Robert Fink. *Repeating Ourselves. op. cit*., p.13.

乐以及铃木的天才教学法进行了类比，充分呈现出一个20世纪后期消费社会的特定重复语境。因此，比较的思维模式贯穿了芬克整本书中的研究，形成了芬克的基本研究思路和方法。

第二，丰富的例证。芬克在书中引用了音乐学、精神分析学、性学、社会学、艺术学、经济学、广告学、文化历史学等来自社会多个领域的学者观点，并结合作家、导演、媒体、杂志等多种社会角色和机构的话语来对极简主义音乐进行了分析。其涉及面广泛、例证丰富，为极简主义音乐及其社会语境的诠释提供了五彩斑斓的文化透镜。在笔者看来，这些丰富的引用例证可以分为以下三类：首先，观点类。在第一章中论述极简主义音乐的非目的论属性时，芬克以历时的视角梳理了自 20 世纪 60 年代以来西方学者对非目的论音乐的认识轨迹，并引用了伦纳德·迈耶、迈克·尼曼、维姆·梅尔滕斯、苏珊·麦克拉里以及雅克·拉康等诸多学者的观点；在第二章中探讨极简主义音乐与广告中的抽象结构形式时，芬克引用了艺术理论家苏西·加布里克的观点来说明极简主义音乐其实是抹去了商标、内容的波普艺术。这些观点与作者的阐释相互映衬、补充，不断丰富了大众对极简主义音乐及重复语境的认知。其二，理论类。在文中，芬克运用多种理论对极简主义音乐的特征及属性进行了阐释。例如在第二章中，作者运用社会学家大卫·里斯曼的“他人导向的个性”理论来对阐释极简主义音乐和广告中目的论的崩溃，主观性、内在性尝试的缺乏以及以群体动态过程为导向的模式；又引用了广告学家赫伯特·克鲁格曼的“低参与度”学习理论，来说明以重复为特征的极简主义音乐实际上属于一种低参与度的音乐风格。在笔者看来，这些理论充分与将音乐与社会学、广告学相衔接，展现了不同领域中具有类似特征的文化现象，实现了跨领域、跨学科的理论阐释现象的模式。其三，实验类。在第三章中将极简主义音乐与广告的“脉冲”进行类比时，芬克引用了广告学家休伯特·齐尔斯克在1959年对广告进行的“记忆与遗忘”调查并由此展现了广告策划的“飞行”策略和“稳定状态”策略；在论述极简主义音乐与媒介崇高时，作者又引用了比尔·麦吉本拥抱如“洪水猛兽”的大众媒体时所采用的实验方法，以此说明极简主义音乐并不是自然世界循环模式的拟像，而是被电视机重复信息流轰炸的一天。这些实验都以非常通俗化的语言和情境解释了相对艰深和复杂的理论和观点，并为作者的诠释和论述增添了趣味性。

第三，详尽的技术分析。在专著中，芬克不仅立足于宏观的阐释分析，还立足于微观的技术分析，具体到音乐现象的本体以阐明观点。例如，在第一章中论述里奇的《为十八位音乐家而作的音乐》和唐娜·萨默的《爱你宝贝》时，作者提出“两部作品都通过累积效应引起突然的、戏剧性的和声转换和音乐能量的强烈释放。而这种释放是通过一个单一的、具有强烈方向的低音线条达到”的观点[56]。就该观点，作者首先详尽分析了《为十八位音乐家而作的音乐》中的低音线。该作品由 11 个基本和弦的循环组成。在作品第四部分中，低音声部出现#F-E-D-#C-#F 的低音线条，提供了西方音乐主属和弦对立的最传统目的论[57]。同样，重组目的论也发生在唐娜·萨默的《爱你宝贝》中。作者认为，该曲 17 分钟的结构与《为十八位音乐家而作的音乐》相似，其开头和结尾是脉冲部分，而中间的 10 分钟是基本节奏、旋律材料及和声序进的变奏部分。中间部分是两个连续的累积过程，引起了突然的、戏剧性的和弦转换和音乐能量的强烈释放。就低音线条而言，作品开始由单一低音线转移到一个巨大的、全编制的律动模式，形成第一次逐渐上升的张力；接下来，稀疏的低音线在 7:45 开始采用了里奇式的“以音符代替休止符”的技术，并在大提琴中创造出复合旋律，再次形成了音乐谨慎、渐进的过程和明确的目的论释放[58]。在对该问题进行论述时，作者采用了 13 页的文字和谱例来进行详细说明，充分展现出一种微观的技术分析视角，为其观点的阐明提供了强有力的支撑。

自芬克的《重复我们自己》这本专著问世以来，多位学者曾在自己的学术论著或书评中对其进行了评价。首先，克里斯托夫·莱沃在《我们一直都是极简主义者：音乐风格的构建和胜利》一书中认为，芬克的研究凝聚了极简主义和文化研究的联盟[59]。莱沃将芬克的方法视为 20 世纪 80 年代兴起的新音乐学研究派别，其中的代表人物包括卡罗琳·阿巴特、劳伦斯·克莱默和苏珊·麦克拉里等著名音乐学家。新音乐学研究挑战了传统音乐学的研究方法，借鉴了人文和社会科学来分析已建立的音乐知识。第二，莱沃认为，芬克于 2005 年出版的《重复我们自己》一书汇集了文化研究、新音乐学以及围绕极简主义各项研究继承而来的方法。该书对美国极简主义作曲家的文化背景进行了广泛而深入的调查，成为了将音乐与文化研究结合起来用以解决重复音乐现象的

56 Robert Fink. *Repeating Ourselves. op. cit*., p.56.

57 Robert Fink. *Repeating Ourselves. op. cit*., p.52.

58 Robert Fink. *Repeating Ourselves. op. cit*., p.59.

59 Christophe Levaux. *We Have Always Been Minimalist: The Construction and Triumph of a Musical Style*, translated by Rose Vekony. Oakland: University of California Press, 2020, p.371.

权威文本，也成为以极简主义音乐为研究对象的文献中的权威文本[60]。

苏曼思·S·戈皮纳特与莱沃的观点是类似的。戈皮纳特在其博士论文《走私儿童：史蒂夫·里奇音乐中的种族与解放政治》中提出，芬克的研究代表了新音乐学成员的一种更大的诠释学主张。戈皮纳特认为，克莱特斯·哥特瓦尔德和维姆·梅尔滕斯等学者对极简主义音乐提出了准阿多诺式批评，认为极简主义音乐是反目的论和反辩证法的。苏珊·麦克拉里提出的相似的观点，认为极简主义音乐在反目的论方面构建了一个女性的快乐空间。而芬克则直接回应了这两种诠释，主张在极简主义音乐中建立新的、不依赖于简单二元论的中间目的论模型，以此阅读极简主义音乐中的叙事可能性[61]。

笔者认为，以上两位学者都将芬克的研究置于新音乐学研究的领域，关注了芬克将文化、社会科学等学科领域的理论用于诠释极简主义音乐的研究方法。在罗伯·哈斯金斯看来，芬克的《重复我们自己》这种文化批评的代表作品早就应该出现了[62]。哈斯金斯对芬克的专著提出了以下两个评价。首先，跨学科的文化阐释。该专著中精彩的第三章和第四章为芬克的跨学科学术才能提供了最好的例子。其中，哈斯金斯举例说明，芬克在一段令人眼花缭乱的段落中提醒人们注意极简主义音乐与乔治·佩雷克的小说《物》中的两位主角人物的经历所共有的共鸣。其次，对不同类型读者的关注。哈斯金斯提到芬克的研究全面关注到了不同类型读者，包括未经专业音乐训练的读者以及传统的学术化读者。针对后者，芬克进行了许多和声细节、作品结构和调性织体的分析。

与此同时，哈斯金斯对芬克将极简主义音乐作为一种“低参与度”音乐类型的看法表示质疑。芬克认为极简主义音乐在 20 世纪 60 年代开创了对音乐氛围的刻意创造。换句话说，就像电视一样，极简主义音乐影响着每个人，但并没有人全神贯注地聆听。而哈斯金斯则认为，“我愿意相信另一个听众社区的存在，他们会仔细聆听极简主义，并对其作出深思熟虑和积极主动的回应。”[63]由此可见，在听众是否对极简主义音乐采取专注聆听模式的问题上，哈斯金斯表达了与芬克所不同的观点。

---

60 Christophe Levaux. *We Have Always Been Minimalist. op. cit*., p.375.

61 Sumanth S. Gopinath. *Contraband Children. op. cit*., p.6.

62 Rob Haskins. Review: Robert Fink, Repeating Ourselves: American Minimal Music as Cultural Practice. Berkeley and Los Angeles: University of California Press, 2005, in *Current Musicology*, No.81, pp.147-154.

63 Rob Haskins. Review: Robert Fink, Repeating Ourselves. *op. cit*., pp.147-154.

综上所述，在笔者看来，芬克的专著《重复我们自己》以其创新化的研究观点和研究方法引起了英美学者们的讨论与热议。通过将重复的极简主义音乐灵活地、在多重认识论层面上与特定的物质文化和历史形态联系起来，芬克在广泛的文化背景下展现了重复音乐的背景和语境，并以 21 世纪的角度和眼光评价了 20 世纪音乐的发展。

第二节　新媒介视阈下的极简主义音乐研究

新媒介的融入为极简主义音乐向后极简主义音乐的过渡铺平了道路。多媒体是后现代主义文化的内在组成部分。在所谓的“后工业”时代，科学技术经常通过艺术手段被用来表现技术和工业领域的发展[64]。英美学者针对极简主义音乐在后现代语境中越来越多地体现出综合多种媒介的创作倾向探索了极简主义音乐与多媒体、新兴媒介之间的互动与融合。在众多研究文献中，特里斯蒂安·埃文斯的专著《菲利普·格拉斯电影音乐中的共同意义——音乐、多媒体和后极简主义》和丽贝卡·M·多兰·伊顿的论文《标记极简主义：极简主义音乐作为多媒体中机器和数学的标志》具有较强的代表性。笔者将分析的重点放在埃文斯的专著上，并以伊顿的观点作为补充，以期勾勒出新媒介视阈下的极简主义音乐创作特征。

在专著《菲利普·格拉斯电影音乐中的共同意义——音乐、多媒体和后极简主义》中，作者埃文斯通过聚焦后极简主义音乐在文本、声音和视觉图像方面的互动，从而在更广泛的后极简主义音乐背景下对格拉斯的电影音乐进行了深入分析。埃文斯首先提出什么是“后极简主义”，它是如何融入后现代界面的？学术界针对后极简主义的描述一直都具有争议。凯尔·江恩假设作曲家威廉·达克沃斯是后极简主义的创始人之一，他的 24 首《时间曲线前奏曲》（1978-1979）被认为是第一部出现在该范围内的作品。江恩认为，达克沃斯的作品既具有极简主义特征，又可聆听到更多微妙的、神秘的、错综组杂的细节[65]；罗伯特·施瓦茨则认为约翰·亚当斯的“后浪漫”音乐代表了新的后极简美学[66]；而在作者看来，风格的多样性构成了后极简主义的总体特征。其中

64 Tristian Evans. *Shard Meanings in the Film Music of Philip Glass: Music, Multimedia and Postminimalism. op. cit.*, p.13.
65 Tristian Evans. *Shard Meanings in the Film Music of Philip Glass. op. cit.*, p.6.
66 K. Robert Schwarz. *Minimalist*. London: Phaidon Press, 1996, p.170.

还包括更多复杂性、更少的极简性，以及旋律性、主观性、不和谐、数字技术与多媒体，以及对过去的参考等。埃文斯以下列图示说明了后极简主义音乐的总体特征。

图 5-2：埃文斯对后极简主义音乐特征的总结[67]

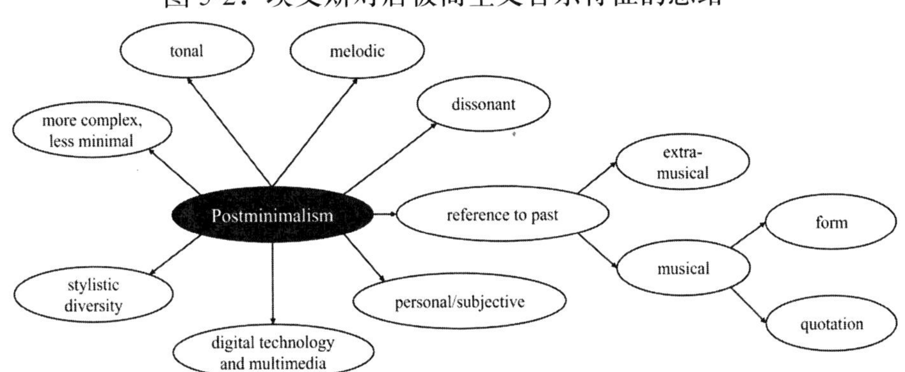

如果说极简主义音乐与绘画的联系展示了其与静态图像相结合的可能性，那么后极简主义音乐与电影的结合则展示了其与运动图像之间的互动。作者主要以作曲家菲利普·格拉斯的电影音乐为例以说明二者结合的具体方式。一方面，格拉斯在将极简主义带入好莱坞主流配乐方面具有很大的影响力。另一方面，格拉斯的电影音乐也帮助他成为了过去半个世纪最知名的古典作曲家[68]。他为不同类型的影片创作音乐，包括与导演埃罗尔·莫里斯合作的《细蓝线》《时间简史》《战争迷雾》，与马丁·斯科塞斯合作的记录达赖喇嘛生平的《活佛传》以及与罗勒·盖柏克合作的记录国际石油危机的《自然的觉醒》等多部纪录片的配乐；与导演戈弗雷·雷吉奥合作的非叙事电影 Qatsi 三部曲《机械生活》《失衡生活》和《战争生活》；此外，还包括《追命传说》《神秘的窗户》《水下逆流》《德古拉》等恐怖和心理惊悚片，以及多部奇幻电影、科幻电影、浪漫电影和情节剧配乐。在作者看来，格拉斯音乐所提供的客观性使其能够与各种类型电影相兼容，并得到观众的广泛认可。

在专著中，埃文斯主要采用了库克的多媒体分析模型、莱顿的比喻类型学理论等前沿方法对极简电影音乐进行解读，并结合对极简电影音乐的互文分析和视听分析，从而勾勒出以作曲家菲利普·格拉斯为代表的极简主义音乐与多媒体之间互动与融合特征。

67 Tristian Evans. *Shard Meanings in the Film Music of Philip Glass. op. cit.*, p.8.
68 Tristian Evans. *Shard Meanings in the Film Music of Philip Glass. op. cit.*, p.17.

一、库克的多媒体分析模型

尼古拉斯·库克在其著作《分析音乐多媒体》中开发了分析多媒体音乐作品的理论模型。根据库克的流程图（见图 5-3），一致性（conformance）、互补性（complementation）和竞争性（contest）三种模型可以作为对相似性或差异性的检验。三种模型各自的含义是：如果多媒体关系被认为是一致的，则通过了相似性测试，因此属于一致性模型；如果多媒体关系不能一致，则需对其进行差异检验，最终分别属于互补或竞争模型。竞争模式要求“每一种媒介都力求解构对方，从而为自己创造空间”；而互补模式则被视为一致性和竞争之间的“中间点”，其中“不同的媒体被视为占据相同的领域，但避免了冲突”[69]。

图 5-3：库克的“多媒体的三种基本模型”[70]

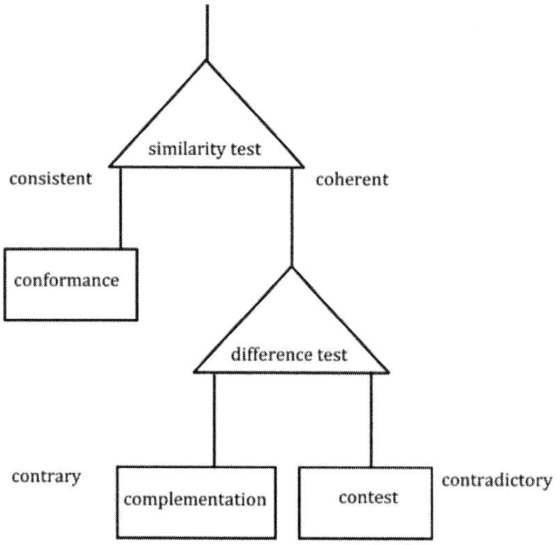

应用库克的理论，作者对 2006 年汽车制造商宝马的“这只是一辆汽车”电视广告及广告中对格拉斯《失衡生活》(Koyaanisqatsi) 的电影配乐的引用进行了分析。对宝马广告叙述词的分析构成了研究格拉斯音乐与其新语境之间逻辑关系的起点。在广告中，叙述者以“它只是一辆汽车——一辆汽车就是一辆汽车就是一辆汽车”开头。这个开场白的重复性与极简主义的重复性直接相关。随后是对这款车型基本元素的描述：从螺母、螺栓、皮革、齿轮、钢、木头、玻璃到智能雨刷、数字地图和卫星导航。然而，作者认为将汽车描述为

69 Tristian Evans. *Shard Meanings in the Film Music of Philip Glass. op. cit.*, pp.25-26.
70 Tristian Evans. *Shard Meanings in the Film Music of Philip Glass. op. cit.*, p.25.

“只是一辆汽车”表达了一种虚假的谦虚。因为广告结尾处与制造商徽标一起显示的文字标语肯定了汽车是“终极驾驶机器”。应用库克的理论，这个潜在的含义与“只是一辆汽车”的叙述是矛盾的。因此这是广告公司逆向心理的一个例子[71]。

作者论述了构成广告视觉维度的两种基本图像类型：大气式图像和描述性图像。大气图像主要包括月光下的林地以及鸟瞰的城市景观，例如像意大利面条的路口和多车道高速公路。描述图像则由制造汽车所使用的原材料的特写图像构成，例如，树的图像是叙述者告诉我们汽车包含“木头”，提到使用木材可能被视为制造商试图将自然元素与人类技术相结合。整体而言，广告的视觉维度表达了汽车在不同驾驶条件下行驶时能够提供的奢华和舒适感——无论是夜间无人居住的乡村，还是城市的高峰时段。

就音乐而言，格拉斯的音乐符合广告中使用的大气场景：广告开头部分 a 小调庄严的固定低音为其定下了夜间拍摄基调。旋律中的音高具有半音特性，每小节以八分音符为基本律动的 4+3+2 的不规则、缩减式节奏组合增加了音乐所描绘的不稳定性和黑暗感。同时，音乐还在结构层面与文本相互作用。结束语“一辆汽车，它只是一辆汽车”将广告开头的文本进行了压缩，与音乐结构的再现非常匹配。因此，在作者看来，文本和音乐之间的密切关系指向一种顺从、一致的关系。

接下来，作者探究了格拉斯音乐在其原始语境——电影《失衡生活》中的运作，并探讨了宝马广告与《失衡生活》之间的联系与相关性。影片《失衡生活》主要通过音乐和视觉媒体反映了 20 世纪后期技术、机械和消费主义的发展。影片以远处的城市景观开场，随后是摩天大楼的特写镜头。背景和前景视角之间的对比与宝马广告中“大气”和“描述”场景之间的对比相呼应。同时，将汽车称为“终极驾驶机器”与《失衡生活》的总体主题相关。它反映了人类的技术和机械进步，及其与自然生命的相互作用或干预。广告的大气视觉场景可分为森林图像和城市图像，从而反映自然与文明之间的二分法——与原始语境《失衡生活》的双重主题一致。由于电影和广告在总体上具有相似的特征，但也存在差异，因此二者的关系是互补的[72]。

在笔者看来，埃文斯应用库克的模型无疑为讨论后极简主义音乐与其他

71 Tristian Evans. *Shard Meanings in the Film Music of Philip Glass. op. cit.*, p.27.
72 Tristian Evans. *Shard Meanings in the Film Music of Philip Glass. op. cit.*, p.30.

媒体在各种语境中的关系提供了一种可行的方法。应用库克的理论，可以看到在商业广告中引用的电影音乐揭示了后极简主义音乐在许多不同背景下的可互换性。

二、莱顿的比喻类型学理论

丽贝卡·莱顿的“极简主义比喻类型学”是一种探讨后极简主义音乐中的时间和叙事的有效方法。作为一个理论框架，莱顿的类型学有助于分析因重复音乐的使用而产生的各种影响和情感词汇。莱顿认为，重复音乐可以表达特定的认知意义。[73]她提供了六种极简主义比喻的类型学，为音乐中六种不同的主观状态提供了有效的词汇。这些重复的比喻被描述为母体（“保持的环境”）；咒语（“一种神秘的超越状态”）；动力学（“跳舞身体的集合”）；极权主义的（一种“非自愿的不自由状态”）；机动（“冷漠的机械化过程”）和失语（暗示“认知障碍、疯狂或逻辑荒谬的概念”）。在莱顿的基础上，作者埃文斯补充了与极简主义相关的另外四种重要类型的含义：灾难性的比喻（或世界末日的比喻）、迷幻的比喻、外星人的比喻和城市的比喻来对极简主义音乐的重复进行阐释。

在以多媒体综合为特征的后极简主义音乐中，重复可以促进特定的音乐视觉意义或叙述。作者举例，格拉斯《变形生活》（Powaqqatsi）的开场场景描绘了工人在恶劣的露天环境下集体劳作，清楚地指向了动力类型，即莱顿所说的“跳舞身体的集合”[74]。极简主义作曲家梅雷迪思·蒙克《海龟梦》中的引擎噪音逐渐加剧，并通过戏剧媒介描绘“现代人的非人性化”则体现出莱顿的机动比喻。关于机动的比喻同样也适用于格拉斯《海滩上的爱因斯坦》（“火车”和“宇宙飞船”部分）、约翰·亚当斯的《快速机器中的短途骑行》以及史蒂夫·里奇的《不同的火车》等作品[75]。对母亲的比喻的重复类型在蒙克的作品中占有重要地位。作为一位女性极简主义作曲家，蒙克对摇篮曲的创作是其作曲风格的典范。她的歌剧《采石场》（*Quarry*）中的“摇篮曲”使用了 c 小调主和弦和 ^{b}B 七和弦之间的温和振荡，以及各种人声音色的逐渐分层，说明了声音在其语义背景之外表达情感内容的能力[76]，可以作为母亲比喻的一个例

73 Tristian Evans. *Shard Meanings in the Film Music of Philip Glass. op. cit*., p.55.
74 Tristian Evans. *Shard Meanings in the Film Music of Philip Glass. op. cit*., p.56.
75 Tristian Evans. *Shard Meanings in the Film Music of Philip Glass. op. cit*., p.56.
76 Tristian Evans. *Shard Meanings in the Film Music of Philip Glass. op. cit*., p.57.

子。对极简重复的咒语比喻与仪式或灵性有关：格拉斯的《阿赫纳顿》和《非暴力不合作》，以及里奇《三个故事》之“比基尼”中的圣经文本都是在仪式的背景下使用重复的例子。

在应用莱顿的基础上，作者补充了另外四种对极简主义重复性进行比喻的类型。首先是灾难性比喻。这种比喻被认为是与时间的结束或世界末日的倒计时有关。雷金纳德·史密斯·布林德尔在他的《新音乐》一书的导言中宣称，原子时代的曙光和首次登月探险间接地改变了自 1945 年以来的前卫艺术进程[77]。在音乐上，彭德列茨基的《广岛受难者的挽歌》(1960) 可以说是通过音乐明确提及核爆炸对人类毁灭性影响的例子。自这部作品以来，对原子时代的反映一直是极简主义多媒体音乐的主题之一。菲利普·格拉斯和约翰·亚当斯的两部歌剧提到了原子弹的起源。在格拉斯的《海滩上的爱因斯坦》中，相对论的发明者在歌剧中扮演了核心角色；亚当斯的《原子博士》讲述了 1945 年新墨西哥州第一颗原子弹引爆的事件，歌剧的重点是事件的准备阶段和倒计时。这种心理紧张和即将到来的厄运在音乐上体现为逐渐上升的音高和不祥的钟声。

原子弹爆炸的标志性蘑菇状云从 20 世纪 60 年代中期开始演变为一种文化比喻。这种比喻在作曲家特里·莱利为艺术家和电影制片人布鲁斯·康纳的实验电影《十字路口》所作的配乐中得到了体现。这部电影解密了 1946 年在比基尼环礁马绍尔岛上进行的原子测试镜头。莱利的音乐构成了电影配乐的第二部分，音乐展现出在重复低音之上的多织体即兴创作，与蘑菇云演变和缓慢扩张的视觉镜头相吻合并清晰同步。

第二，迷幻的比喻传达了一种由药物引起的影响所造成的扭曲时间感，这被认为适用于前卫摇滚乐队“软机器”（Soft Machine）的一些作品以及格拉斯与印度音乐家拉维·香卡合作的电影《查帕阔》。第三，布赖恩·伊诺的环境音乐对静止的促进以及格拉斯《漫游火星》的配乐中缺乏目标导向的运动呈现出与非重力存在状态相一致的时间静止，创造了一种与外星人比喻相吻合的时间暂停感。在《漫游火星》中，格拉斯采用了固定低音动机以及连续的音阶式上升和下降，呈现出一种非定向线性的特征，恰当地代表了宇宙飞船前往未知领域的试探性旅程。第四，作者认为城市环境的喧嚣集中在“动量”、“瞬间”或时间的直接性。里奇的《城市生活》《八行线条》《纽约对位》和卡

77 Tristian Evans. *Shard Meanings in the Film Music of Philip Glass. op. cit.*, p.59.

尔·詹金斯的《奇异的竖琴》通过不懈的重复来吸收城市的活力与能量。

在《标记极简主义：极简主义音乐作为多媒体中机器和数学的标志》中，作者丽贝卡·M·多兰·伊顿认为，在多媒体音乐中两种最常见的、相互交织的极简主义部署是 1）将极简主义作为机器和技术的标志，以及 2）将极简主义作为科学和数学等理性思想的标志[78]。在笔者看来，伊顿的分析为极简主义的类型比喻提供了另外的两种比喻类型，丰富了莱顿的六种极简主义比喻类型学及埃文斯补充的四种类型。

在伊顿看来，极简主义与机械的联系可以追溯到早期对极简主义作品的批判性评论：20 世纪 70 年代中期，德国评论家克莱特斯·哥特瓦尔德将里奇的《击鼓》比作“非人性化的流水线劳动”[79]；《纽约时报》的评论家多纳尔·赫纳汉在谈到里奇 1970 年的音乐会时认为，“尽管很高兴知道人类正在做这项工作，但他们仍然会想知道机器是否可以做得更好”[80]。伊顿认为，极简主义音乐具有规律、稳定的脉搏。它不是基于旋律，而是基于重复，且通常显示有限的力度对比。所有这些音乐属性也是机器工作的特征。因此，极简主义音乐可以看作是机器声音的拟声词。例如，里奇的《不同的火车》（1988）的第一部分和格拉斯在《变形生活》（1988）中的“前往圣保罗的火车”中的音乐似乎更像声音效果；约翰·亚当斯的《快速机器中的短途骑行》（1986）更多地作为机器的标志而非是对多媒体图像的音乐伴奏。

伊顿举例谈到，极简主义音乐最初在格拉斯配乐的《机械生活》中展示了一种机械化和非人性化的标志。音乐的连续性和缺乏音色、音高以及节奏差异增强了人类与技术的联系。例如，木管乐器的琶音在每分钟演奏 190 个四分音符的速度下不断循环，且音乐中从未听到表演者的呼吸声，由此可见在这种速度下的无差错表演是人类演奏员不可能完成的，而是格拉斯采用合成器伪造的。人声织体由于没有唱词，因此也体现为一种机械化的品质[81]。《机械生活》之后，与其相关联的视觉、音乐元素迅速渗透到美国的文化中。例如，电影中“夜间高速公路上的加速交通镜头”及其配乐风格经常出现在广告中。2003 年宝马的广告“这仅仅是一辆车”、2003 年本田雅阁商业广告“负责任

78 Rebecca M. Doran Eaton. Marking Minimalism: Minimal Music as a Sign of Machines and Mathematics in Multimedia. *Music and the Moving Image* 7.1 (Spring 2014): pp.3-23.

79 Rebecca M. Doran Eaton. Marking Minimalism. *op. cit*., pp.3-23.

80 Rebecca M. Doran Eaton. Marking Minimalism. *op. cit*., pp.3-23.

81 Rebecca M. Doran Eaton. Marking Minimalism. *op. cit*., pp.3-23.

的你”便采用了类似的高速公路图像和格拉斯重复性的钢琴琶音。

第二，伊顿在文中探讨了极简主义作为理性思想的标志。她认为，极简主义与科学、数学等理性思想的联系可能源于极简主义作曲家倾向于选择具有理性内涵和数字特征的歌剧唱词，标志性作品是格拉斯 1976 年的歌剧《海滩上的爱因斯坦》。格拉斯曾提到他对逻辑主题的喜爱。他认为，

> 当我还是个孩子的时候，我学习了音乐和科学……当我上大学时，我跟不上数学，所以我说“好吧，我做不到”。但对科学的热情并消散，我开始用它来写歌剧和讲故事。[82]

出于对科学和逻辑的喜爱，格拉斯先后创作了《海滩上的爱因斯坦》《航行》《伽利略·伽利莱》《开普勒》《时间简史》《战争生活》和《漫游火星》等与科学相关的电影配乐。

作者分析，一些相似之处将极简主义音乐技巧与理性思维相结合。首先，数学和科学通常被认为是有序的学科，充满规律。电影制作人之所以建立这种联系，是因为他们认为极简主义音乐是有序的，其具有稳定的脉搏、重复的动机、模块和和过程；其二，极简主义琶音的高水平活动感可能与快速的理性思考有关；其三，极简主义通常缺乏旋律和其他编码的情感符号，如讽刺或快速的音区、力度或音色变化[83]。

伊顿认为，格拉斯在歌剧《海滩上的爱因斯坦》中首次将极简主义与理性联系起来。随后，百事可乐公司在 2000 年的“无需动脑”广告中引用了该歌剧“膝剧 1”中的音乐作为广告的背景音乐。广告描述了爱因斯坦遇到了两个品牌的自动可乐售货机并最终作出选择的思维过程。爱因斯坦的思考伴随着他时空理论的视觉表现：向前冲的星星、白字和黑板方程和时钟等理性意象。随后，当听到爱因斯坦沉思“无论何时考虑时间和空间关系时，你必须始终得出一个且绝对只有一个正确的选择”时，音乐停止，爱因斯坦带着孩子般的欢乐选择了百事可乐，脚跟在空中咔哒一声，广告逐渐消失。作者分析，这里的极简主义音乐代表了天才的思索。同时，广告中“膝剧 1”的数字歌词和有序循环反映了逻辑思维过程，而百事可乐的活泼则代表了青春、非理性的欲望和迅速的情绪决定[84]。

随后，作者又分析了在其他电影中将极简主义音乐与理性、数学、数字思

82 Rebecca M. Doran Eaton. Marking Minimalism. *op. cit.*, pp.3-23.
83 Rebecca M. Doran Eaton. Marking Minimalism. *op. cit.*, pp.3-23.
84 Rebecca M. Doran Eaton. Marking Minimalism. *op. cit.*, pp.3-23.

维相结合的例子。在《美丽心灵》中，作曲家詹姆斯·霍纳采用极简主义重复的短主题和连续的和弦模式来描绘电影开场的“数字万花筒”逻辑；在《证明》中，作曲家斯蒂芬·沃贝克为影片中的数学证明场景保留了极简主义技术。沃贝克的“证明”主题以清晰、精确的琶音在稳定的节拍上重复，听起来合乎逻辑且有条理，就像数学家的证明必须理性地逐步解决问题一样；在影片《改变世界的狗》中，极简主义音乐伴随着视觉中的 DNA 测试图像；在《优雅的宇宙》中，类似里奇风格的木槌打击乐强调了理论物理学家布莱恩·格林对有序、可预测的电磁方程的讨论；在纪录片《关注金钱》中，极简主义技术与古典经济学的理性模型相关联，而无调性音乐则象征着 2008 年的市场崩盘和情绪化的金融决策。

通过对这些例子的分析，作者认为，电影中的极简主义音乐在大多数情况下与白色数字、图表和方程式的视觉效果联系在一起，暗示了极简主义音乐和特定视觉风格之间的联系。同时，作者还发现在一些电影中，除了将极简主义与机器、数学逻辑的理性联系起来外，极简主义音乐还与一种更黑暗的理性相联系：在《美丽心灵》《关注金钱》以及《守望者》等电影中，电影的配乐都将极简主义音乐与严重错误的理性结合在一起，如疯狂、经济崩溃、剥削和科幻灾难。因此，作者最后总结，极简主义现在已经成为电影中超理性的、知识精英、科学实验室甚至学术的听觉符号代名词[85]。

在笔者看来，莱顿的比喻类型学为解释极简主义音乐中重复的意义及语境提供了非常有价值的理论基石。在莱顿的基础上，作者埃文斯进一步提出灾难的比喻、迷幻的比喻、外星人的比喻和城市的比喻等四种比喻类型，并以相应的极简主义多媒体作品为例进行说明。此外，伊顿则又提出了两种关于极简主义的比喻类型，包括将极简主义的重复作为机器的标志和作为数字和理性的标志。从中可见，以上三位学者的研究几乎涵盖了对极简主义音乐重复特征的较为全面的比喻，为看待极简主义音乐的重复性及其与动态视觉图像的结合提供了新的视角和阐释方向。

三、极简电影音乐的互文分析

互文性的概念最初存在于文学中。法国批评家朱莉娅·克里斯特瓦认为，文本是一种文本置换，是一种互文性：在一个文本的空间里，取自其他文本的

85 Rebecca M. Doran Eaton. Marking Minimalism. *op. cit*., pp.3-23.

各种陈述相互交叉，相互中和[86]。在音乐中，对互文性的关注可以使研究者以宏观的眼光看待作品与作品之间的纵横关联。同时，处于互文性中的音乐作品的意义不是封闭的，而是开放生成的。因此，作品的意义不仅在作品自身，而且在与其他作品“发生共时性与历时性的关联中”[87]。基于互文性理论，作者埃文斯在《菲利普·格拉斯电影音乐中的共同意义》一书中提出，格拉斯的音乐具有互文性，这促使了他的音乐在其原始语境和新语境中形成了共享意义的概念。通过重新情境化这些音乐线索所形成的关系将不可避免地提供对新旧之间共享意义的一瞥[88]。

作者认为，格拉斯作品中广泛使用自我引用体现在格拉斯倾向于回收预先存在的材料，从而在新的环境中重新使用特定的提取物。埃文斯通过绘制图示来表示格拉斯电影中的互文参考性。

图 5-4：埃文斯对格拉斯电影音乐中互文性的总结[89]

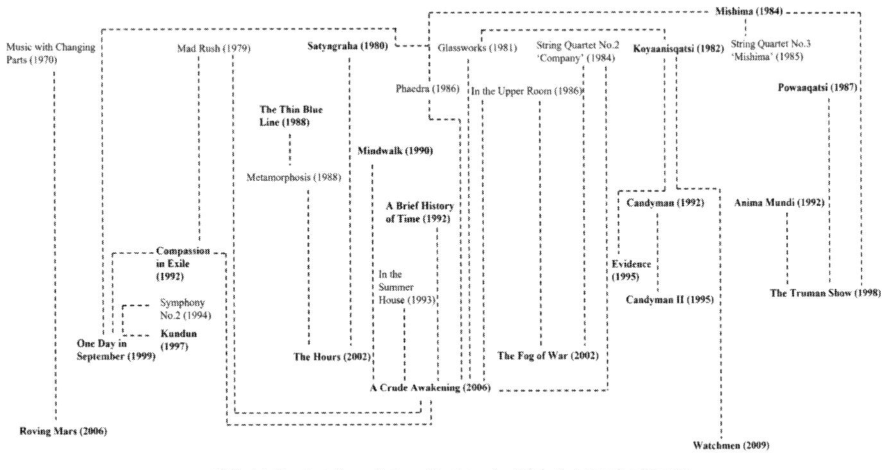

(All titles in bold type denote film soundtracks, apart from *Satyagraha*, which is a televised recording of the opera)

上图显示了格拉斯各音乐作品中的自我引用情况。例如，《漫游火星》的配乐使用了《变化声部的音乐》中的素材。这种关联代表了文本与其新语境之间最远的距离——前者创作于 1970 年，并在 2006 年重新加工以供后者使用。又如，在《杜鲁门秀》的配乐中，《三岛》（Mishima）、《变形生活》（Powaaqatsi）和《世界灵魂》（Anima Mundi）等作品素材被重复使用。《杜鲁门秀》的主题

86 秦海鹰：《互文性理论的缘起与流变》，《外国文学评论》，2004 年第 3 期。
87 黄汉华：《音乐互文性问题之探讨》，《音乐研究》，2007 年第 3 期。
88 Tristian Evans. *Shard Meanings in the Film Music of Philip Glass. op. cit.*, pp.1-2.
89 Tristian Evans. *Shard Meanings in the Film Music of Philip Glass. op. cit.*, p.110.

围绕一个超现实情境展开。主角杜鲁门·伯班克在一个全天候播放的电视节目中担任主角，该“节目”由导演克里斯托夫控制。杜鲁门渴望摆脱这种环境的限制，因此，到斐济去构成了电影的叙事目标。格拉斯先前的《世界灵魂》和《变形生活》中的配乐与这一新背景相辅相成。《世界灵魂》中的音乐“基于最原始的传统民族音乐及其节奏”[90]，当放置在《杜鲁门秀》中则表现出杜鲁门在他所被困的世界之外为达到内心的自然乌托邦所做的努力；在《变形生活》中格拉斯对电子乐器的特殊使用则与《杜鲁门秀》的合成背景相协调，从本质上讽刺了当代西方社会不间断的媒体审查[91]。因此，使用从预先存在的配乐中提取的片段展示了音乐及其意义如何从一种环境转移到另一种环境。

除了格拉斯电影音乐中广泛的相互引用外，作者埃文斯还提到了格拉斯电影音乐在思想上的互文性。例如，存在主义的思想将格拉斯的作品相互关联起来。存在主义是一种在战后欧洲的焦虑不安中诞生的哲学，是在追求进步、理性和科学的理想中迷失信仰之后产生哲学。存在主义认为，人被抛弃在一个荒诞和陌生的世界上。个人在这个“痛苦的年代”所剩下的唯一希望是回到他的“内在自我”，过一种随心所欲的、自我感觉为真的随便哪种生活[92]。巴黎曾同时是存在主义和垮掉派活动的温床。在格拉斯留学巴黎的岁月中，他与剧作家塞缪尔·贝克特和贝托尔特·布莱希特、垮掉派作家艾伦·金斯伯格、伦纳德·科恩以及存在主义电影制片人让·吕克·戈达尔保持了良好的关系与合作。因此，存在主义思想或多或少地影响了格拉斯音乐的创作理念。

埃文斯研究了格拉斯三个作品之间的存在主义关联，包括《战争生活》（Naqoyqatsi）的最后一部分、戏剧歌曲套曲《渴望之书》以及好莱坞电影《守望者》的配乐，并认为这三部作品以不同的方式展示了存在主义的共鸣。首先，埃文斯提到，《战争生活》创作于新千年之交所谓的“反恐战争”最初发动之时。配乐中，大提琴抒情的独奏段落代表了一种个人主义，是电影中传达的存在主义思想的核心。

这种对个人主义和人文主义的探索也体现在格拉斯与伦纳德·科恩合作的电影《渴望之书》中。《渴望之书》具有后现代美学特征，代表了对个人心

90 Tristian Evans. *Shard Meanings in the Film Music of Philip Glass. op. cit.*, p.113.

91 Tristian Evans. *Shard Meanings in the Film Music of Philip Glass. op. cit.*, p.113.

92 [英]大卫·E·科珀：《存在主义》，孙小玲、郑剑文译，复旦大学出版社，2012 年版，第 17 页。

理的更内向探索。在选择科恩的文本时，格拉斯采用了没有特定顺序的诗歌组合形式，从而促进了整首作品的反叙事感。另外，作品的一些乐章是基于即兴演奏的独奏素材，例如“想飞”选段中的大提琴、“不是犹太人”中的萨克斯管、“我喜欢笑声”中的小提琴等，这些独奏声音复制了科恩文本中经常出现的第一人称叙事的孤独感[93]。在作者看来，这种独特的、孤独的声音也投射在《战争生活》中，唤起了电影核心的人文主义内涵[94]。

第三，埃文斯提到了围绕存在主义思想的另一部格拉斯的音乐作品——电影《守望者》的配乐。《守望者》情节的特征具有一种普遍的不稳定感，除了核世界末日的迫在眉睫的威胁外，电影还经常提到战争社会中无法无天的骚乱。就配乐而言，格拉斯引用了《失衡生活》中的“预言”段落，将原始电影中的世界末日意义转移到了《守望者》中的新语境[95]。“预言”包含了在管风琴低音区逐渐缓慢下降的 a 小调音阶，暗示了霍皮人预见的世界末日性质。在作者看来，在《守望者》中对《失衡生活》音乐的引用使音乐的原始意义被保留下来。

最后，作者总结到，通过专注于《战争生活》《渴望之书》和《守望者》中听到的《失衡生活》的线索可以看到格拉斯的音乐明显地应用于社会科学、人文主义，尤其是存在主义的背景下。而这种存在主义可以通过独奏的织体、冲突的和声或失衡的节奏在社会环境（通常是反乌托邦）中表达个性[96]。

四、极简电影音乐的视听分析

在《菲利普·格拉斯电影音乐中的共同意义》一书中，埃文斯采用将视觉、叙事和音乐相结合的多维视听分析方法对托德·布朗宁导演、菲利普·格拉斯配乐的经典恐怖电影《德古拉》进行了仔细阅读。作者认为，在《德古拉》中，音乐与视觉相关性的存在是毋庸置疑的，并在大多数情况下证明了所见所闻之间的紧密同步[97]。

埃文斯分别对电影中多个场景的音乐及其意义进行了阐释。其中，针对伦菲尔德和德古拉会面与谈话的场景“优秀的伦菲尔德先生”的分析将视觉动

93 Tristian Evans. *Shard Meanings in the Film Music of Philip Glass. op. cit*., p.164.
94 Tristian Evans. *Shard Meanings in the Film Music of Philip Glass. op. cit*., p.169.
95 Tristian Evans. *Shard Meanings in the Film Music of Philip Glass. op. cit*., p.167.
96 Tristian Evans. *Shard Meanings in the Film Music of Philip Glass. op. cit*., p.170.
97 Tristian Evans. *Shard Meanings in the Film Music of Philip Glass. op. cit*., p.127.

作、叙事和格拉斯的音乐进行了同步解读（见表 5-1），在笔者看来，其具有一定的代表性和范式价值。

表 5-1：《德古拉》中“优秀的伦菲尔德先生”场景的多模态转录[98]

动作 / 姿势	口头叙事	格拉斯音乐：“优秀的伦菲尔德先生”
☆伦坐在餐桌前		
◯德移动一瓶酒	德：“我相信你已经保守了你来这里的秘密”	
	伦：“我已经隐含地听从了你的指示”	
	德：“优秀的伦菲尔德先生。很好。现在如果你不累，我想讨论一下卡法克斯修道院的租约”	A
伦伸手去拿租约	伦：哦是的。一切都在等待您的签名	
德凝视着伦，伦看起来心神不宁		
德阅读租约	伦：“为什么，我希望我已经为你的行李拿出了足够的标签”	
	德：“我只带了三个……盒子”	
	伦：“很好”	
德再次凝视。伦被他的目光所吸引		
	德：“我租了一艘船带我们去英国。我们将在……明天晚上离开”	
德转身离开。伦看起来很着急。	伦：“一切都会准备就绪”	
德走向了伦的床	德：“我希望你会觉得这很舒服”	
	伦：“谢谢！它看起来很诱人。哎哟”	
伦的手指被回形针弄伤了		B
德盯着流血的手指，朝它走去。伦的十字架在无意中被显示出来。德以一个戏剧性的姿势转身离开。		

98 Tristian Evans. *Shard Meanings in the Film Music of Philip Glass. op. cit.*, p.133.

	伦："哦，没什么大不了的。它只是那个回形针的一个小切口。这只是一个划痕"	A+B
伦把十字架放在口袋里，吸着手指上的血。		
○德又拿着一瓶酒	德："这是很老的酒。我希望你会喜欢"	
德倒酒。	伦："你不喝酒吗？"	
	德："我从不喝……酒"	
伦喝下去了。德注视着	伦："嗯，很好喝"	
	德："现在我要离开了"	
	伦："很好，晚安"	
	德："晚安，伦菲尔德先生"	
德离开了房间。伦从椅子上站起来		
☆伦坐在椅子上，一脸茫然		

如表格所示，在音乐上，格拉斯采用了 A、B、A+B 的三部性结构来描绘该场景。虽然 A 部分和 B 部分在调（f 小调与降 a 小调）、织体、力度和节奏属性上是对立的，但第三部分旨在将前两个部分的材料和特征进行综合。埃文斯认为，就语言和音乐叙事而言，这个场景表现出清晰的进展感和自我封闭感：它有开头、中部和结尾。这种结构也体现在身体动作中：伦菲尔德在场景的开始和结束时都坐在桌子旁（表中的星号所示）；而德古拉最初拿着酒瓶，然后直到场景快结束时才倒酒（表中的圆形所示），形成了与音乐相类似的再现性和首尾呼应感。因此，在作者看来，这一场景中格拉斯音乐的辩证本质满足了其视觉功能，并与视觉的目标方向相关[99]。

随后，作者提到，格拉斯采用双调性的和声处理方法也有助于作品人物形象的塑造。他举到了在题为"露西的咬伤"的选段中，格拉斯将"浪漫主义时代的颓废和抒情与半音转换所唤起的令人不安的氛围并列在一起"[100]。该选段的双调性体现在低音中的降 A 大调主和弦与高音中的属和弦形成了复合调性。同时，高低两个声部的节奏形成了明显的三对二的赫米奥拉节奏，描绘出看似天真无邪的场景与音乐背后的一种不安之感。

99 Tristian Evans. *Shard Meanings in the Film Music of Philip Glass. op. cit*., p.134.
100 Tristian Evans. *Shard Meanings in the Film Music of Philip Glass. op. cit*., p.136.

最后，作者在这一章中强调了重复音乐所具有的催眠作用。在这一点上，他引用了安娜·鲍威尔的观点，即“重复音乐特别具有催眠作用，因为它的‘节奏和尺度通过使我们的注意力在固定点之间来回摆动，暂停我们感觉和想法的正常流动’，所以它可以在不需要歌词的情况下操纵我们的情绪”[101]；莱顿则将这种形式的音乐重复定义为“一种咒语，其无休止的重复表明可以进入神秘或精神的超越”[102]。在电影中，这种催眠的效果表现在伦菲尔德的心态在随后的电影场景中被操纵，德古拉也通过催眠实现了对剧中人物思想的控制。

在《标记极简主义：极简主义音乐作为多媒体中机器和数学的标志》一文中，作者伊顿也对电影《机械生活》中格拉斯的极简主义配乐进行了视听同步分析。伊顿认为，《机械生活》将人类的镜头与机器的镜头相互交叉，暗示了电影中主观体验的丧失以及人类的非人性化和机械化[103]。同时，延时摄影进一步加深了这种异化：人类活动被加速到了非人道的水平，达到了只有机器才能处理的速度。作者分析了《机械生活》“网格”部分中从 51:42 到 52:22 时间段的音乐与视觉呈现。在该时间段中，音乐使用两个相同的琶音节奏动机“A”和“B”作为主要材料。

谱例 5-1：《机械生活》“网格”51:42-52:22 时间段的分解和弦动机 A 与 B[104]

作者提出，在该段落中，将人和机器结合在一起的不仅仅是图像的视觉并置或延时摄影，音乐也进一步推动了这种解释。这些场景的音乐在人类与机器、镜头与镜头切换时没有明显变化。另一方面，琶音在同一镜头内部也发生变化。从中可见，此处的音乐呈现出意义和叙事性的去除，映照了电影《机械生活》中异化的、机械复制的主题。

101 Tristian Evans. *Shard Meanings in the Film Music of Philip Glass. op. cit*., p.138.

102 Tristian Evans. *Shard Meanings in the Film Music of Philip Glass. op. cit*., p.138.

103 Rebecca M. Doran Eaton. Marking Minimalism: Minimal Music as a Sign of Machines and Mathematics in Multimedia. *op. cit*., pp.3-23.

104 Rebecca M. Doran Eaton. Marking Minimalism: Minimal Music as a Sign of Machines and Mathematics in Multimedia. *op. cit*., pp.3-23.

表 5-2:《机械生活》“网格”中从 51:42 到 52:22 时间段的音乐与视觉呈现[105]

分解和弦动机	A	B	A	B	A	B	A	B
重 复	8	6	6	8	8	6	6	8
节 奏	快	慢	慢	快	快	慢	慢	快
开始时间	51:42	51:47	51:52	51:57	52:02	52:07	52:12	52:18-52:22
视觉拍摄	汽车 / 交通	人 / 旋转门		交通 / 过马路的人		人们走上地铁自动扶梯		自动扶梯顶部 / 人群上行

在笔者看来，无论是埃文斯将视觉动作、叙事和音乐三重因素综合在一起的多维分析，还是伊顿将音乐各要素与视觉镜头相结合的分析，对于综合多种媒介的极简电影音乐来说，不仅需要独立地看待媒介本身的设计和发展，还应关注各媒介之间的互动与联系，进而达到一种全局的、平衡的眼光整体眼光。透过以上两位学者的分析，可以总结出极简电影音乐在视听结合方面的特征。首先，在极简电影音乐中，声音和画面在大多数情况下是紧密同步的。但在某些情况下，当视觉镜头发生转换时，音乐也可能保持其惯有的整体连续性而并未引入变化。第二，通过使用极简主义音乐特有的标志性创作技术，音乐可以营造特定的氛围和情感。如《德古拉》“城堡”选段中采用 a 小调与 f 小调的频繁交替能够产生调性模糊，从而营造出忧虑之感；再如《德古拉》“露西的咬伤”的赫米奥拉节奏具有典型的极简主义音乐多节奏织体特征，有助于形成电影所需的不安的氛围。第三，极简主义音乐的重复在不同电影的语境中具有不同的含义，应对其进行区别。例如，《德古拉》对重复的使用可以看作是一种咒语和催眠，表明观众可以跟随音乐进入神秘的领域；而《机械生活》中的重复则将音乐与机器联系起来，带有非人性化的听觉体验。最后，埃文斯和伊顿的视听同步分析为我们提供了分析多媒体音乐的模型，运用这种思路，可以构建起综合视觉图像、听觉音响、叙事情节和人物对话等多种表达媒介的多媒体音乐分析范式。

综上所述，在笔者看来，英美学者对极简主义多媒体作品的分析是以方法论作为主要线索而展开的。通过尼古拉斯·库克的多媒体分析模型，可以看到

105 Rebecca M. Doran Eaton. Marking Minimalism: Minimal Music as a Sign of Machines and Mathematics in Multimedia. *op. cit.*, pp.3-23.

多媒体作品中各种媒介之间的关联与互动，并针对其一致性、互补性和竞争性进行探讨；莱顿的比喻类型学理论提出了解读极简主义音乐时间和叙事的有效方法，有助于分析极简主义音乐中由重复而产生的各种影响和情感词汇；极简电影音乐中广泛存在的互文性为看待同一音乐片段在不同的语境中的共享意义提供了有效的切入点；最后，关于多媒体音乐作品的视听分析是最传统和最有效的方法，其揭示出音乐、视觉以及叙事等多种独立媒介之间的相互作用，从而为看待极简主义多媒体作品提供了宏观和整体视角。

与此同时，以上用于分析极简主义多媒体音乐的方法和理论也可用于分析其他非极简主义的多媒体音乐作品。例如，库克的理论本身就是针对包括极简主义音乐在内的广泛的多媒体音乐作品所提出模型框架。莱顿的比喻类型学虽然是针对极简主义音乐提出的，但其对重复性的解读也可用于阐释非极简主义音乐作品中重复现象的意义、叙事特征与特殊语境。因此，笔者认为，英美学界对新媒介导向下的极简主义音乐研究的创新点体现在其方法和理论中。通过不断开发新的理论方法和分析模型，英美学者开辟出研究极简主义音乐的多元化、创新化路径。

第三节　行动者网络理论下的极简主义音乐研究

“行动者网络理论”最早是由法国当代科学知识社会学研究[106]的重要人物布鲁诺·拉图尔在他的《行动中的科学》（1987）一书中所倡导。在拉图尔向他的读者所描述的世界里，行动者通过追踪生活世界中的各种不确定性来展现社会世界，并致力于解决这些不确定性，从而将社会重组为一个共同世界。拉图尔采用“行动者”、“转义者”和“网络”等关键词将该理论进行整合[107]。

行动者网络理论揭示了构成理论论点的表述价值。对于拉图尔来说，每一个科学论证都变成了一个命题，其命运取决于后来者，他们可能会采纳、改变或拒绝它。从这个角度看，科学事实成为一个集体对象，在不同行动者的手中

106 Sociology of Scientific Knowledge，简称 SSK。见吴莹，卢雨霞，陈家建，王一鸽：《跟随行动者重组社会——读拉图尔的〈重组社会：行动者网络理论〉》，《社会学研究》，2008 年第 2 期，第 218-234 页。

107 吴莹，卢雨霞，陈家建，王一鸽：《跟随行动者重组社会——读拉图尔的〈重组社会:行动者网络理论〉》，《社会学研究》，2008 年第 2 期，第 218-234 页。

不断发生变异、分层。该理论在以拉图尔、米歇尔·卡隆所在的法国新社会学派中经历了许多发展，并被巴黎创新社会学中心的成员安托万·海尼恩用于解决音乐的问题。海尼恩认为，当下

> 出现了一种相对主义的社会学，关注影响生产和接收过程的各种行为者之间的相互作用，并研究“艺术世界”中相互交织的人类情结。[108]

海尼恩寻求摆脱将艺术作品与其社会背景和社会学隔离开来的唯美主义之间的“虚假困境”，并重新整合“非人类元素”——乐音响文本、声音、乐器、曲目、舞台、音乐会场地和媒介，因此，将允许“不直接根据审美内容或社会真实性来设想音乐，但通过拒绝某些转义者和促进其他转义者的方式而言”[109]。

在《音乐史中的行动者网络：澄清与批评》中，康奈尔大学的本杰明·皮埃库特教授认为，音乐之所以被社会性所包围，是因为音乐的存在和持久需要许多盟友[110]。皮埃库特在“行动者网络理论”的视阈中看待音乐中的社会联结：

> 照着布鲁诺·拉图尔的说法，我们可以说“音乐”，就像“社会”一样，是不存在的。“它是被粘贴到某些网络的某些部分的名称，这些关联是如此稀疏和脆弱，如果不是一切都归因于它们，它们将完全逃脱关注。”因此，学者们的任务是追踪这组散乱的杂乱关联，这些关联溢出了对世界的传统解析。[111]

皮埃库特举谈到，网络语言已经开始渗透到音乐研究中，表示一系列相似和相似事物之间的关系。例如，作曲家 A 认识小提琴家 B，B 曾在旧金山结识了作曲家 C，C 又是作家 D 的儿时好友。再如，2012 年的现代艺术博物馆举办的“发明抽象，1910-1925”展览的策展人充分利用他们的拓扑投资，他们认为，抽象不是孤独天才的灵感，而是网络思维的产物——思想通过在遥远的地方以不同媒介工作的艺术家和知识分子的纽带传播。因此，在这些情况下，行动者网络理论提供了一种研究各种关系的方法，试图记录在给定情况下任

108 Antoine Hennion. Baroque and Rock: Music, Mediators and Musical Taste. *Poetics* 24.6 (1997): pp.415-435.

109 Antoine Hennion. Baroque and Rock. *op. cit.*, pp.415-435.

110 Benjamin Piekut. Actor-Networks in Music History: Clarifications and Critiques, in *Twentieth-Century Music* 11.2 (Sept 2004): pp.1-25.

111 Benjamin Piekut. Actor-Networks in Music History. *op. cit.*, pp.1-25.

何行为之间的相互影响，无论是人类、技术、话语还是物质。

关于将“行动者网络理论”应用于音乐的研究中，皮埃库特提出了四个原则，即行动者、转义者、本体论和表演。首先，皮埃库特认为，行动者体现了一种能动性，以便其更清楚地追踪网络中产生的差异。同时，网络为行动者提供了某些参与方式，改变网络也就意味着改变行动者。因此，行动者的能动性语法不断从主动转向被动，然后又转变回来。第二，转义者在该理论中也至关重要。行动最终将被呈现为一种翻译、转述和传达的方式。例如，音乐学家塔鲁斯金坚持认为，前卫艺术在 19 世纪中期发展起来并不是历史必然性问题，而是一群积极的真正信徒将卡尔·弗朗茨·布伦德尔的黑格尔历史哲学付诸于他们的音乐批评[112]。第三，就本体论原则而言，行动者网络理论强调特殊性和差异性，而不是普遍性。作者认为，实验主义是一个由作曲家、表演者、观众、赞助人、评论家、记者、学者、场地、出版物、乐谱、技术、媒体、特定的发行方式以及受种族、性别、阶级和国家持续影响的网络。因此，实验主义必然是多种实体的集合，其取决于定位它的所有行动者。存在意味着“相关”和“存在于世界中”，形成了一种复合和偶然的本体论[113]。第四个原则是表演。作者认为，对表演的更广泛理解将使音乐不可言语的孤立性变得复杂。

随后作者举例谈到约翰·凯奇的实验主义音乐。他认为，凯奇的实验主义版本是成功的，因为它来自不同参与者所形成的强大联盟，包括他于 1961 年发行的不确定性音乐密纹唱片、乐谱及著作《沉默》的出版等。此外，廉价晶体管前所未有地涌入消费市场意味着年轻的技术人员可以更容易地融入凯奇的叙述中。因此，在作者看来凯奇地位的新兴霸权是一个多重时间性的故事。

由此，皮埃库特总结认为，行动者网络理论扩大了其表示的范围以包括以前被忽略的参与者，并认为没有参与者是孤独的；其次，它强调了关于事实的争议并要求我们记录不确定性和意外事件；最后，该理论可以帮助我们讲述关于音乐及其众多盟友的令人惊讶、有趣和新的故事[114]。

从行动者网络理论的视阈出发，一些英美学者致力于研究极简主义音乐、艺术之间的相互联结与影响；极简主义音乐内部的作曲家、演奏家、音乐

112 Richard Taruskin. *The Oxford History of Western Music*, Vol. 3. Oxford: Oxford University Press, 2005, pp.411-442.
113 Benjamin Piekut. Actor-Networks in Music History. *op. cit*., pp.1-25.
114 Benjamin Piekut. Actor-Networks in Music History. *op. cit*., pp.1-25.

评论家之间的联盟与网络。大卫·艾伦·查普曼的博士论文《合作、存在和社区：纽约市中心的菲利普·格拉斯乐团，1966-1976》便是很好的一例。查普曼在文中探索并研究了菲利普·格拉斯乐团在20世纪60年代末70年代初在曼哈顿市中心新兴的阁楼和画廊场景中的形成过程。格拉斯乐团的音乐家，包括菲利普·格拉斯、乔恩·吉布森、琼·拉·芭芭拉、理查德·兰德里以及库尔特·蒙卡奇等人，这些来自美国各地的艺术家和表演者参与了将纽约曼哈顿区格林威治村以南废弃的工厂和仓库阁楼转变为公寓、工作室、剧院、咖啡馆和艺术画廊的过程，使其成为了70年代SOHO社区及其周边地区的“替代空间”。论文以与格拉斯合奏团的几个详细且相互关联的故事为框架，讲述了其成员在此期间如何创作、表演和聆听极简主义音乐和新音乐。同时，作者表明该乐团作为市中心社区的一个子集在一个更大的网络中发挥作用，这个网络包括他们最亲密的朋友和最稳定的观众成员，构成了曼哈顿市中心更广泛的艺术和表演社区的一部分[115]。

作者针对极简主义美学在艺术界观众和评论家中评论最多的方面，包括表演过程中的空间移动、观演场地的空间安排、心理声学、高音量投射和放大技术的乐趣和痛苦等展开。同时，作者关注音乐家、艺术家之间基于友谊的相互支持与合作，并将他们置于在感知上相似的作曲风格之中。因此，作者将自身具有内部动态的群体作为错综复杂的社会和文化历史的起点，强调作曲家的作品并不是创造性天才在孤立时刻的产物，而是源于作曲家与其朋友的音乐互动[116]。

一、艺术家与作曲家

首先，作者在文中探索了1966年-1970年曼哈顿市中心的空间、合作和社区。这是一个由音乐家、画家、雕塑家和舞蹈家组成的合作网络。在其中，新作品的首演似乎不是为了强化个别作曲家的“专利”主张，而是强调社会参与者网络内的亲密合作。在1967年的公园广场画廊、1968年的电影制作人的电影中心和1969年在惠特尼博物馆举行的里奇和格拉斯的音乐会上，作曲家、表演者和观众公开了他们彼此之间更加私密的联系。

在20世纪60年代末的纽约，一群来自公园广场的视觉艺术家与作曲家

115 David Allen Chapman Jr. *Collaboration, Presence, and Community. op. cit.*, p.1.
116 David Allen Chapman Jr. *Collaboration, Presence, and Community. op. cit.*, p.14.

里奇建立了联系。这些艺术家群体的作品将太空时代的物理媒体与棱角几何形状相结合，被评论家和历史学家纳入了新兴的“极简主义艺术”类别中[117]。同时，这些艺术家也与音乐家展开合作，表明了“朋友们的艺术和音乐可以在同一个空间中融合”[118]的理念。

1967 年春天，公园广场画廊举办了题为“弗莱明 / 罗斯 / 福伊斯特 / 里奇”的为期一个月的展览，展示了基于各种媒介的艺术作品，包括迪恩 · 弗莱明的《马里布 II》，其中面板的波浪状图案产生了凹凸交替的效果；查尔斯 · 罗斯充满油的棱镜、透镜和有机玻璃面板、杰里 · 福斯特将空间分裂成反射带的镜子，以及作曲家史蒂夫 · 里奇的作品音乐会。1967 年 3 月 17 日-19 日的“四架钢琴”音乐会上演了里奇的磁带作品《旋律》、乔恩 · 吉布森演奏的《簧乐器相位》和由菲利普 · 科纳、阿瑟 · 墨菲、史蒂夫 · 里奇和詹姆斯 · 坦尼四位音乐家演奏的《四架钢琴》等作品。此外，音乐会还收录了马克斯 · 诺伊豪斯的磁带作品《副产品》。该作品在每场音乐会期间创作。诺伊豪斯用白纸覆盖了画廊的地板，当观众在画廊中漫步并在铺有白纸的地板上投下阴影时，波动的光激活了安装在画廊天花板上的感光细胞。电子设备将这些电子信号转换成声音并录制到磁带上。音乐会结束时，观众会收到一段他们参与创作的录音带，作为音乐会的“副产品”。音乐会中的另一个较为有趣事件是吉布森在查尔斯 · 罗斯的大型棱镜雕塑后面演奏《簧乐器相位》，这使得吉布森演奏的视觉形象以一种有趣的方式被扭曲了[119]。由此可见，里奇音乐会的特色是听觉和视觉元素引人注目的并置，展示了艺术媒体的交织与公园广场的美学相得益彰地融合。

与此同时，从法国留学归来的作曲家菲利普 · 格拉斯也开始在市中心社区崭露头角。1968 年初，格拉斯在詹姆斯 · 坦尼阁楼公寓的一次晚宴中遇到了电影制片人乔纳斯 · 梅卡斯。梅卡斯是纽约地下电影的领军人物，他建立了电影制片人的实验电影院，致力于为实验电影提供放映空间。同时，梅卡斯将现场表演融入电影制作和放映中，反映了电影院对所有形式的艺术和表演的开放性[120]。在与格拉斯的交谈中，梅卡斯热情地邀请格拉斯在他的实验电影院举

117 David Allen Chapman Jr. *Collaboration, Presence, and Community. op. cit.*, p.31.

118 Linda Dalrymple Henderson. *Reimagining Space: The Park Place Gallery Group in 1960s New York*. Austin, Tex.: Blanton Museum of Art, 2008, p.5.

119 David Allen Chapman Jr. *Collaboration, Presence, and Community. op. cit.*, p.39.

120 David Allen Chapman Jr. *Collaboration, Presence, and Community. op. cit.*, p.50.

办一场音乐会。由此，格拉斯、里奇、吉布森和小提琴家多萝西·皮克斯利于1968年5月19日在伍斯特大道的实验电影院展示了“菲利普·格拉斯的新音乐”[121]。这场音乐会被格拉斯描述为“我的首次个人登台”，上演了二重奏作品《正方形形状的作品》（格拉斯与吉布森演奏）、《又进又出》（格拉斯与里奇演奏）以及独奏作品《为乔恩·吉布森而作的八》、《沉沦》（皮克斯演奏）以及《现在怎样》（格拉斯演奏）。在作者看来，格拉斯在实验电影院的首次亮相标志着他私人合作的公开成果，展现出他对曼哈顿市中心艺术和表演社区的长期和富有成效的参与，意味着格拉斯向那些参与事件和媒体、地下电影、实验舞蹈和极简主义、前卫视觉艺术界的人宣布：我是你们中的一员[122]。

1969年，曼哈顿上东区的惠特尼博物馆聘任艺术家玛西娅·塔克和詹姆斯·蒙特为该博物馆的策展人，以加强惠特尼博物馆对当代艺术的承诺并展示新一代艺术家的作品[123]。塔克和蒙特在1969年春末为惠特尼制作了他们的第一个项目：“反幻觉”艺术展览，其代表了后极简主义艺术史和极简主义音乐史上最重要的事件之一[124]。

几乎所有参与“反幻觉”展览的人都以各种方式相互联系，作为助手、合作者、观众、同伴、邻居、朋友和恋人。因此，塔克认为，为惠特尼策划的展览可以对“关于当代艺术的讨论贡献新的东西——对我同时代的艺术提出新的看法，因为他们中的许多人是我的朋友们，我感觉这正是惠特尼积极寻找的东西。”[125]看似最简单的社会动力——友谊为这段历史注入了活力。该展览首次出版了里奇经常被引用的文章《音乐作为一个渐进过程》。同时，“反幻觉”还提供了菲利普·格拉斯成立于1968年但尚未被命名的合奏团的首次公开演出。基于此，长期以来，学者们一直将“反幻觉”艺术展览作为极简主义音乐史上的一个重要里程碑。

从以上三个展览中，可以看到上世纪60年代-70年代的极简主义音乐从根本上而言是关系性的。里奇在公园广场画廊发现了感兴趣的观众，随后格拉斯加入了他们的行列，并将网络扩大到实验电影院和“反幻觉”展览中。极简主义作曲家为特定的观众提供了集会和互动时刻，也将音乐塑造成音乐家与

121 David Allen Chapman Jr. *Collaboration, Presence, and Community. op. cit.*, p.51.
122 David Allen Chapman Jr. *Collaboration, Presence, and Community. op. cit.*, p.52.
123 Marcia Tucker. *A Short Life of Trouble: Forty Years in the New York Art World*. Berkeley: University of California Press, 2008, p.81.
124 David Allen Chapman Jr. *Collaboration, Presence, and Community. op. cit.*, p.73.
125 Marcia Tucker. *A Short Life of Trouble. op. cit.*, p.77.

他们的视觉艺术同事之间的合作化表达模式。在其中，新音乐作品不断被创作和呈现，为市中心的音乐、艺术网络的发展提供了动力与活力。

二、表演者、作曲家与固定表演空间

在文章中，作者查普曼通过描述格拉斯合奏团中的几位代表性人物，包括萨克斯管演奏家乔恩·吉布森以及音响工程师库尔特·蒙卡奇，展现了作曲家与他们的表演者朋友，以及与更大的市中心音乐家网络之间的互动。

萨克斯管演奏家乔恩·吉布森也是一位极简主义作曲家，他的作品继承了极简主义音乐的风格和技术特征，并且是格拉斯合奏团中最早和最稳定的成员之一。吉布森于 1966 年前后在作曲家特里·莱利的帮助下进入了曼哈顿下城艺术和表演社区中的一个特别活跃的子集。他结识了作曲家拉·蒙特·扬，并曾在扬位于教堂街 275 号的阁楼工作室担任助理，同时他参与了扬的乐队排练并在其中担任萨克斯管演奏。

在纽约，吉布森还与作曲家史蒂夫·里奇建立了密切的友谊与合作。1966 年夏天，吉布森暂住在里奇位于杜安街 183 号的阁楼。这期间，他利用公寓中的磁带设备创作了他的第一首作品《你是谁》（1966）。该作品以作曲家在多个磁带轨道上的吟唱为特色。通过在空间内不同位置的不同机器上播放三个不同轨道的吟唱音频从而在聆听环境中形成一个三维对位[126]。

大约在创作《你是谁》时，吉布森还结识了里奇的前茱莉亚音乐学院同学阿瑟·墨菲。墨菲是一位作曲家、钢琴家，在音乐、数学和电子方面有着惊人的天赋，他与吉布森在音乐和磁带技术方面有着共同的兴趣。因此，从 1966 年起，墨菲、里奇和吉布森成为了一个非正式三人组，一起排练作品和演出。1966 年，墨菲通过帮助吉布森设置磁带延迟促成了吉布森的第二部作品《人声、磁带延迟》（1968）的实现[127]。该作品呈现为一幅音频拼贴画，其中包含通过一系列磁带延迟而传递的咆哮、呻吟、鸟叫声和其他声音效果。

在菲利普·格拉斯合奏团中，吉布森也发挥了他作为作曲家和演奏家的音乐才能。他于 1974 年 3 月在格林威治村的华盛顿广场卫理公会教堂举办了他的个人作品音乐会，并上演了《循环》《萨克斯管独奏》以及《人声、手、脚的节奏研究》三首独奏作品，以及二重奏《歌曲 I》和《歌曲 II》。在作者看来，

126 David Allen Chapman Jr. *Collaboration, Presence, and Community. op. cit.*, p.25.
127 David Allen Chapman Jr. *Collaboration, Presence, and Community. op. cit.*, p.26.

这些作品在风格上与吉布森的同时代作曲家兼好友的菲利普·格拉斯、弗雷德里克·热夫斯基等人的音乐有相似之处。吉布森从他的朋友那里借鉴了一些想法，并将其转化为个人化的表达方式。一方面，吉布森对序列、比率和算数游戏感兴趣；另一方面，他又通过加入即兴演奏者的奇思妙想和直觉来缓和他对机械化创作的痴迷[128]。从中可见，通过与作曲家格拉斯、里奇的合作，吉布森发挥了他作为演奏家的才能，并在与这些作曲家、音乐家建立的关系网络中不断发展他作为作曲家的潜能，形成了他本人独特化的创作语言。

格拉斯合奏团中的另一位重要成员是库尔特·蒙卡奇。在 20 世纪 60 年代后期，格拉斯开始对制作自己作品的录音感兴趣。因此，1971 年 5 月，格拉斯聘请了年轻的摇滚音乐家和音频技术员蒙卡奇协助制作乐团的第一张商业唱片。通过此次合作，蒙卡奇成为了合奏团的永久成员，担任音频技术员和音响工程师。他在塑造空间、心理声学等方面发挥了至关重要的作用，以至于他经常与其他音乐家并排坐在舞台上，作为一个可见的、积极的参与者。

在实际演出中，格拉斯和蒙卡奇特别关注一种将声音与实际位置分开放置的“声学分离”[129]，通过将现场声音进行放大从而创造一种虚拟的听觉接近。1972 年，格拉斯音乐中的放大效果朝着两个方向发展，这两个方向都受到蒙卡奇知识和技能的影响。第一个方向是使用称为四声道立体声的四声、四向扬声器。这种配置让每位演奏者都处于声音的中心，“实际上是将听众的耳朵放在乐器上”[130]，从而让他们一直处于最佳聆听位置。通过这种方式，格拉斯和蒙卡奇的放大声音弥合了观众与表演者之间的距离，并营造出一种使乐器与观众的耳朵虚拟接近的沉浸感。

除了声音放置，格拉斯和蒙卡奇关于放大的第二个方向体现为对音质的专注，以促进听众对心理声学和声音物质性的体验。他们认为，更好的、更少失真的音质可以减少令人疲惫的聆听体验。从以上格拉斯与蒙卡奇的合作中可以看到，蒙卡奇的加入不仅提升了合奏团的整体技术水平，也和格拉斯一道共同实现了一种理想化的声音表达方式。

作曲家与演奏家之间的合作促成了一个更大范围的社区模式的形成，其中最具代表性的便是格拉斯位于布莱克街 10 号的阁楼工作室。该工作室是一个声学实验空间，也是菲利普·格拉斯合奏团在 1972 年至 1974 年间的主要排

128 David Allen Chapman Jr. *Collaboration, Presence, and Community. op. cit.*, p.149.
129 David Allen Chapman Jr. *Collaboration, Presence, and Community. op. cit.*, p.89.
130 David Allen Chapman Jr. *Collaboration, Presence, and Community. op. cit.*, p.90.

练场所，形成了工作、生活上由艺术家和表演者组成的紧密相连的社区。在1981 年的新当代艺术博物馆举办的“回顾中的替代空间”展览时，布莱克街10 号被选为在成熟场景中更具特色和影响力的空间之一。在接下来的十年里，数十个类似的阁楼如雨后春笋般涌现。由此，布莱克街 10 号帮助开启了 70 年代纽约市中心的替代空间时代[131]。

作为公共表演空间，布莱克街 10 号工作室上演了以作曲家菲利普 · 格拉斯作品为主的一系列周日音乐会。同时，该空间还在 1973 年 1 月举办了为期一个月的音乐节，上演了包括格拉斯、兰德里、吉布森、蒙卡奇等合奏团成员创作的音乐。表 5-3 展示了 1973 年 1 月音乐节中的系列音乐会。

表 5-3：布莱克街 10 号 1973 年 1 月举办的音乐会[132]

日　期	演奏者
1 月 12 日，周五	菲利普 · 格拉斯合奏团
1 月 13 日，周六	迪基 · 兰德里、罗斯提 · 吉尔德与理查德 · 佩克
1 月 14 日，周日	乔恩 · 吉布森与朋友们
1 月 19 日，周五	迪基 · 兰德里、罗斯提 · 吉尔德与理查德 · 佩克
1 月 20 日，周六	菲利普 · 格拉斯合奏团
1 月 21 日，周日	库尔特 · 蒙卡奇与蒂娜 · 吉鲁阿尔
1 月 26 日，周五	迪基 · 兰德里、罗斯提 · 吉尔德与理查德 · 佩克
1 月 27 日，周六	乔恩 · 吉布森与朋友们
1 月 28 日，周日	菲利普 · 格拉斯合奏团

由表格可见，合奏团中的大多数成员既是作曲家也是演奏家，组成了一个具有创造性的音乐团体，并将合奏团变为了一个音乐创造者的社区，体现出合作与个性的双重价值观。格拉斯合奏团的功能不仅仅是格拉斯的同名乐队，而是一个不断变化的实体，并根据演奏的音乐呈现出新的形状与名字。

此外，布莱克街 10 号的周日音乐会也以格拉斯的作品《十二部音乐》部分乐章的首演为特色。其反映出在作品被宣布“完成”之前，市中心艺术家和演奏者会在创作作品的各个阶段相互分享作品，从而了解各自正在进行的作品和工作。格拉斯合奏团中的一些音乐会看起来更像是每周一次的合奏排练，

131 David Allen Chapman Jr. *Collaboration, Presence, and Community. op. cit.*, p.117-118.
132 David Allen Chapman Jr. *Collaboration, Presence, and Community. op. cit.*, p.119.

而另一些则被列为“表演”。在作者看来，在表演和排练的边缘进行的活动颠覆了创意与日常，以及公共和私人音乐创作之间的区别[133]。

由此可见，布莱克街 10 号的阁楼工作室体现出艺术与生活的融合，分享了作曲家、演奏家对艺术作品的共同体验，并展现了格拉斯的音乐和美学倾向，成为 70 年代初期艺术阁楼、画廊的典范模式。

三、评论家与新音乐

在作者查普曼看来，市中心的艺术、音乐网络不仅包含了艺术家、作曲家、表演者，该社区还由音乐评论家组成。不可否认，音乐评论家在对新音乐作品的预告、介绍、评论和批评方面起到了极其重要的作用。

在 1969 年惠特尼博物馆举办的“反幻觉”艺术展览中，一位美国作家鲁迪·沃利策以一种意识流风格的文字评论了菲利普·格拉斯的音乐。他写道:

> 一段不涉及开头或结尾的声音长度。这种拒绝记住之前发生或未发生的事情，吸引了注意力，成为连续性本身，成为焦点。可以用自己的解释或事件的随机清单来展示这件作品。但不是反过来。我们的过去，我们的未来。音乐没有注意到或对自身做出解释。作品继续。我们没有加入一起去任何地方的策略。持续时间成为注意力、焦点、身体行为、思考当下的催化剂。戏剧可以是一种超越。我们的戏剧。我们的超越。作品继续。我们参与长度，参与变化的机制，参与我们自己的分心，这些分心使我们接近或远离音符线条。情绪会减少或增加，然后继续。客观的内容是永不放弃的。忍耐的节奏变成了一种存在、一种冥想、一种场所。在我们自己的时间里，我们可以自由地来来去去。如我们所愿。没有命令，没有方向，没有戏剧性的手势。旅程已经结束，或者从未发生过。音符仅指它们自己。作曲家不涉及指向他自己或表达他自己的情绪、心理。听众可以自由地直接处理体验。[134]

作者认为，沃利策强调了极简主义音乐的时间立场是反时间的，或者更确切地说是空间的，其中“忍耐的节奏变成一种存在、一种冥想、一种场所”。

在笔者看来，沃利策对菲利普·格拉斯音乐评论更像是基于直觉的感受

133 David Allen Chapman Jr. *Collaboration, Presence, and Community. op. cit.*, p.126.

134 Rudy Wurlitzer. For Philip Glass, in *Anti-Illusion: Procedures/Materials*. New York: Whitney Museum, 1969, p.14

描述。首先，音乐变成了一种物质性的声音载体，作为一种声音长度，它“不涉及开头或结尾”；第二，声音是一种客观化的体验，在其中“作曲家不涉及指向他自己或表达他自己的情绪、心理”；最后，正如作者查普曼所强调的，这样的音乐强调了一种空间，在其中听众可以自由地来来去去。虽然沃利策的评论具有意识流的文字特征，但其很好地抓住了极简主义音乐的特征，包括音乐的无方向性、物质性、客观性和空间性，并展现了他对这类音乐最直观的感受。

对于极简主义音乐的评论也并不总是正面、积极的。查普曼在文中谈到，1972 年 5 月当菲利普·格拉斯将他的纽约前卫大音量作品带给圣路易斯艺术博物馆的听众时，便遭到了来自听众和评论家的批评。其中，评论家米尔德里德·库恩在《圣路易斯环球民主党》中表达了她的不满：

> 对于很多人来说，在前六分钟结束时，耳朵已经受够了。音乐响起后不久，人们开始向大厅的后方移动，试图以某种方式摆脱这一切，或者人们只是放弃并离开了。
>
> 来自格拉斯先生（在电子风琴上）和以下演奏者的无休止和永不消退的震耳欲聋的冲击：乔恩·吉布森的电钢琴、罗斯提·吉尔德的放大的小号、理查德·兰德里的次中音萨克斯管、理查德·佩克的次中音萨克斯管、罗伯特·普拉多的电钢琴以及库尔特·蒙卡奇的电子音效，全都以尽可能高的分贝水平演奏，采用完全相同的音符，或可能调性范围中的相同音符……添加到单调中的是基于八分音符节拍的永不变化的节奏。应该说，格拉斯的声音不仅响亮得让人难以忍受，而且在调性上完全是单调的。该程序没有被单一的无调性声音破坏，并且仅包含最基本的音高关系。[135]

在作者看来，库恩的评论表达了对音乐的重复、音高的单调以及过大音量的抵制。她将合奏的响度视为对耳朵、身体的威胁和暴力，并会产生令人反感的效果。

另一方面，一些评论家则从积极的方面对格拉斯的放大音量美学进行了解读。例如，艺术评论家约翰·豪威尔在 1974 年发表于《艺术仪式》杂志中的一篇文章中认为，这些放大的音响对于理解格拉斯音乐的“存在”也至关

135 Mildred Coon. Shrill, Monotonous Concert Tries Ears, Patience of Audience. *St. Louis Globe-Democrat*, May 3 1972, 13A.

重要：

> 将扬声器放置在音乐家和观众周围，让每个人都处于声音的中心。音乐在整个空间中释放而不是投射到空间中，以一种无处不在的听觉混合来填充这种情况。在场源于整个表演区域的激活，包括作为声音共鸣元素的观众。[136]

在作者查普曼看来，豪威尔的评论将在场感、高音量、四声道立体声、音乐音响的可感知效果以及重新定义的表演者和观众之间的空间关系直接联系起来。由此可见，评论家们的节目简介、解读文章和音乐评论阐明了一个由艺术家、表演者、观众、合作者、作曲家同行和密切关联者组成的彼此之间深度联系的文化网络[137]。

作为菲利普·格拉斯合奏团的成员之一，琼·拉·芭芭拉担任了市中心音乐家的许多角色，包括歌手、新音乐评论家、作曲家等。作为歌手，她在格拉斯合奏团中发展了她一直感兴趣的“将人声视为乐器”的歌唱处理方法。作为新音乐评论家，拉·芭芭拉曾为《SOHO 周报》撰写有关市中心音乐的评论文章，帮助定义了 SOHO 先锋派音乐的意义，为自己和同时代音乐家发声，并成为该社区的拥护者之一。

拉·芭芭拉在《SOHO 周报》撰写的第一篇评论由三部分组成，针对保罗·布莱、菲利普·格拉斯合奏团和乔恩·吉布森的音乐会发表看法。她的评论从使命宣言开始，强调了她在 70 年代中期曼哈顿市中心聆听音乐的背景：

> 在一周的时间里，我设法看到和听到……体验保罗·布莱、菲利普·格拉斯和乔恩·吉布森美妙而多样的音乐，答案很明确——一切都在这里……音乐，才华横溢的表演者和作曲家，为彼此设定高标准……一个为 800 万观众提供无限的多样性的艺术社区。我想在这个专栏中将我的空间指向这种多样性，希望如果你听过音乐会，我们可以比较印象，如果你错过了它们，你可能会被我的说明所吸引，走出家门，进入俱乐部和音乐厅，在您自己的时间中体验现场艺术。[138]

136 John Howell. Listening to Glass. *Art-Rite* (Summer 1974); reprinted in Richard Kostelanetz ed. *Writings on Glass: Essays, Interviews, Criticism*. New York: Schirmer Books, 1997, p.96.
137 David Allen Chapman Jr. *Collaboration, Presence, and Community. op. cit*., p.101.
138 Joan La Barbara. Living Music. *SoHo Weekly News*, 21 March 1974, p.18.

拉·芭芭拉的评论显示出她对实验音乐和另类音乐文化的支持，成为新音乐的倡导者。通过为新音乐撰写评论，她旨在告诉人们实验音乐是关于什么的，并以此扩大新音乐的听众。

拉·芭芭拉的评论有时也被其他评论家，如约翰·洛克威尔在他的《泰晤士报》评论中引用。作者总结，在拉·芭芭拉的手中，音乐批评同时满足了许多不同人群的需求：对作曲家来说，她为解释和传播他们的想法提供了清晰的声音；同时，她向观众提供了掌握音乐创作理念的途径[139]。从中可见，拉·芭芭拉在她的社区中扮演了所有可能的角色：她同时是作曲家、表演者、观众和评论家，并成为了解市中心艺术景观的无与伦比的窗口。

综上所述，在笔者看来文章标题中的三个关键词——合作、在场和社区很好地表达了这篇博士论文的主旨。“合作”捕捉了许多艺术创作者在一起工作的场景。尽管他们的灵感和想法来自四面八方和意想不到的地方，但其他艺术家、音乐家和表演者总是在帮助实现其想法，由此形成了关于艺术家、作曲家、表演者、评论家和观众相互重叠、不断流动的“社区”概念，形成了具有“在场”意义中的菲利普·格拉斯的美学倾向以及艺术创作者与观众的互动。

第二，作者在整篇文章中采用了两个平行的主题来进行探索。首先是以菲利普·格拉斯合奏团为核心的向四周不断辐射的网络；其次是以不同演出场所为核心的网络。在前者中，我们可以看到在菲利普·格拉斯合奏团及其周围涌现出许多创意人士，包括合奏团中的成员乔恩·吉布森、库尔特·蒙卡奇以及琼·拉·芭芭拉等，他们既是合奏团中技艺精湛的演奏家，又热衷于个人音乐作品、音乐评论的创作与撰写，成为了与作曲家菲利普·格拉斯志同道合的合作者，也展现出合奏团内部多元化的个性声音。如果说菲利普·格拉斯合奏团是作为市中心艺术网络中的一个子集，那么围绕在该合奏外部的不断流动和变化的艺术家群体则展示出一个更大的网络结构。这些艺术家包括作曲家史蒂夫·里奇、约翰·凯奇、拉·蒙特·扬、弗雷德里克·热夫斯基等，空间规划师阿兰娜·海斯，电影制片人乔纳斯·梅卡斯，艺术家玛西娅·塔克、詹姆斯·蒙特、理查德·塞拉、迈克尔·斯诺，以及音乐评论家维吉尔·汤姆森、约翰·洛克威尔、汤姆·约翰逊等。这些来自不同领域的艺术家均与菲利普·格拉斯及其合奏团成员保持了很好的友谊。同时，他们也成为了该团体的合作者、支持者以及推广宣传者。

139 David Allen Chapman Jr. *Collaboration, Presence, and Community. op. cit.*, p.234.

在以不同演出场所为核心的网络中，我们可以看到以菲利普·格拉斯合奏团为代表的极简主义作曲家及其演奏团体，包括史蒂夫·里奇和音乐家们以及拉·蒙特·扬的永恒音乐剧院等都曾在一些艺术阁楼、画廊和博物馆等场所进行演出。其中也包括一些临时的、流动的室外场所，如 1971 年格拉斯合奏团在纽约布鲁克林大桥下进行的演出。还有一些场所则相对固定，如格拉斯合奏团于 1972 年-1974 年在纽约布莱克街 10 号的阁楼工作室、以及拉·蒙特·扬的永恒音乐剧院于 1979 年-1985 年在纽约哈里森街 6 号的工作室等，这些地点有助于一个音乐社区的形成，并引领那个时代的社区化音乐制作模式的典范。同时，这些阁楼工作室也会定期举办音乐会，旨在对作曲家的新音乐作品进行排练、演出和推广，既有助于作曲家检验其作品的实际演奏效果，又增强了社区及其周边地区音乐、艺术氛围，将艺术与生活、艺术家与观众很好地连接起来。

第三，法国当代科学知识社会学研究的重要人物拉图尔的“行动者网络理论”本是用于分析社会学领域各现象的理论，并最早由巴黎创新社会学中心的音乐学家安托万·海尼恩用于探索和解决音乐领域的问题[140]。在笔者看来，“行动者网络理论”由社会学向艺术学、音乐学的过渡体现出该理论外延的不断扩大。正如美国音乐学家本杰明·皮埃库特所声称的，从广义上讲，“音乐”就像“社会”一样，是被粘贴到某些网络中的某些部分名称，而学者们的任务就是追踪这组散乱的关联。因此，无论是对网络中的行动者还是转义者的研究，都能够让我们通过这张相互影响的网络了解艺术创作过程中的纽带效应。在查普曼的论文中，作者以各种行动者之间的关系为立足点，探索了作曲家、音乐作品与其社会背景和更复杂的人员网络之间的相互联结，其显示出音乐创作是作曲家及其强大盟友的共同产物。同时，基于该视阈下的研究也为我们提供了音乐作品背后的一些鲜为人知的精彩故事。

第四节　变异学视域下的极简主义音乐研究

“变异学”由曹顺庆教授在其英文专著《比较文学变异学》一书中提出。比较文学变异学是以跨越性和文学性作为自己的学科支点，通过对不同国家的文学现象在交流中呈现出的变异状态、没有事实联系的文学现象的变异研究，以及对同一个主题范畴在文学表达上存在的异质性和变异性展开的比较研究，

140 Christophe Levaux. *We Have Always Beed Minimalist. op. cit.*, p.19.

从而达到实现探究文学现象内在的差异和变异的规律。笔者在本文中借用该理论为研究视阈以分析不同文化、文明之间的音乐现象的内在联系与异同。

变异学认为，当一种文学、艺术现象流传到他国后，由于文明、国别、时代、文化背景的不同，会发生交流信息的选择、改造、移植、渗透等变化，形成变异。变异的凸显其实是差异与创新的显现。异质文明间的相互交流与碰撞能够"激活交流双方文化的内在因子，使之在一定的条件中进入亢奋状态。无论是欲求扩展自身的文化，还是希冀保守自身的文化，文化机制内部都会发生一系列的'变异'。"[141]当外来的文明传入接受国后，会变异出新的面貌与特质，从而达到在世界范围内的辐射式影响与创造性传播；同时，接受国在受到外来文明的冲击后，其自身的本土文化传统也会产生一定程度的变异。因此，在对话与互鉴交流的基础上，变异学揭示出文学、艺术的创新路径，也为解释当今全球视野下纷繁复杂又多元共存的音乐文化现象提供一个新的视角。从宏观的世界音乐眼光来看，中国当代音乐对西方极简主义音乐技法的变异则是一个典型案例。

中国当代作曲家吸收了简约主义音乐的突出特征，即采用精简的音乐材料和重复的动机音型进行创作，同时又在一定程度上对简约音乐技法进行了变异。首先，就音高而言，中国作曲家改变了简约主义音乐的自然音三和弦和七和弦音高体系，他们或采用五声化的和声结构，或将五声化与半音化的和声相结合以形成不和谐的音响氛围。同时，中国作曲家突破了简约主义音乐和声、调性静止的特征，在作品中显示出更加频繁的和声、调性变换。就节奏而言，简约主义音乐主要以重复的八分、十六分音符律动为特征，并以附加、缩减节奏技法，用节拍替代休止符等技法作为节奏变化的主要方法。针对重复音型，中国作曲家或是将乐句内部的节奏动机进行顺序重组，或是运用数控和轮转的方式以达到循环音型的变化。在结构方面，简约主义音乐擅长营造宏大时间中的渐变过程，作品的每时每刻都在创造当下，呈现出漫无目的的徘徊和无因果的多向运动。而中国当代音乐在以持续音型取代线性旋律的基础上又保留了线性的思维，使音乐总是围绕一个目标运动。在音色方面，简约主义音乐很少营造复制音型在演奏法上的音色变化，而当代中国作曲家则为简单、重复的动机音型设计出了变幻莫测的音色组合模式。最后，中国作曲家改变了简约主义音乐只在速度或对位方式等单一参数影响下的相位技法，并探索了多种

141 Shunqing Cao. *The Variation Theory of Comparative Literature. op. cit*., p.xxviii.

音乐参数同时形成错位的混合相位变化模式。

变异学视野使我们从最初的“同源性”转向对“异质性”的关注。因此，在审视相互关联的音乐现象时，既需看到简约派音乐技法之于中国当代音乐创作的同质性影响，也应关注变异与差异的发生，进而探寻简约派音乐在跨国旅行中产生变异的内在规律。以下，笔者将以中国音乐家创作的多首采用简约主义音乐技法的作品为例，分别对该技法在中国当代音乐中的变异及其原因进行阐释。

一、变异的衍化方式

有关中国当代音乐中使用简约音乐技法进行创作的例子，我们可以从作曲家高为杰、郭文景、何训田、贾国平、秦文琛、徐昌俊、杨晓忠、杨新民、叶小纲的音乐作品中得到证实。在该部分中，笔者将试图从音高、节奏、结构、音色及相位技法等五个方面概括简约主义音乐在上述作曲家作品中的具体衍化方式。

（一）音高变异

西方简约主义音乐的音高特征体现在两个方面。首先，纵向和声多采用三度高叠和弦。如作曲家里奇在八重奏《八行线条》中采用$^{\#}$g 小调主音上的十一和弦作为整首作品的核心音高素材；在作品《城市生活》（见谱例 5-2）中以三个建立在 I、IV、VII 音级上的十一和弦（带有省略音）及其转位形式作为基本音高语汇。建立在此三个音级上的和弦则是对西方传统大小调功能体系和声的主、下属、属功能和弦的创新和纵向变异。

谱例 5-2：《城市生活》第一乐章主要和声语汇

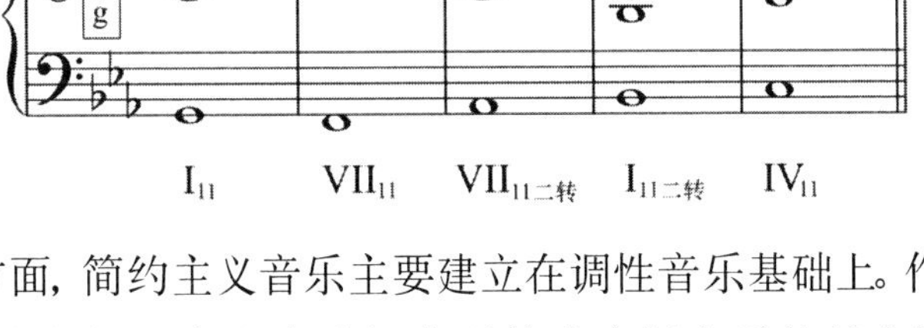

g

I_{11}　VII_{11}　$VII_{11二转}$　$I_{11二转}$　IV_{11}

其次，一方面，简约主义音乐主要建立在调性音乐基础上。作曲家史蒂夫·里奇曾提出“清晰的调中心将重新出现并成为新音乐的基本源泉”[142]的预

142 Steve Reich. Some Optimistic Predictions (1970) about the Future of Music. *op. cit.*, pp.51-52.

言。另一方面，大多数简约音乐作品虽属调性音乐范畴，但调性却并不作为音乐主要的推进因素，故简约音乐的调性布局具有相对的稳定性和静止性。里奇的《八行线条》以#g-#d-♭b 的调性布局始终保持调的稳定与延续，在长达 17 分钟的音乐进程中仅作了两次调性的变换；在《城市生活》的第一乐章中，调性的变化则相对丰富，但全曲也仅作了七次调性变换（见图 5-5）。值得注意的是，每当调性作小二度变化时（如#g-a，#c-c），音高和调性的推动作用就变得更加明显和突出。

图 5-5：《城市生活》第一乐章调性布局

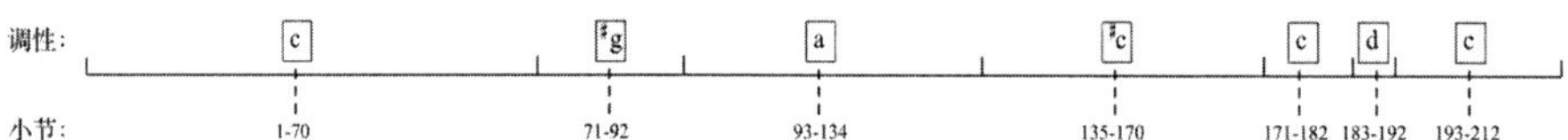

中国作曲家对简约主义音乐形成了诸多音高层面上的变异。首先是音高系统的五声化。作曲家杨新民的六重奏《火把》是一部整体采用简约手法创作的室内乐作品，其音高材料取自彝族口弦的四音列，整首作品的和声语言都体现出浓厚的民族化氛围（见谱例 5-3）。

谱例 5-3：《火把》第 12-15 小节

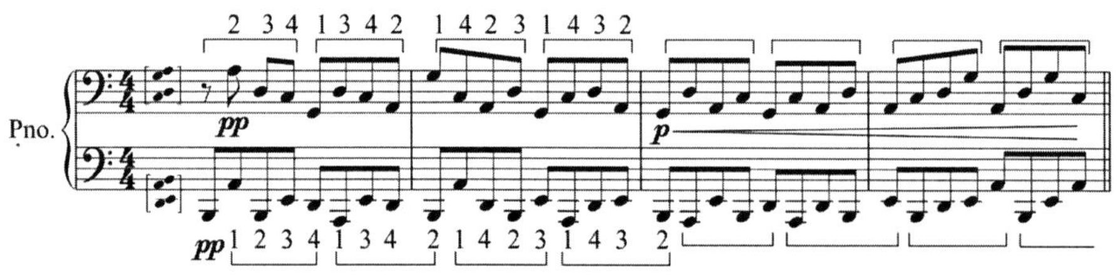

谱例 5-3 选自《火把》第 12-15 小节。钢琴声部的左、右手分别为 D 宫系统、C 宫系统的四音和弦，形成纵向上的复合音响。持续的八分音符音型以四音为一组，展示出相同节奏、和弦背景下的不同音高序进组合（以数字标出）。

第二种音高的变异方式是将五声化与西洋化、半音化音响相结合。九重奏《马九匹》是作曲家叶小纲在留美期间创作的室内乐作品。他曾跟随简约主义作曲家路易斯·安德里森（Louis Andriessen）学习作曲，因此其音乐风格或多或少受到简约音乐的影响。作品《马九匹》除了采用了京剧音乐元素外，其部分段落（如前奏、排练号 3 及排练号 14 的部分）的音乐织体形式具有独特的个性和简约化的创作风格。以前奏部分（第 1-28 小节）为例。该段落以持续的十六分音符为节奏型，以弦乐组与木管组一前一后、一问一答的呼应形态为织体。在音高上，采用五声化和音与西洋化、半音化和弦相结合的方式为主要和声语汇。

谱例 5-4：《马九匹》1-28 小节的主要和声语汇

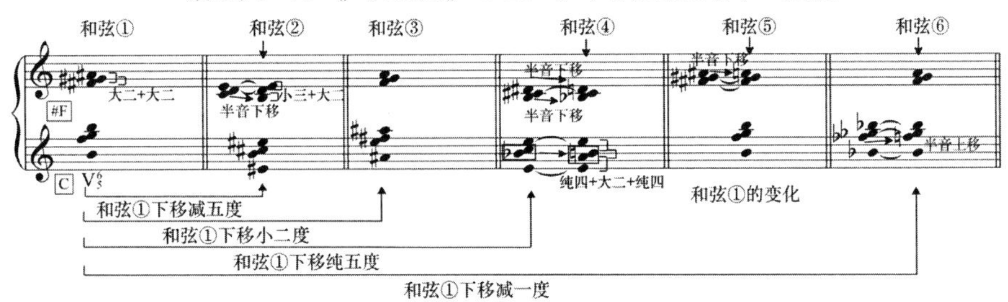

第 1-28 小节的和声语汇由和弦①及其移位形式的变体构成。和弦①可以看作是 C 调上的 V 级五六和弦（省五音）与相距增四度的#F 宫系统的宫商角三音和音的纵向复合；和弦②为和弦①的下方减五度移位，并将移位后上方的三音和音 c-d-e 作半音变化，形成了由小三+大二音程组成的三音和音 b-d-e；再如和弦④为和弦①的下方纯五度移位。移位后作曲家将上方声部两端的音与下方声部中间两音均作半音下移，形成了下方声部具有五声化音响、上方声部具有半音化音响特征的和弦叠置。此后的和弦均按照这种思路将原始和弦①移位后再作半音变化得到。

谱例 5-5：《马九匹》和声语汇的类型

就作品中简约化织体的和声语汇而言，作曲家叶小纲致力于采用富有中国特色的五声性和音与西洋化、半音化的和弦音响（见谱例 5-5）进行纵向叠加的方式以丰富简约音乐较为单纯的和弦音响氛围。在五声化的和音中，作曲家多采用由五声音阶各音之间的音程，如大二、小三、纯四度等构成三音和音与四音和音；同时，作曲家也采用了西方音乐中的大小七和弦、大七和弦及带有半音变化的和弦，并将中西两种音响进行纵向叠加，实现了中西音响的融合性与作品音响的丰富性。

在和声及调性布局上，中国当代音乐作品更注重和声的频繁变化及调性的相对游离。作曲家徐昌俊的《凤点头》（手风琴、打击乐与钢琴三重奏）将京剧元素与简约主义音乐的精简材料和重复手法相结合，体现出中国传统文化“大繁若简”的审美原则[143]。作曲家本人曾提到，作品《凤点头》和里奇的音乐都有“简约”的共同特征，并认为里奇“在音乐中营造出来的那种‘持续的张力’”[144]对他的创作产生了积极的影响。另一方面，《凤点头》又在诸多层面上对简约主义音乐进行了变异。以和声语言为例，作品突破了简约主义音乐的静止和声，以重复音型的频繁和声变换为特征。例如，在《凤点头》第 166 小节开始的段落中，八分音符三连音与十六分音符的纵向叠合形成了多节奏的织体形态。织体以短时间、动态化和声变换为音乐的发展提供了持续动力。

谱例 5-6：《凤点头》第 166-174 小节

由谱例 5-6 可知，和声序进的变化主要体现在低音和内声部中。低音的变化将该片段的整体和弦音响分为围绕 d、e 音和围绕 f、♭g 音的两个部分，勾勒出片段中音高运动的基本方向。内声部的变化主要体现为线性变化和交替变化两种类型，其中同一和弦的音响最长持续了一小节，最短仅有一拍，充分体现出重复织体形态下和弦音响的微观、瞬息变化。

在调性布局上，中国当代音乐作品更注重调性的频繁变化及相对游离。在作品《火把》中，调性被作为重要的音乐元素来推进。图 5-6 显示了《火把》

143 明言：《大繁若简——扬琴与弦乐队〈凤点头〉评析》，《中央音乐学院学报》，2004 年第 4 期。

144 徐昌俊：《京剧元素在当代音乐创作语境中的重构——扬琴协奏曲〈凤点头〉创作札记》，《黄钟》（武汉音乐学院学报），2019 年第 3 期。

全曲中的多次调性转换。在第 29-61 小节及第 137-168 小节中，调性呈现出游离状态。对比图 5-5 极简主义音乐的调性布局，可以看到中国作曲家对音乐的调性发展作出了精巧的设计。

图 5-6：《火把》调性布局

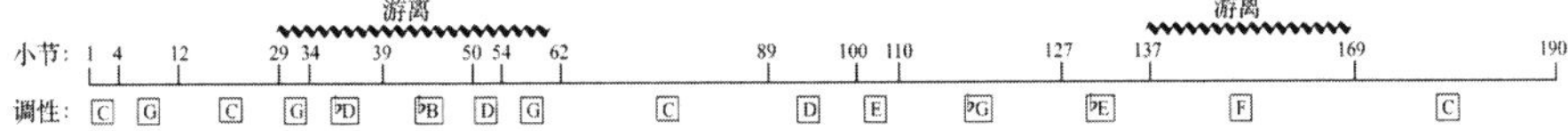

（二）节奏变异

在节奏上，极简主义音乐或是将持续音型的节奏进行不带任何变化的原样重复，如史蒂夫 · 里奇的早期作品《钢琴相位》，全曲都采用未曾变化的十六分音符节奏模式；或是采用附加、缩减节奏，如菲利普 · 格拉斯在歌剧《海滩上的爱因斯坦》等多部作品中对节奏形态的“渐进增减”。《海滩上的爱因斯坦》一剧的整体节奏保持了稳定持续的八分音符律动，但由于附加与缩减节奏的缘故使每个结构单位在长度上具有细微差别（见谱例 5-7）。

谱例 5-7：《海滩上的爱因斯坦》之《火车场景》排练号 18-24

上例为该歌剧场景《火车》排练号 18-24 的管风琴 1 声部。每个排练号中的二音、三音组八分音符数量各不相同。如排练号 18、19 体现为两个三音组八分音符，排练号 20 进行附加，体现为两个三音组、一个二音组、两个三音组的组合，排练号 21 进行缩减，为一个二音组、两个三音组的模式。在保持八分音符律动不变的情况下，格拉斯通过“渐进增减”的方式实现了节奏重音及分组的变化。

中国作曲家则发展了一种“弹性”节奏模式，主要体现在作曲家致力于循环结构内部节奏元素的重组以营造长度、形态相似却又各不相同的节奏型。何训田在《香之舞 IV》（见谱例 5-8）中以 a、b、c、d 四种主要节奏型为基本材料，使作品整体的节奏形态呈现出同一化模式。由这四种节奏型组合而成的乐句其长度具有大幅差异，最短为 4 个小节，较长的为 50-60 小节，最长甚至可达 103 小节，成为一个一气呵成而不带有呼吸与停顿的独立段落。

谱例 5-8：《香之舞 IV》第 1-27 小节

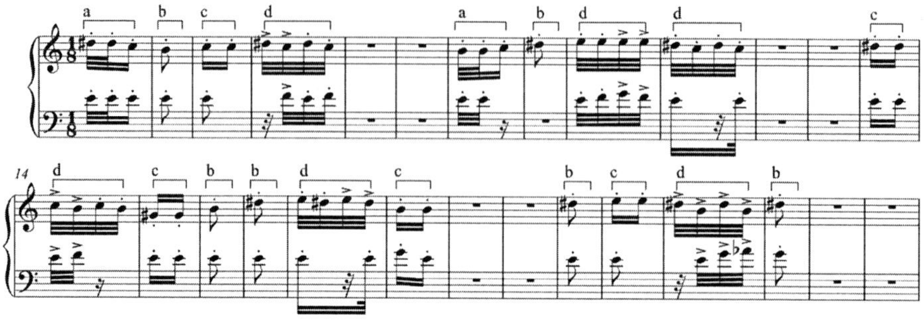

上例为《香之舞 IV》乐曲开头第一乐段（第 1-27 小节）的四个乐句。四乐句 6+6+9+6 的结构（含每乐句的两小节休止）体现出其长度的弹性。各乐句的节奏材料虽都由 a、b、c、d 构成，但每一乐句的组合方式均有差异，如第一乐句为 a-b-c-d，第二乐句为 a-b-d-d 等。作品的精妙之处在于，全曲找不到两个相同的乐句或乐段采用相同的节奏材料组合模式，正是在结构内部将节奏音型进行微妙变化的方式赋予了该曲整体简约材料中的无穷变化。

如果说作曲家何训田通过将乐句内部节奏动机进行顺序重组以达到循环中的变化，那么作曲家高为杰则是运用数控和轮转的方式将循环节奏型进行变化。在民族室内乐《山居》中，作曲家采用了极为简约化的音高材料，全曲音高由 D 宫系统和 E 宫系统的两个五声音阶共 10 个音构成（见谱例 5-9）[145]。在节奏上，作曲家设计了以斐波拉契数列为基本长度的节奏型，并以数列的轮转来产生节奏材料在循环重复时的变化方式。谱例 5-10 以颤音琴声部的节奏材料为例来说明作曲家的严密设计。

谱例 5-9：《山居》音高材料

图 5-7：《山居》节奏时值数列的轮转方式

1	8	2	5	3
8	2	5	3	1
2	5	3	1	8
5	3	1	8	2
3	1	8	2	5

145 魏明：《从数理预案、建构和陈述方式诠释中透视音乐的写意内涵——以高为杰当代民乐室内乐〈山居〉创作路径详解为例》，《中国音乐》，2019 年第 5 期。

谱例 5-10：《山居》第 6-17 小节

作曲家以八分音符为基本单位，设置了长度为 1、2、3、5、8 的五种基本节奏，每个循环的单位共有 19 个单位拍（八分音符）。第一个基本节奏型由 18253 的组合方式进行组合，此后的节奏按照图 5-7 所示的方式将基本序 18253 进行轮转，派生出 82531、25318、53182、31825 另外四种不同的组合方式。作曲家将这种轮转方式应用于全曲，达到了看似相似但却实则层出不同的变化组合效果。

值得注意的是，作曲家采用了一种由节奏产生音高的方式。在谱例 5-10 中，首音 b^1 的时值为 1，而其音高在基本音高材料中的顺序也为 1，二者相加得 2，得出第二音的音高为基本材料中音序为 2 的 e^2 音。按照此种方法类推，即可得出后续的所有音高。另一方面，其展现了作为主题旋律线条的优越性。整个旋律线条的跨度控制在 b^1-a^2 的小七音域内，节奏循环①和②中的最高点为 $^\#f^2$，节奏循环③出现 $^\#g^2$，随即在循环④中出现该旋律线条的至高点 a^2。该至高音恰好出现在整条旋律线条长度的 2/3 处，呼应了作曲家在节奏上所使用的以斐波拉契数列为表现形式的黄金分割率，体现如作曲家本人所说的“自然的崇拜”。在循环⑤中，待旋律回落至 $^\#g^2$ 后，其结束在起始音 b^1 上形成收拢的收束。

极简主义作曲家里奇在谈到其创作理念时曾说：“一旦该过程建立并加载，它就会自动运行”[146]，这也反映在作曲家高为杰以节奏生成旋律的创作程序中。由这种程序创作出的旋律成为了作曲家程序设计下的输出而非灵感的产物，在简约音乐、实验音乐作曲家那里，这种被称为其“客观性”和“随机性”，这在作曲家高为杰那里则成为了“天籁”，是如庄子“夫吹万不同，而使其自己也”[147]的精神境界，包含了超越经验世界中的形体之我并摒弃“我”的各种成见、知识等的主观特征一种美学理念。同时，在美国简约音乐那里，形式与内容的二元性消除了。里奇认为：“材料可能会建议应通过何种过程运行（内容建议形式），而过程可能会建议应采用何种材料（形式建议内

146 Steve Reich. Music as a Gradual Process. *op. cit.*, p.34.

147 大意为天籁虽然有万般不同，但它们的发生和停息都是出于自身。萧无陂导读、注释：《庄子》，长沙：岳麓书社，2018 年版，第 20 页。

容）。”[148]在里奇看来，一旦材料被确定，便意味着相应的发展过程也跟着被确定，反之亦然。而作曲家高为杰则致力于消除了节奏与音高的二元性，使节奏成为了决定音高的充分条件。

（三）结构变异

极简主义音乐擅长营造宏大时间中的渐变过程。作曲家里奇认为，“必须采用高度系统化的、缓慢的渐进方式”[149]以营造音乐的时间过程。简约音乐的复制音型几乎贯穿了音乐始终，呈现出持续且统一的律动；在发展逻辑上，音乐抛弃了传统音乐辩证冲突的对立统一原则，而只是力图在结构块中营造音乐事件渐进或消退的过程。以史蒂夫·里奇的《城市生活》第三乐章《这是一个蜜月》为例。该乐章将持续音型进行极端化的原样复制，全曲都以一个长度为一小节的对位材料及其复制体作为整个乐章的基本节奏型（见谱例 5-11）。如同大多数简约音乐作品，该曲以不断叠加音乐事件为结构手法，营造出两次叠加→饱和→回落的过程。图 5-8 以图式代替乐谱，呈现出该曲第 1-54 小节的第一次叠加→饱和过程。

谱例 5-11：《这是一个蜜月》第 3-4 小节

图 5-8：《这是一个蜜月》第 1-54 小节音乐事件的结构布局

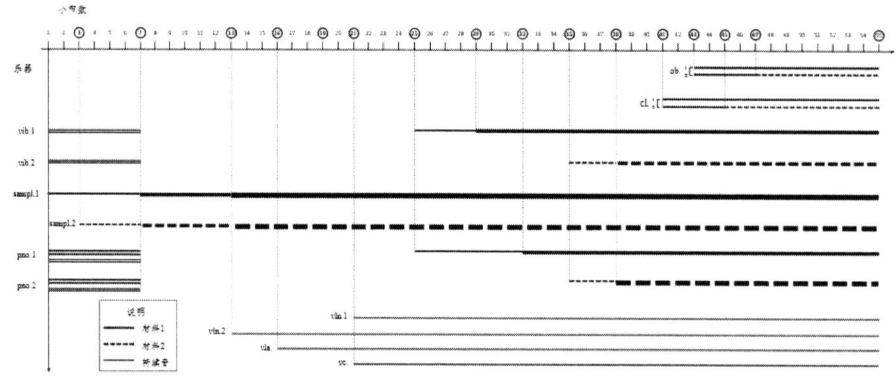

148 Steve Reich. Music as a Gradual Process. *op. cit.*, p.34.
149 [美]K·罗伯特·施瓦茨：《简约主义音乐家》，前引书，第 11 页。

图中横轴表示小节数，纵轴表示乐器，带圈的小节数表示该小节出现了新的音乐事件。通过观察发现，同一种音乐样式所持续的时间最短为两小节，最长为8小节。这意味着最多在8小节之后，作曲家一定会引入新的音乐事件以体现渐进过程并防止听觉的疲劳。作品开始后的第一次音乐事件发生在第3小节，表现为采样2（sampl.2）开始呈现材料2；最后一次变化在第47小节，表现为第二双簧管的演奏织体由材料1变为材料2，此处乐曲纵向声部达到饱和并持续8小节，并在第55小节处开始回落。随着音乐事件的渐进与消退，作曲家对宏观音乐过程的塑造成为了乐曲发展的动力性因素。

极简主义的持续音型化用到中国当代音乐中则产生了结构功能的变异，作曲家多在一首结构较为复杂的作品的局部段落中运用简约技法。首先，这种变异体现在中国作曲家在更为明确的方向中处理音乐事件。作曲家贾国平在为高胡、二胡、中胡、中阮、大阮及打击乐而作的民乐重奏《雪江归棹》中采用简约式的音型织体代替传统的线性旋律，分五个段落描绘出北宋赵佶同名画卷中“水天一色，群山皎洁，鼓棹中流，落叶萧疏，片帆天际”五个自然意象。以段落三“鼓棹中流”（全曲第33-66小节）为例（见表5-4）。该部分在音乐发展的逻辑上并未遵循极简主义音乐的渐进过程模式，而是采用带有起（第一乐句）、承（第二乐句）、转（第三、四乐句）的发展趋势的中国传统音乐结构思维。该部分虽整体采用持续的十六分音符节奏型，但每一个微小的结构都展现出不同的功能和目标导向。如在第一乐句中，拉弦组各个声部出现的十六分音符音型逐渐聚集，导向了该段落的第一次全奏；第二乐句将持续音型分散在不同声部中，形成了拉弦组之间不同音色、音高的对话；第三乐句的后半部分转入E宫系统，并乐句通过两次渐强导向了该段落的第二次全奏；第四乐句将速度加快，并将持续音型的时值扩大一倍，以实音奏法代替泛音奏法，在音高上呈现出由低音区到高音区的上升态势，引入段落四“落叶萧疏”的至高点。

表5-4：《雪江归棹》段落三《鼓棹中流》结构布局

乐句	第一乐句	第二乐句	第三乐句	第四乐句
小节	9（33-41）	7（42-48）	10（49-58）	8（59-66）
细分结构			5+5	
速度	♩=ca.82			♩=96

音高材料	C 宫系统五声音阶（G、A、C、D、E）		E 宫（B、#C、E、#F）	游离：C 宫-G 宫-D 宫-A 宫调骨干音上的七和弦、三和弦
发展趋势	起	承	转（第三乐句后半起）	
音色布局及音型形态	由中胡-二胡-高胡-中阮-大阮-木盒-木鱼的顺序渐次进入	背景层：中阮、大阮、打击乐； 前景层：拉弦组	背景层：中阮、大阮、打击乐； 前景层：两个阶段，拉弦组在前 5 小节演奏持续音型，后 5 小节变为长泛音及颤音	背景层：中阮、大阮、打击乐； 前景层：拉弦组演奏扩大一倍时值的持续音型
演奏法	泛音			实音
目标导向	不同声部音型的逐渐聚集	拉弦组营造不同音高与音色之间的对话	转调与对音型、速度变化的过渡	加速，整个乐队的音响加厚、音域由低至高导向全曲至高点
力度	渐强：mp→ff	持平：f	两次渐强： p→ff；pp→ff	持平：ff

极简主义音乐在相当长一段时间内的力度、音色、音高等各音乐元素都相对静止，且其音乐逻辑呈现出非目标导向的特征。作曲家菲利普·格拉斯曾写道："这种音乐不以争论和发展为特征。"[150]音乐的因果关系减弱甚至不存在，其声音不是被用来实现材料与结构之间的对立及其最终解决。重复技法使得作品在本质上呈现为一个过程，作品中的每时每刻都在创造当下，呈现出漫无目的的徘徊和无因果的多向运动。反观如《雪江归棹》的中国当代音乐，其整个段落虽以持续音型代之取代了线性旋律，但作曲家却保留了线性的思维。音乐的内部的矛盾冲突和辩证性是非常明显的，音乐总是围绕着一个目标运动，引导听众逐渐进入作曲家所设计的戏剧化"情节"中。

第二，中国作曲家也通过数控方式来生成作品的结构，并运用对比思维营造单一音型段落中的结构推动力。作曲家杨晓忠在其打击乐五重奏《云团》的第三部分[涌动]中采用了固定的十六分音符节奏型，简单的节奏型及其不断的循环、堆积、重复使其具有了简约音乐的特征。该段落共呈现出三种音响形态，其以交替出现的方式营造各自之间的对比（见谱例 5-12）。

150 Wim Mertens. *American Minimal Music. op. cit.*, p.88.

谱例 5-12:《云团》段落三[涌动]音响材料

表 5-5:《云团》段落三[涌动]结构布局

部　分	重复次数	音响及演奏员	力　度	主要音色	对比因素
A（95-97） B（98-102）	8	①1-4	*fff*	鼓	力度
	3	②3、4	*ppp*		
	7	①1-4	*fff*		
	4	②1、3	*ppp*		
	13	①1-4	*fff*		
	5	②2、4	*ppp*		
	5	③1、4、5	*p*	鼓与金属	力度+音色
	5	①1-4	*fff*	鼓	
	3	②2、3	*ppp*	鼓	
	8	③1、2、5	*p*	鼓与金属	
	3	①1-4	*fff*	鼓	
	2	②3、4	*ppp*		
	4	③1、3、5	*p*	鼓与金属	
A^{1}（103-104）	8	①1-4	*fff*	鼓	力度
	3	②2、4	*ppp*		
	5	①1-4	*fff*		
	4	②1、4	*ppp*		

作曲家在设计结构时对材料的重复次数和时间结构的长度作出严格设定，并以传统再现三部性结构来设计这部分音乐。A 部分主要由音响①和音响

②组成，以 4 位鼓演奏员与 2 位鼓演奏员之间的音量对比为特征；B 部分加入音响③，以鼓与金属乐器镲与锣之间的音色对比为特征；第三部分 A^1 在时间长度上进行了缩减，并回到第一部分 A 中的以音量对比为特征的单一鼓类音色中。从中可以看到，横向上，作曲家主要采用了音量、音色之间的对比作为音乐结构的推动力和划分依据；纵向上，作曲家采用了每声部中相隔一个十六分音符的微间距，形成节奏的错位，配合着不断起伏的力度变化，形成了以鼓类乐器为主，以金属乐器形成对比与点缀的涌动之感。相对于简约音乐，作曲家的采用了更为理性的数控技法，音乐并不着眼于过程的渐进与退出，而是将各音乐参数的辩证对比纳入考量之中。

（四）音色变异

极简主义音乐注重宏观结构中音乐事件的步伐，却很少营造复制音型的在演奏法上的音色变化。而当代中国作曲家从音色角度出发，通过设计变幻莫测的音色组合模式来变异极简主义音乐技法。郭文景在打击乐三重奏《戏》（见谱例 5-13）中采用简约化的节奏模式，同时探索了音色写作的极限意识。他挖空心思开发钹的各种演奏法，使其发出 25 种不同的声音[151]。以《戏》第一乐章排练号 1 的前五小节为例。作曲家将节奏因素置于次要地位，采用持续的二音组八分音符节奏，又将钹的音色划分为乐器音色、演奏法音色两个层次。在乐器音色的使用上，该片段采用小钹和铙钹的交替音色构成基本音色织体；在演奏法上采用钹的四种演奏方式，包括钹心相击（①）、钹边相击（②）、钹边击钹心（③）、钹边击钹心并滑落至钹边形成倚音打法（④）等音色，塑造出人在夜晚悠然自得骑马赶路的场景。针对于乐器音色层，谱例 9 中第 2-3 小节显示了相对稳定、有序的乐器音色织体，第 4-5 小节是其节奏和乐器音色组合上的重复；而演奏法音色层则显得无序和随机，其组合方式具有多样性。

谱例 5-13：《戏》排练号 1 第 1-5 小节

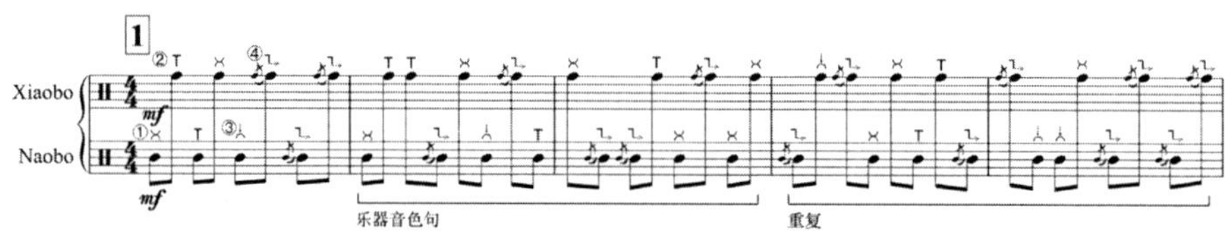

151 李吉提，童昕：《三重奏〈戏〉的音乐语言分析》，《中央音乐学院学报》，1999 年第 3 期。

秦文琛在其多部作品中展现出单音技法的写作特征。单个音本身便给人一种极简音高素材的感觉。然而，看似极简的单音却是“中有万古无穷音”。单音音色可以被深度开发，形成一个具有无限色彩且独立的微观空间。以《太阳的影子 III》的第二乐章“蓝色的宗教”（见谱例 5-14）为例。乐章采用竖琴、打击乐和大提琴的三重奏形式，并结合极简主义创作技法描绘出藏传佛教神秘森严而极具威慑力的气氛。谱例 5-14 选取该乐章开头前 6 小节的大提琴声部。大提琴以持续 E 音为核心音高，并通过音高派生的方式衍生出核心音周围的各音（D、F 及 E 音的微分音）；节奏上以四分音符为基本单位，具有简约化特征。在音色上，作曲家主要采取五种音色及其组合形式来为简约的音乐材料添砖加瓦，包括八度双音（①）、单音（②）、微分音滑奏（③），并随机在这三种音色之上加入倚音（④）以获得变化。在该片段第 5 小节又加入 G 音上的泛音音色，并将之与与实按音相结合（如谱例中②+⑤的组合音色），达到虚实相生的效果。从音色变异中可以看到，中国作曲家以简约化音高、节奏为框架，以音色作为修饰和变异因素，形成了简约思维布局基础上的进一步复杂化和多样化音色表达。

谱例 5-14：《太阳的影子 III》排练号 10 第 4-9 小节

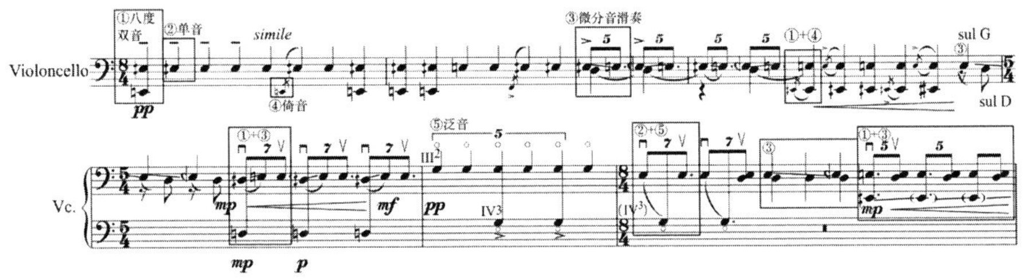

（五）相位技法的变异

极简主义音乐的相位技法本身变异自西方复调音乐的横向可动对位技法，但却改变了横向可动对位中必须纵向协和的规则，使对位线条可以在任意时间点结合。该技法最早由作曲家里奇提出并使用在他的《钢琴相位》《小提琴相位》等作品中，其具体操作方法是：两条或多条旋律线条以齐奏开始，通过不同的速度或对位方式形成错位，最终再次回归同步。相位技法充分体现出后现代思潮中消解一切隔阂、打破一切规则的“无界限”艺术实践方式。

中国作曲家在借鉴这种不可控对位的创作技法时，对其采用了创造性的变异方式。其中，作曲家秦文琛的作品便具有代表性。秦文琛在《群雁——向远方》《地平线上的五首歌》等作品中均体现出极简主义音乐的纵向不可控对位创作理念。以《地平线上的五首歌》第五乐章《消失的圣咏》（见谱例 5-15）为例。

谱例 5-15：《消失的圣咏》第 38 小节

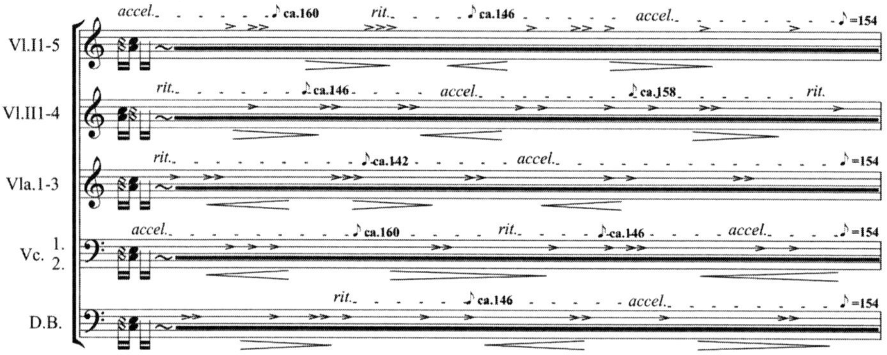

上例选自该曲第 38 小节。谱例中五个弦乐声部均采用了相同且持续的十六分音符节奏型以演奏用手敲击琴体的音色，但分别在速度、力度和重音三个参数上体现出随机的不同步错位现象。各声部间形成相互追逐，此起彼伏又错落有致的效果。不同于极简主义音乐只在速度或对位方式等单一参数影响下的错位方式，作曲家秦文琛探索了多种音乐参数同时形成错位的混合相位变化模式。

综上所述，中国作曲家对极简主义音乐技法变异的总体倾向为，在保持某一音乐参数相对简约且前后统一的形态中，在其他一个或多个音乐参数上展现出微观层面的浮游、流动与变化，使音乐呈现出精巧、细腻的设计感，诠释了一种“简约而不简单”的创作理念。

二、变异的形成原因

从诸多的中国当代音乐作品中可以看到，尽管不少作品采用了简约派音乐的创作技法，但它们却并没有极简主义音乐的机械复制感，反而更加贴近音乐本身的呼吸起伏与内在气息。那么，为什么简约音乐技法在流传到中国后会产生变异呢？在笔者看来，这种变异是“文化过滤”现象使然。文化过滤指“交流中接受者的不同的文化背景和文化传统对交流信息的选择、改造、移植、渗透作用”[152]，中国作曲家受“社会、历史、文化语境和民族心理等因素

152 曹顺庆主编：《比较文学教程》，前引书，第 98 页。

的制约，形成了独特的文化心理与欣赏习惯”[153]，进而“对交流信息存在着选择、变形、伪装、渗透、叛逆和创新的可能性”[154]。亨廷顿也认为：“借鉴理论强调接受者的文明在多大程度上有选择地借鉴其他文明的内容，接受、改变和吸收它们，以便加强和确保自身文化的核心价值的延续。”[155]中国作曲家充分发挥接受主体的主观能动性，保留了其极简主义音乐技法中的部分特质，又将极简主义音乐的文化属性通过渐变从而找到了其在异质文化空间中的新定位。

首先，从文化背景上看，极简主义音乐根植于后工业时代的社会语境，因此其音乐具有现代都市气息，展现出消费社会中批量化、复制化的机械律动之音。极简主义作曲家也纷纷表达出他们对城市声音的关注和运用。格拉斯在自传体小说《无乐之词》中写到：“没灯就没办法看书，唯一能做的就是跟火车的声音交朋友。轮子卡在轨道上奏出了无止境的规律节奏，我立马就被它洗脑了。”[156]他从机械而枯燥的火车声中获得创作灵感，并将其变为了作品中无止境变换的拍子与节奏型；里奇在作品《城市生活》中融入了城市声音的采样，并在乐器中找到能与之相类比的音色：汽车喇叭与木管乐器，关门声与低音鼓，空气刹车与钹，船喇叭与单簧管等，进而实现乐器声与非乐器声、音乐与生活的完美嫁接。

这样一种创作的审美倾向移植到中国本土语境中则产生了变异。虽然借鉴极简主义的创作技法，但中国当代作品呈现出的不是城市图景，而是自然气息。可以说，中国作曲家继承了中国文人自古以来的自然观。早在先秦时期，老子便提出了“道法自然”的思想，在他之后庄子又以“三籁”的自然观描绘出物我两忘的齐物之境。崇尚自然的哲学观深刻地影响了古往今来的中国音乐，其以对自然意象的塑造作为了亘古不变的主题。从传统名曲《高山流水》的知音之情、《渔舟唱晚》的湖光山色、《梅花三弄》的傲雪凌霜，到当代作品《七月·萤火》（秦文琛）的流萤之光、《雪江归棹》（贾国平）的长天一色、《云团》（杨晓忠）的水石风沙，都体现出中国音乐根源于自然的精神之气。作曲家瞿小松曾说：“生活把我抛到自然里，山民与自然太接近了，在

153 曹顺庆主编：《比较文学教程》，前引书，第 98 页。
154 曹顺庆主编：《比较文学教程》，前引书，第 98 页。
155 [美]塞缪尔·亨廷顿：《文明的冲突与世界秩序的重建》，北京：新华出版社，2010 年版，第 55 页。
156 [美]菲利普·格拉斯：《无乐之词》，前引书，第 169 页。

那种环境里生活，我感到有一种旺盛的生机……我的音乐里常出现这种生命力，这种在文明人看来很粗糙的生命力。”[157]作曲家高为杰也认为：“山居的景物与生活，既是极简又是丰富的，让人进入所谓天人合一宁静致远的境界。”[158]在塑造自然的方式上，当代中国音乐借鉴了简约音乐等后现代作品试图消解艺术与生活之界限的理念，在作品中加入采样音效，将自然界的各种真实声音引入作品中，如秦文琛在其《[间奏]唤醒黎明》中将采样的鸟鸣声、蟋蟀声作为持续循环的背景音型以衬托笙的音色；杨晓忠在打击乐作品《云团》中加入瓶子的吹气声、响尾石的撞击声、海浪鼓的沙质音响，这些声音使中国当代音乐具有了无限生机和蓬勃的生命力，实现了其在后现代语境中的返璞归真。

第二，极简主义音乐发端于 20 世纪美国先锋派音乐的激浪之中。在 20 世纪 50 年代，以约翰 · 凯奇为代表的作曲家开始跨越文化藩篱，从亚非拉文化中吸取创作养分与灵感。与异质文明的接触与碰撞成为推动新音乐发展的创造性因素，使其呈现出前所未有的活力。极简主义作曲家继承并发展了此种理念。从印度音乐的“过程”策略及其“重复、循环、排列、压缩”[159]的特点中，格拉斯形成了对节奏的重新定义：“哪怕再复杂的音乐规律都可以被分成无限的二音一组和三音一组。”[160]；从西非的打击乐思维中吸取灵感，里奇创作出带有复节奏结构[161]特征的作品《打鼓》。可以说，东方的、异域的音乐素材和音响成为简约派音乐的灵感来源之一。

不同于极简主义作曲家通过借鉴、引入异域文化素材以体现其音乐创作的世界性，中国作曲家致力于从本土的民族音乐及文化中获取创作素材。民族性是中国作曲家流淌在血液中文化属性，是根深蒂固且天然携带的语言特征，其与极简主义作曲家的“跨文化”理念有着本质的不同。中国作曲家对民族音乐素材的挖掘则是其自身内在的艺术与文化精神的自然流露与显现。如作曲家秦文琛在古筝独奏《吹响的经幡》中运用大提琴弓拉奏筝弦，模拟出藏传

157 李西安、瞿小松、叶小钢、谭盾：《现代音乐思潮对话录》，《人民音乐》，1986 年第 6 期。

158 高为杰：《山居》，《音乐创作》，2016 年第 8 期。

159 Allison Welch. Meetings Along the Edge. *op. cit*., pp.179-199.

160 [美]菲利普 · 格拉斯：《无乐之词》，前引书，第 169 页。

161 K. 罗伯特 · 施瓦茨在《音乐作为一个渐进过程》（*Perspectives of New Music* 19.1 (1981): p.51.）中讲述到，里奇认为非洲音乐是由“几个相同或相关长度，并带有各自独立强拍的重复织体”组成的，因此将其称为具有复节奏结构的音乐。

佛教寺庙筒钦的声音，使音色具有地域性和神圣感；杨新民在《火把》中运用了彝族口弦四音列，刻画出彝族火把节都火乐舞的热烈欢快和热情洋溢；郭文景的《戏》从民间戏曲音乐的“唱、念、做、打”演奏形式中获得灵感，将人声融进钹的打击音效中，以此种声音组合方式唤起传统戏曲的在场性。从中可见，中国当代音乐作品中的民族性体现为一种民族精神、风骨与气韵，它根植于作曲家所生活的土壤，是对民族原生语境的真实再现。

第三，从接受主体自身的特征来看，中国作曲家对极简主义音乐技法的创造性化用可以溯源至中国传统音乐的特征。中国传统音乐发展自以“音响音乐”为特征的思维方式，如古琴可有抹、挑、勾、剔、托、擘、打、摘、轮等各种不同的演奏技法，代表了中国乐器最为典型的特征。在对乐器声音进行极端细腻的演奏中，声音的产生和控制方面的种种微妙变化都成为艺术表现的手段，每一个循环的结构单位都是一个有机变化而非机械复制的生命体。所谓“一沙一世界，一花一天堂”，在不变的宏观音乐进程中，中国化的简约技法孕育着音色变化中的微观世界，进而衍生出当代音乐对同一化持续音型进行细致音色变化的创作方式。

同时，中国传统音乐在速度、节奏等时间因素上具有弹性色彩，存在大量散拍、散节奏等不确定性时间长度。不同于西方音乐具有绝对的量化标准，中国传统音乐给二度创作留下了发挥的空间，音乐的时间长度是由演唱者或演奏者特殊的“心理量钟”决定的[162]。基于此，中国作曲家在对持续音型进行重复时几乎从不采用原样复制，而更注重于直觉和内心体验，致力于对微观时间结构的调整、变化和对节奏材料的重组、衍变，形成了具有橡皮筋般伸缩性的时间结构，以期达到音乐在“似与不似”、“恒与变”之间的平衡与中和。

一般来说，中国传统音乐在结构上通常具有多段体特征，其多以文字标题进行分段，使音乐像“卷画”那样陈述、变奏、展衍，在横向上呈现出“一波三折”[163]的叙事特点与结构布局，音乐的发展也大多遵循辩证发展的原则。同时，当代中国作曲家大多将具有简约技法特征的段落置于一部具有复合音乐形象的作品中，如叶小纲的《马九匹》、贾国平的《雪江归棹》，使简约技法的

162 管建华：《中西音乐比较》，南京师范大学出版社，2014年版，第100页。

163 李吉提：《论“一波三折”的音乐结构——中、西方传统音乐比较之一》，《中央音乐学院学报》，1989年第2期。

使用在结构上呈现出局部性、段落性特征。在相对有限的时间进程，音乐的纵深感便得以体现和发挥。反观极简主义音乐，其大多在较长的时间段内保持单一音乐形象，形成静态而持续的音响效果。“极端慢动作似乎特别有趣，因为它可以让人感受到通常不易观察的细节”[164]，在相对静止的音乐过程中，任何形式的动态变化便更易被凸显和察觉。因此可以说，极简主义音乐的变化之动力体现在宏观时间过程中，而中国当代音乐的变化之动力则体现在局部结构的辩证化时间和微观化空间中。

音乐学家内特尔曾说：“我宁愿把 20 世纪的音乐世界看作一个巨大的、各种音乐相互影响的网状组织，而不愿把它看作是单个音乐的群组。”[165]事实上的确如此。任何音乐现象都不是孤立存在的，必须将其放在相互联系音乐文化网络中审视它们之间的联系与差异，才能得到正确的认识。而变异学理论则为我们提供了一个很好的视野。中国作曲家在对极简主义音乐进行借鉴和吸收的过程中，若不考虑本土文化语境而全盘照搬起其创作技法，那么必然导致创作的失语现象。因此，对音乐技法进行变异则是一条很好的创新路径。变异学理论认为：“在不同的文明背景下，当一种文化与另一种文化相遇时，处于接收者一方的文化对传播者一方的文化会有一个吸收、选择、过滤的再创造过程，这样，传播方的文化必然会被打上接收方的文化烙印。”[166]正是本着在传承自身文化精神的前提下，用带着中国音乐精神的态度有选择性地吸收西方技法，并在此基础上加以创造，才能从根本上推动中国当代音乐的发展。当下中国的新音乐创作已不再是处于封闭状态下便可孕育而生的，其必须建立在各国音乐文化相互开放的前提下，在类同中求异，才能获得其在世界舞台上的独特发声。

综上所述，本章结合英美学界近年来针对极简主义音乐研究的多元视阈展开讨论，并着重从消费现象学、多媒介融合、行动者网络理论和变异学等角度具体论述或分析。除此之外，英美学者还从修辞学、身体观、访谈法、符号学、修订史、演奏指南、自我实现文化等视角和方法着眼对极简主义音乐进行了研究。例如，莎拉 · 伊丽莎白 · 亚当斯在《亚里士多德的咳嗽：极简主义音乐中的修辞、叠句和节奏》中用过研究史蒂夫 · 里奇的《要下雨了》、阿尔文 ·

164 Steve Reich. Slow Motion Sound, in *Writings on Music 1965-2000. op. cit*., p.28.

165 B · 内特尔，管建华：《20 世纪世界音乐史的方方面面——疑问、问题和概念》，《中国音乐》，1992 年第 1 期。

166 Shunqing Cao. *The Variation Theory of Comparative Literature. op. cit*., p.xxxv.

卢西尔的《我正坐在一个房间里》以及菲利普·格拉斯的《海滩上的爱因斯坦》等三部作品，说明极简主义音乐通过剥离语言的意义维度并使用叠句和节奏两种强有力的声音修辞现象来打动听众[167]。在作者看来，里奇、卢西尔和格拉斯等极简主义作曲家的音乐听起来像是将连贯的语言，即亚里士多德的声音进行重复和重新组合成，从而形成一种荒谬的声音，即亚里士多德的咳嗽。在分析中，作者首先将美国后结构主义修辞学家黛安·戴维斯的修辞概念与里奇的《要下雨了》结合起来进行论述，并认为里奇的音乐通过剥离意义以暴露其修辞性；随后，作者运用吉尔·德勒兹和费利克斯·加塔利对叠句的理解阐释了阿尔文·卢西尔的作品《我正坐在一个房间里》如何通过叠句模糊了秩序感和时间感；最后，作者结合弗里德里希·尼采的《论节奏》以思考菲利普·格拉斯的《海滩上的爱因斯坦》如何通过简单的节奏将听众带离意义维度。

在文章《〈拍手音乐〉：表演者的视角》中，演奏家拉塞尔·哈腾伯格提出了关于里奇《拍手音乐》的一些演奏感想与指南。首先，哈腾伯格提出，在演奏《拍手音乐》时，由于作曲家并未给出 6/4 拍或 12/8 拍的拍号，因此演奏家除了应在每小节的第一拍上保持强拍以外，应避免给重复的动机模式赋予节拍重音。第二，在演奏时应尝试将拍手声音与其他演奏者的声音尽可能接近和匹配以清晰地听到二者的合成模式。第三，演奏稳定声部的人不能被另一演奏者的模式分散注意力。因此，挑战是在保持声部精确的同时仍然聆听和享受所创建的复合模式。最后，作者认为，《拍手音乐》和里奇的其他音乐一样，展示了表演者的专注力、耐力等特征。在演奏《拍手音乐》时，演奏者必须对这些对位模式感到足够的舒适，以从前一个拍手的身体动作中脱离出来，同时专注于与下一模式形成精确互锁。同时，演奏者还需找到一些“能量转移”的方法，例如找到合适的呼吸点以缓解和转移手臂的紧张点和反复拍手的压力，以便在持续的一段时间内以一致的音量继续演奏[168]。除了哈腾伯格的文章外，约翰·哈尔的《演奏极简主义音乐》[169]、莎拉·卡希尔的《表现焦

167 Sarah Elizabeth Adams. Aristotle's Cough: Rhetoricity, Refrain, and Rhythm in Minimalist Music. *Rhetoric Society Quarterly* 48:5 (2018), pp.499-515.

168 Russell Hartenberger. Clapping Music: A Performer's Perspective, in Potter, Keith, Gann, Kyle and Siôn, Pwyll ap, ed. *The Ashgate Research Companion to Minimalist and Postminimalist Music*. London: Ashgate Publishing Limited, 2013, p.371-379.

169 John Harle. Performing Minimalist Music, in Potter, Keith, Gann, Kyle and Siôn, Pwyll ap, ed. *The Ashgate Research Companion to Minimalist and Postminimalist Music*. London: Ashgate Publishing Limited, 2013, p.381-384.

虑和极简主义》[170]以及凯利·劳伦斯·弗林格的博士论文《逐渐迷失的音乐：史蒂夫·里奇相位音乐的表演者指南》[171]等都从演奏者的角度对极简主义音乐的相关演奏问题进行了阐述和解读。

在博士论文《自我实现文化中的美国音乐：20 世纪 70 年代漫长的表演和作曲》中，约翰·大卫·卡普斯塔将作曲家约翰·亚当斯的极简主义音乐置于 20 世纪 70 年代美国的“自我实现”文化理想中进行讨论。“自我实现”是人文主义心理学家亚伯拉罕·马斯洛提出的术语。马斯洛认为，一个人的真实自我是在身心的“直觉”活动中而非通过自我心智的“理性”过程实现的[172]。这一思想深刻地影响了当代音乐的创作与表演。回归身体的原生直觉帮助许多音乐家建立起与现代主义理性音乐文化所不同的理想，进而实现他们作为人类和音乐家的最高“潜力”。在卡普斯塔看来，极简主义作曲家约翰·亚当斯在《振动者循环》（1978）、《风琴》（1981）、《大钢琴音乐》（1982）及歌剧《尼克松在中国》（1987）等作品中完美地呈现并发展了马斯洛式的体验并充分发挥了身体的“直觉”作用，由此展现出自我实现的精神和新人文主义的倾向。

此外，爱丽丝·米勒·科特在其博士论文《悲伤的草图：约翰·亚当斯歌剧的起源、作曲实践和修订》中依托约翰·亚当斯私人档案中的资料，探讨了《尼克松在中国》《克林霍夫之死》以及《原子博士》等三部作品的创作和修订史。其中，由于其具有争议的主题，《克林霍夫之死》在其创作后的 20 年经历三次大的调整。因此，作者认为，更大的公共过程，包括写作和公开的对话在这些作品的演变中也发挥了作用[173]。同时，霍莉·珍妮·哈维斯的《应用于对菲利普·格拉斯音乐反应调查的访谈分析法》、大卫·施瓦茨的《聆听主体：符号学、精神分析与约翰·亚当斯、史蒂夫·里奇的音乐》、罗伯特·伯恩斯·内维尔丁的《音乐融入身体：菲利普·格拉斯及其他作曲家》[174]等文章和专著

170 Sarah Cahill. Performance Anxiety and Minimalism, in Potter, Keith, Gann, Kyle and Siôn, Pwyll ap, ed. *The Ashgate Research Companion to Minimalist and Postminimalist Music*. London: Ashgate Publishing Limited, 2013, p.385-387.

171 Kelly Lawrence Flickinger. *Music as a Gradual Lostness: A Performer's Guide to the Phase Music of Steve Reich*. D.M.A. University of California Los Angeles, 2012.

172 John David Kapusta. *American Music in the Culture of Self-Actualization: Performance and Composition in the Long 1970s*. University of California Berkeley, 2017, p.1.

173 Alice Miller Cotter. *Sketches of Grief: Genesis, Compositional Practice, and Revision in the Operas of John Adams*. Ph.D. Princeton University, 2016.

174 Robert Burns Neveldine. *Music into the Body: Philip Glass and Others, in Bodies at Risk: Unsafe Limits in Romanticism and Postmodernism*. Albany: State University of New York Press, 1998, p.91-140.

章节分别从访谈法、符号学、身体观等视角对极简主义音乐进行了研究。

由此可见，英美学界对极简主义音乐的研究并不局限于传统的理念阐释或是技法分析，他们从各种可能的视角入手，呈现出令人耳目一新的研究方法，并开拓出具有创新思想的研究视阈。因此，作为中国学者，我们应该以开放的视野吸收这些研究方法，无论是研究西方音乐还是中国音乐，这些研究的视阈和方法都值得我们引进并借鉴，从而拓宽研究的深度和广度。

结　语

自上世纪 60 年代初期登上历史舞台，极简主义音乐不仅引发了听众、学者、艺术理论家、音乐评论家对其的欣赏、思考和研究，也收获了褒贬不一的评价。在此期间，英美学者针对该流派的音乐展开了持续的研究。自英国作曲家、理论家迈克·尼曼在《凯奇及其后的实验音乐》（1974）中首次以极简主义定义该流派音乐的研究，到学者克里斯托夫·莱沃的《我们一直都是极简主义者：音乐风格的构建和胜利》（2020）出版以来，在近半个世纪的研究中，英美学界涌现出诸多具有学术价值和借鉴意义的成果。总体来讲，我们可以发现学者们在研究观点、方法和思维上的闪光之处。

一、英美学界极简主义音乐研究的特色之处

（一）论争发散的研究观点

极简主义音乐是在极简主义艺术的大氛围中应运而生的。众所周知，极简主义艺术是在争论中诞生的艺术形式。以克莱门特·格林伯格和迈克·弗雷德为代表的艺术理论家运用其丰富的哲学积淀与敏锐的艺术洞察力引领了一场针对极简主义艺术的长久、持续论争。在今天看来，这些论争和批判的观点丝毫不亚于极简主义艺术本身的魅力。正如詹姆斯·迈耶在《六十年代的极简主义艺术与论战》中所提到的，我们不应把极简主义视为具有连贯性的运动，而应将其视为充满冲突和差异的领域，从而更加接近真相[1]。相同的情况也发生在极简主义音乐中。一些观众、评论家在欣然接受极简主义音乐的同时，另

1　James Meyer. *Minimalism: Art and Polemics in the Sixties. op. cit.*, p.6.

一部分接受者也表现出质疑和反对的声音。这些反对者讨厌极简主义音乐的重复和单调，批评它不过是戴上了艺术假面具的流行音乐。因此可以说，从极简主义音乐诞生以来，它就是在褒贬不一的评价中逐渐发展、更新并成长壮大的。

在英美学界对该音乐流派的研究中，我们可以解读到许多针对同一问题的不同见解和声音。其中的一些观点支持并补充了另一些观点，还有一些观点则试图在前人的研究基础上寻求突破与创新。例如，在针对极简主义音乐的定义问题上，学者江恩、波特和锡安致力于采用最传统的特征定义法，梳理了包括和声静止、重复、持续嗡鸣、渐进过程、稳定节拍、静态编制、超音乐、纯律调音、可听结构、不同的时间感知等十个极简主义音乐的特征以勾勒出该音乐流派的总体面貌。相同的定义方式还可见于迪恩·保罗·铃木的研究。通过对极简主义音乐特征的总结，铃木以支持、互补的观点丰富了江恩、波特和锡安的研究。另一方面，蒂莫西·约翰逊则采取了一种完全不同的视角来定义极简主义音乐，他将该流派的音乐置于美学、风格和技术三个语境中分别讨论，并认为将极简主义音乐定义为一种创作技术可以很好地描绘出该流派不断发展和更新的状态。由此可见，约翰逊从不同的角度思考了定义极简主义音乐的方法，并为这一问题贡献了独特的观点。

相同类型的观点论争还可见于本文中针对诸多问题的研究。如在对极简主义音乐的时间理念进行研究时，尼梅西奥·加西亚·卡里尔·佩伊提出了静态时间观，认为极简主义音乐呈现出“没有客观的方向、没有客观的流动、没有独特的现在”[2]的时间特征；内森·保罗·伯格拉夫则认为极简主义音乐体现出东方的循环时间观，其在本质上并无起点与终点之分；而乔纳森·克莱默则提出了垂直时间观，认为极简主义音乐就如同将具有垂直化切口的音乐瞬间进行无限扩大，以诠释一种永恒的时间状态。以上三位学者均从不同的角度对极简主义音乐的时间观提出了独特见解。这些观点之间并不矛盾或相互抵制，而是构成了极简主义音乐时间理念的各个方面。又如，在对作曲家拉·蒙特·扬创作中的观念化倾向进行研究时，爱德华·斯特里克兰、道格拉斯·卡恩、基斯·波特和杰里米·格里姆肖都提出了他们各自不同的观点。前三位学者大致都将扬的观念化创作倾向的源头指向作曲家约翰·凯奇，并致力于将扬

2 Nemesio García-carril Puy. Musical Minimalism and the Metaphysics of Time. *op. cit.*, pp.1267-1306.

与凯奇的观念化创作思维进行比较。他们三者的观点显示出相同立场下的细微差异。相反，格里姆肖并未采取比较的思维，而是以史学化的视角将观念艺术创作作为扬作曲生涯中的过渡时期。该时期以对音乐定义的极端化探索为特征，形成了扬所追求的“宇宙建筑”底层结构的铺垫。因此，四位学者均以扬的观念性作品为论题，但却展示出两条不同的思考路径。在对诸如《海滩上的爱因斯坦》等具有代表性的极简主义音乐作品进行研究时，英美学者分别从该歌剧对传统歌剧的超越与革新、歌剧在音乐、艺术和戏剧领域的先驱以及对歌剧的技术、意象、情感分析等多个视角中展开，充分体现了针对同一作品的多元问题意识与研究观点的碰撞与融合。

同时，在英美学界的极简主义音乐研究中，还可见到由某个重要观点或方法延伸下来的系列后续研究，彼此之间形成源与流的关系。例如，自理查德·科恩提出以节拍集合的方法来对极简主义音乐的节奏进行研究以来，后续包括罗伯托·安东尼奥·萨尔蒂尼、约翰·罗德、菲利普·杜克在内的学者分别在其论文中采用节拍集合理论来对极简主义音乐的节奏进行研究。因此，以科恩为代表的英美学界极简主义音乐研究学者逐渐将前沿化的节拍集合理论发展成为一个系统的、基本的方法论体系，达到了对极简主义音乐节奏的科学、理性认知。由此可见，在英美学界的极简主义音乐研究中，学者们或是提出了针对同一问题、作品的不同的观点，又或是针对某个前沿观点进行发展和扩宽，从而产生了更多的后续研究。这些观点的论争和发散都体现出英美学者思辨的研究模式。其中，针对同一研究视阈，不同的、深度的解读模式是常见的。观点的差异与论争形成了对话、交流的基础，由此，围绕极简主义音乐的话题便逐渐发散开来。

（二）多元创新的研究方法

英美学界的极简主义音乐研究的另一个亮点之处在于研究方法的多元与新创。学者们在研究中展示了精彩纷呈的研究方法。这些方法或是原创，或是引用经典理论与方法，其都为英美学界的极简主义音乐研究增色不少。

首先，英美学者致力于援引经典的理论和方法来展开研究。例如，罗伯特·芬克在《重复我们自己：作为文化实践的极简主义音乐》中，通过引用美国社会学家大卫·里斯曼的“他人导向的个性”理论来说明当代广告和音乐中的目的论崩溃，主观性尝试的缺乏以及以群体动态过程为导向的模式。同时，芬克又引用了广告学家赫伯特·克鲁格曼的“低参与度”学习理论来说明以重复为特征的极简主义音乐实际上属于一种低参与度的音乐风格。特里斯蒂安·埃文斯在《菲利普·格拉斯电影音乐中的共同意义——音乐、多媒体和后极简主义》中采用了尼古拉斯·库克开发的多媒体音乐分析模型，并对2006年汽车制造商宝马在其电视广告中引用的格拉斯的配乐进行了分析，由此分析了广告中音乐与视觉场景之间的一致性、互补性和竞争性三种互动模式。同时，在这本专著中，埃文斯还运用丽贝卡·莱顿的“极简主义比喻类型学”以探讨后极简主义音乐中的重复与叙事问题。莱顿将极简主义音乐中的重复分别比喻为母体、咒语、动力学、极权主义、机动和失语。在此基础上，埃文斯还提出灾难的、迷幻的、外星人的以及城市的比喻来丰富对极简主义音乐重复类型的比喻。在《约翰·亚当斯的〈尼克松在中国〉：历史、政治视角下的音乐分析》中，蒂莫西·约翰逊则采用了大卫·勒文、布赖恩·海尔、理查德·科恩等学者开发的新黎曼理论来对歌剧《尼克松在中国》中的和声语言进行了研究，并将调性、和声语汇的使用与作品人物的情感、身份、立场联系起来进行解读。在博士论文《神话背后的歌剧：〈海滩上的爱因斯坦〉的档案检查》中，利亚·温伯格运用保罗·塞勒斯对作者身份定义的理论来对歌剧《海滩上的爱因斯坦》中的不同作者类型进行辨析。他从塞勒斯的 IMA（贡献有意义艺术话语的有意作者）和 IM（贡献无意义艺术话语的有意作者）中获得启发，进而将歌剧《爱因斯坦》中的作者分为概念作者和贡献作者两类，并讨论该歌剧对传统歌剧作者身份的颠覆。

在笔者看来，原创的分析方法最能体现英美学者们的研究思维和实力，也是极简主义音乐研究的点睛之笔。在对莱利的作品《C 调》进行研究时，罗伯特·卡尔采用了内生分析和外生分析两种策略，分别致力于对作品《C 调》创作语言的分析及感性化接受，从而为音乐材料的组织模式和过程进展提供了更为清晰的解读。在分析极简主义音乐的调性特征时，琳达·安·嘉顿引入了聆听主体对作品调性的直观判断，并结合对调性的谱面分析以说明调性在作曲家里奇作品中的创新化使用。蒂莫西·约翰逊则开发了和声分层的方法来研究作曲家亚当斯作品中的音高问题。他将音高系统分为由高到低的场、响度与和弦三个不同的分层，以此对应亚当斯作品中的音高形态与体系。在针对极简主义音乐结构的研究中，亚历山大·桑切斯·贝哈尔开创性地采用了类似于沙漏形状的几何图式来展示极简主义音乐的对称结构。在针对极简主义音乐的多声与复调技法的研究中，肖恩·阿特金森通过采用多媒体分析模型解读了里奇音乐作品中的卡农和扩大卡农及其与音乐意义的关联。在解读作曲家里奇磁带作品中的政治意识与解放思想时，戈皮纳特将这些磁带作品的形式、结构与不同的情感品质联系在一起，提供了一种创新化的分析方法。

综上所述，英美学界针对极简主义音乐的研究体现出方法论上的多元与创新。无论是引用经典的方法和思路，还是发明出更具个性化、针对性的研究方法，英美学界展现出研究极简主义音乐的深厚底蕴和强大潜力。

（三）多维思辨的阐释思维

阐释思维着重于对作品形象的原意及其在原有的社会和文化背景中的意义和影响进行分析、研究，凭借批评者在追寻作品意义过程中所产生的感发与联想从而对作品的意义进行阐发[3]。综观英美学界的极简主义音乐研究，其中一个重要特点在于，学者们针对某一问题或观点上充分发挥阐释的想象力，从各种可能的角度入手，从而达到对所研究问题的全面认知与意义阐发。芬克在《重复我们自己：作为文化实践的极简主义音乐》中，分别从迪斯科、广告、电视、新巴洛克音乐和铃木教学法五个维度阐释了极简主义音乐诞生的社会语境，并以这些与极简主义音乐形成类比的、带有重复特征的文化现象为线索展开了他的整体研究。罗伯特·卡尔在《特里·莱利的〈C 调〉：音乐起源与结构研究》中从时代背景、美学理念、基于音乐形态的分析、基于聆听体验的分析、不同接受群体的评论话语以及不同的录音版本等方面对作品《C 调》进行了多角度、全方位的阐释和解读。凯瑟琳·佩莱格里诺在《约翰·亚当斯音乐中的终止方面》中，从调性组织、曲式结构和音乐修辞三个角度对约翰·亚当斯音乐中的终止进行了研究，充分体现了分析话语的多维视角。从中可见，英美学者充分发挥了诠释的关联性和想象力，从尽可能丰富的角度实现了对所研究问题、所陈述观点的意义阐发。

其次，英美学者在研究中常常通过引入特定领域中的多位权威学者的观点以达到对某一问题、某一时期文化背景的阐释分析。维姆·梅尔滕斯在《美国极简音乐》中提出，极简主义音乐是前卫音乐反辩证法运动的最新阶段。通过运用阿多诺的否定辩证法，利奥塔和德勒兹的力比多哲学以及弗洛伊德为爱神服务的重复和为死神服务的重复等 20 世纪的多元哲学话语，梅尔滕斯全

3 郑乃臧，唐再兴主编：《文学理论词典》，北京：光明日报出版社，1989 年版，第 164 页。

方位展现出从现代到后现代语境中精彩纷呈的音乐现象背后的精神根源，并打开了观察极简主义音乐的多维棱镜。芬克在《重复我们自己》中认为，极简主义音乐因其大量的重复而重新配置了西方音乐的目的论观点。由此，他引用了伦纳德·迈耶、迈克·尼曼、苏珊·麦克拉里以及雅克·拉康等诸多学者的观点来说明自20世纪60年代以来西方学者对非目的论音乐的认识轨迹。在专著《歌唱考古学：菲利普·格拉斯的〈阿赫纳顿〉》中，约翰·理查森通过引用安德烈亚斯·胡伊森对20世纪60年代北美后现代主义显著特征的总结、萨利·巴恩斯对后现代舞蹈的讨论以及哈尔·福斯特的“对立后现代主义”理论模型等观点以展示作曲家格拉斯音乐的后现代主义诗学特征。同时，理查森又通过引入韦恩·科斯滕鲍姆、乔克·达姆、米歇尔·波扎特、伊丽莎白·伍德等学者关于性别与声音的多元观点来对阿赫纳顿的超男高音音色和纳芙蒂蒂的女低音音色进行了解读。

最后，英美学者致力于对影响极简主义音乐创作的多种来源进行阐释。利亚·温伯格的博士论文《神话背后的歌剧：〈海滩上的爱因斯坦〉的档案检查》和约翰·理查森的专著《歌唱考古学》等文献都致力于从多个角度追溯极简歌剧作品的灵感和影响来源。前者认为，歌剧《海滩上的爱因斯坦》受到瓦格纳的整体艺术作品理念，杜尚、凯奇学派的先锋血统以及安东宁·阿尔托、杰尔兹·格洛托夫斯基等艺术家的当代戏剧理论的影响。后者认为，歌剧《阿赫纳顿》受后现代主义思潮，阿尔托、布莱希特的戏剧理论以及印度南部喀拉拉邦地区的卡塔卡利戏剧传统的影响。从中可见，在对格拉斯的歌剧创作进行影响溯源时，两位学者的研究既有重叠，又有各自独特的阐发和见解。此外，迪恩·保罗·铃木在研究极简主义音乐的创作背景时追溯了如下问题：（1）极简主义音乐的历史先驱，包括西方传统复调音乐中的持续低音和卡农技术、作曲家克里斯蒂安·沃尔夫、莫顿·费尔德曼、莫里斯·拉威尔、伊夫·克莱因、埃里克·萨蒂等先驱作曲家的影响；（2）以凯奇和激浪派为代表的实验传统；（3）20世纪60年代-70年代的艺术语境；（4）与极简主义音乐息息相关的通俗文化，包括美国的迷幻革命、“嬉皮士”亚文化、日益浓厚的东方文化与宗教兴趣以及爵士乐和摇滚乐等流行音乐文化。从中可见，英美学者针对影响极简主义音乐创作的社会背景和文艺思潮进行了多个角度的溯源，尽可能充分且全面地勾勒出极简主义作曲家涉及多个领域的创作灵感来源，也展现了英美学者力图从多角度阐释极简主义音乐现象的研究成果。

（四）求同存异的比较思维

在今天，跨边界、跨文明、跨学科的交流与交融更加频繁，因此，对这些不同领域之间的比较也更加明显和迫切。事实上，我们每个人都已自觉不自觉地融入了这个交汇的大潮之中，并寻求一种比较的思维来看待这些纷繁复杂的文化、音乐现象。比较既是求同又是求异，因此，比较就是求同中之异，异中之同[4]。通过对不同现象的比较，英美学者实现了对极简主义音乐研究的创新、整合和升华。

综观英美学界的极简主义音乐研究，其中最具代表性的比较模式首先是跨越异质文明的比较。通过梳理极简主义音乐中的印度音乐、西非埃维音乐、印尼佳美兰音乐以及东方神秘主义元素，英美学者试图说明极简主义音乐与东方及世界民族音乐之间的关联。曹顺庆先生曾提出："多元文化并存的历史现实再一次成为思想界关注的焦点……异质文化作为历史现实，其既成的文化形式是内在于其自身的形式，性质不同的文化其基本价值范式是评价自身文化现象的基础。"[5]由此，将不同文明体系中的音乐现象放置在一起加以比照，能够促进异质文明之间的交流和发展。在具体研究中，大卫·诺伊曼·克拉曼从音色、演奏方式、结构、节奏和即兴创作等角度比较了作曲家拉·蒙特·扬创作的超高音萨克斯管作品与印度音乐的异同；丹尼尔·托尼斯则从艺术呈现、语境特征、乐器编制、以及脉冲、时间线等方面比较了作曲家里奇的音乐与西非埃维音乐之间的异同；内森·保罗·伯格拉夫则认为，格拉斯的时间观受到佛教转世概念和宇宙观的影响，形成了格拉斯作品中区别于西方线性时间观的循环时间观；贾斯汀·科兰尼诺等学者通过绘制里奇《拍手音乐》中基本节奏的系统发育图和约鲁巴钟声时间线的系统发育图从而将这两种节奏型进行了比较，并认为《拍手音乐》的节奏呈现出更为严谨的对称、与原始数据更为完美的拟合、更漂亮的图形和对称的集群等特征，由此印证了《拍手音乐》基本节奏型的丰富潜力、科学设计和良好属性。

第二，比较的思维也存在于跨越不同门类、不同学科的极简主义音乐研究中。通过探讨极简造型艺术与极简主义音乐之间的联系，乔纳森·W·伯纳德总结出二者在减少机遇事件、强调非个人品质、强调对过程的感知体验、压倒性的规模和无尽的持续时间、以及创作者对作品的控制力等五个方面的联系

4 曹顺庆：《建构比较文学的中国话语》，《当代文坛》，2018年第6期。

5 曹顺庆等：《比较文学学科理论研究》，成都：巴蜀书社，2001年版，第439页。

和相同之处。迪恩·保罗·铃木将极简主义艺术家、观念艺术家勒·维特的美学思想与作曲家里奇的美学思想进行比较，并认为二者在针对“过程”理念的主张上有许多相似之处。

第三，英美学者也将极简主义音乐同其他音乐流派进行比较。维姆·梅尔滕斯在《美国极简音乐》中，从辩证原则、形式与内容、主客表达等三个方面对传统音乐、序列音乐、偶然音乐和极简主义音乐进行了比较，并认为极简主义音乐体现出消除辩证法、形式与内容的统一及突出客观化、程序化的音乐创作特征。爱德华·斯特里克兰将极简主义音乐与序列音乐进行了简要比较，并认为二者都呈现出静态化、重复化的元素。不同之处在于序列音乐通过严酷、复杂、不和谐的音响唤起了饱受战争蹂躏的音响氛围，而以《三重奏》为发端的极简主义音乐则暗示了一种超凡脱俗的纯洁。此外，道格拉斯·卡恩、基思·波特等学者对作曲家扬和凯奇的观念化音乐作品进行了比较，并分别就二者的差异提出了不同的见解。

综上所述，英美学界以比较的思维将极简主义音乐放置在不同的语境中，实现了其与不同流派、不同学科、不同文明之间的交融。由此可见，极简主义音乐并不是孤立的一隅，而是与20世纪消费社会、艺术思潮和其他音乐流派之间展开积极对话与互动的主体。从这些相互关联的现象中，我们可以看到英美学界的极简主义音乐研究在注重求同与类同性研究的基础上，也致力于对差异性、互补性的研究，以求得不同文化、学科领域、艺术现象之间的相互融合与共同发展[6]。

二、对中国学界极简主义音乐研究之启示

中国学界于上世纪90年代开始关注到极简主义音乐流派并对其展开了研究。在经历了近30年的研究历程之后，中国学界虽然涌现出一定数量的研究成果，但与英美学界相比还显得远远不够。究其原因，笔者认为，是时代、地域和文化的差异造就了这些差距。在整合英美学者研究的基础上，国内学界可以从以下方面借鉴英美学界的研究成果。

首先，研究方法的借鉴。针对极简主义音乐的研究，英美学界使用了许多创新性的研究方法，包括引用经典的、跨学科的理论及开创新的、具有针对性的研究方法与路径。这些方法在国内鲜有人知，并尚未经国内学者加以实践。

6 曹顺庆主编：《比较文学教程》，前引书，第234页。

一方面，引进英美学界的研究方法能够丰富国内学界的研究思路，以全新的思维模型来面对极简主义音乐的研究，从而达到对研究视阈、方法的更新。另一方面，中国学界也可将研究西方极简主义音乐的方法与理论应用于研究中国当代音乐作品或其他流派、作曲家的音乐作品，正如理查德·科恩将研究无调性音乐的音级集合理论用于分析极简主义音乐的节奏，从而逐步构建起体系化的节拍集合理论。类似的，中国学者也可将科恩的方法用于研究中国当代音乐中的节奏问题，从而实现西方前沿理论、方法在中国语境中的创新发展，并为研究提供强有力的理论基础和方法支持。

第二，研究视阈的更新。学术研究仅依靠自身的新陈代谢来完成进化和演变是非常缓慢的，无伤大雅的修修补补也不可能诞生新的观念。要实现研究的新变就必须借助并借鉴外来的研究理念。综合英美学界和国内学界对极简主义音乐的研究可见，国内学界对极简主义音乐的研究主要集中在对极简主义音乐的流派及其作曲家的介绍，对文化、理念、技术、影响等层面的研究，但总体缺乏令人耳目一新的研究视阈。相较之下，英美学界的研究视角则显示出新颖性，如将对节奏的研究与系统发生学相结合，将对调性的研究与聆听主体的感性认知相结合，将对歌剧创作理念的解读与东方主义相结合，将对多媒体音乐的研究与各种新兴的意义阐释模型相结合等，由此充分体现出研究视阈的更新和研究话语的多维度。因此，在发展国内的极简主义音乐研究时，我们也可从这些新兴的学科、视阈中寻找交汇点，将对极简主义音乐的研究与其他音乐子学科及不同学科领域的知识紧密联系起来，擅于运用跨学科的相关视角去发掘音乐研究中的新兴视阈，实现对包含极简主义音乐在内的各流派、各时代、各国别音乐现象的多元化解读。

第三，中西话语的双向对话。我们应该认识到，英美学界针对极简主义音乐的研究始终是根植于西方语境的。因此，在引进这些观点、方法和视阈的同时，也应注意不完全照搬西方话语系统，不盲目采用以西释中的固化思维模式。这就要求中国学者应做好以下几个方面的工作：其一是在立足中国本土语境的基础上，对来自西方的话语进行一定程度的改造和变异，以使其适应中国的理论语境；其二是在结合自身文化、话语优势的基础上也应尝试开发新的视角、构建新的方法来对中国音乐及西方音乐进行分析和解读，进而展示出中国本土音乐理论和分析话语的强大潜力与生命力。其三，在了解西方、引进西方与发掘自身、转型自身、更新自身的基础上促进中国理论话语与西方理论话语之间的平等对话，在对话和交流中互释、互补，最终达到融会、共存与新话语的建构。

总而言之，在当下数字化研究方式不断兴起并发展的“地球村”时代，网络资源的便利使我们能够快速获取到英美学者研究的一手资料和最前沿的观点与方法。但这随之也带来了相应的问题，即我们应在多大程度上借鉴英美学者的研究成果，又应在多大程度上发挥我们作为中国学者的主体优势，从而创造具备中国理论话语和研究特色的学术成果。因此，一方面，充分解读英美学界的研究文献有益于拓宽中国学者的研究思路，形成强有力的研究支点，并为研究提供新的观点、思路、方法和视阈；另一方面，我们应在吸收和引用这些新材料、新方法的基础上注重其在新语境中的适应性，同时充分发挥中国学者的主观能动性，实现与英美学界研究者的平等对话与双向沟通，构建兼具民族性与世界性的中国音乐话语体系。

参考文献

一、英文文献

（一）英文研究专著

1. Agawu, Kofi. *Representing African Music*. New York: Routledge, 2003.
2. Attali, Jacques. *Listening. Hearing History: A Reader*. Mark M. Smith, ed. Athens: University of Georgia Press, 2004.
3. Baikie, James. *The Amarna Age: A Study of the Crisis of the Ancient World*. London: A. and C. Black, 1926.
4. Baker, Kenneth. *Minimalism: Art of Circumstance*, New York: Abbeville Press, 1988.
5. Banes, Sally. *Terpsichore in Sneakers*. Middletown, Conn.: Wesleyan University Press, 1987.
6. Becker, Howard S.. *Art Worlds*. Berkeley: University of California Press, 2008.
7. Binkley, Sam. *Getting Loose: Lifestyle Consumption in the 1970s*. Durham, NC: Duke University Press, 2007.
8. Blaser, Werner. *West meets East: Mies van der Rohe*. Basel: Birkhäuser Verlag, 1996.
9. Bremser, Martha, ed. *Fifty Contemporary Choreographers*. New York: Routledge, 1999.
10. Brown, Norman O. *Love's Body*. Berkeley: University of California Press, 1990.

11. Cao, Shunqing. *The Variation Theory of Comparative Literature*. Heidelberg: Springer, 2013.
12. Carl, Robert. *Terry Riley's In C*. New York: Oxford University Press, 2009.
13. Clark, Robert C. *American Literary Minimalism*. Tuscaloosa: The University of Alabama Press, 2014.
14. Cook, Nicholas, and Pople, Anthony, ed. *The Cambridge History of Twentieth-Century Music*. Cambridge: Cambridge University Press, 2004.
15. Cox, Christoph, and Warner, Daniel, ed. 2017. *Audio Culture: Readings in Modern Music*. Bloomsbury: Bloomsbury Academic.
16. Cumming, Naomi. *The Sonic Self: Musical Subjectivity and Signification*. Bloomington and Indianapolis: Indiana University Press, 2001.
17. Evans, Tristian. *Shard Meanings in the Film Music of Philip Glass: Music, Multimedia and Postminimalism*. Wales: Bangor University, 2015.
18. Everett, Yayoi Uno. *Reconfiguring Myth and Narrative in Contemporary Opera: Osvaldo Golijov, Kaija Saariaho, John Adams, and Tan Dun*. Bloomington: Indiana University Press, 2015.
19. Fink, Robert. *Repeating Ourselves: American Minimal Music as Cultural Practice*. California: University of California Press, 2005.
20. Fosler-Lussier, Danielle. *Music On the Move*. Ann Arbor: University of Michigan Press, 2020.
21. Gagne, Cole, and Caras, Tracy. *Soundpieces: Interviews with American Composers*. Metuchen, New Jersey: Scarecrow Press, 1982.
22. Gillis, John R. *The Human Shore: Seacoasts in History*. Chicago: University of Chicago Press, 2012.
23. Glass, Philip. *Music by Philip Glass*. New York: Harper and Row, 1987.
24. Gopinath, Sumanth, and Siôn, Pwyll ap, ed. *Rethinking Reich*. New York: Oxford University Press, 2019.
25. Green, Barry, and Gallwey, W. Timothy. *The Inner Game of Music*. New York: Doubleday, 1986.
26. Grimshaw, Jeremy. *Draw a Straight Line and Follow It: The Music And Mysticism of La Monte Young*. New York: Oxford University Press, 2011.

27. Grotowski, Jerzy. *Towards a Poor Theater*. New York: Simon and Schuster, 1968.
28. Harris, T. George. "Where East Meets West: In the Body," introduction to *The Psychic Side of Sports*, by Michael Murphy and Rhea A. White. MA: Addison-Wesley, 1978.
29. Henderson, Linda Dalrymple. *Reimagining Space: The Park Place Gallery Group in 1960s New York*. Austin, Tex.: Blanton Museum of Art, 2008.
30. Johnston, Ben, and Gilmore, Bob. *Maximum Clarity and Other Writings on Music*. Illinois: University of Illinois Press, 1995.
31. Johnson, Timothy A. *John Adam's Nixon in China: Musical Analysis, Historical and Political Perspectives*. UK: Ashgate, 2011.
32. Kostelanetz, Richard, ed. *Writings On Glass: Essays, Interviews, Criticism*. Assistant editor, Robert Flemming. New York: Schirmer Books, 1997.
33. Kramer, Jonathan D. *The Time of Music*. New York: Schirmer Books, 1988.
34. Legg, Alicia, ed. *Sol LeWitt*. New York: Museum of Modern Art, 1978.
35. Levaux, Christophe. *We Have Always Beed Minimalist: The Construction and Triumph of a Musical Style*, translated by Rose Vekony. Oakland: University of California Press, 2020.
36. Locke, David. Drum Gahu. *Tempe*. Arizona: White Cliffs Media, Inc., 1998.
37. Mackenzie, Compton. *My Record of Music*. New York: Putnam, 1955.
38. McClary, Susan. *Feminine Endings: Music, Gender, and Sexuality*. Minneapolis: University of Minnesota Press, 2002.
39. Mertens, Wim. *American Minimal Music: La Monte Young, Terry Riley, Steve Reich, Philip Glass*, translated by J Hautekiet, preface by Michael Nyman[1988]. London: Kahn & Averill, 1983.
40. Merleau-Ponty, Maurice. *Phenomenology of Perception*, trans. Colin Smith. London: Routledge and Kegan Paul, 1962.
41. Meyer, James. *Minimalism: Art and Polemics in the Sixties*. New Haven and London: Yale University Press, 2004.
42. Miller, Simon Shaw. *Visible Deeds of Music: Art and Music from Wagner to Cage*. New Haven: Yale University Press, 2002.

43. Neveldine, Robert Burns. *Bodies at Risk: Unsafe Limits in Romanticism and Postmodernism*. Albany: State University of New York Press, 1998.
44. Nicholas Kenyon. *The Life of Music: New Adventures in the Western Classical Tradition*. New Heaven: Yale University Press, 2001.
45. Novak, Jelena, and Richardson, John, ed. *Einstein on the Beach: Opera Beyond Drama*. New York: The Routledge Press, 2019.
46. Nyman, Michael. *Experimental Music: Cage and Beyond*. New York: Cambridge University Press, 1974.
47. Oliveros, Pauline. *Sonic Meditation I-XII in Scores: An Anthology of New Music*. Roger Johnson ed. New York: Schirmer, 1981.
48. Ornstein, Robert E. *The Psychology of Consciousness*. New York: Penguin Books, 1975[1972].
49. Potter, Keith, Gann, Kyle and Siôn, Pwyll ap, ed. *The Ashgate Research Companion to Minimalist and Postminimalist Music*. London: Ashgate Publishing Limited, 2013.
50. Potter, Keith. *Four Musical Minimalists: La Monte Young, Terry Riley, Steve Reich, Philip Glass*. Cambridge: Cambridge University Press, 2000.
51. Reich, Steve. *Writings on Music: 1965-2000*, edited with an introduction by Paul Hillier. New York: Oxford University Press, 2002.
52. Richardson, John. *Singing Archaeology: Philip Glass's Akhnaten*. Hanover: Wesleyan University Press, 1999.
53. Rosenberg, Harold. *The De-definition of Art*. New York: Collier, 1972.
54. Rubbra, Edmund. *Counterpoint*. London: Hutchinson University Library, 1960.
55. Sayre, Henry M. *The Object of Performance: the American avant-garde since 1970*. Chicago: University of Chicago Press, 1989.
56. Shank, Theodore. *American Alternative Theater*. New York: Grove/Atlantic, 1982.
57. Sitney, P. Adams. *Visionary Film: The American Avant-Garde 1943-1978*, Oxford, 1979.
58. Smith, Geoff, and Smith, Nicole Walker. *New Voices: American Composers*

Talk about Their Music. Portland, Ore.: Amadeus Press, 1995.

59. Smith, Patrick S. *Andy Warhol's Art and Films*. Ann Arbor, MI: UMI Research Press, 1986.
60. Solomon, Maynard, ed. *Marxism and Art: Essays Classic and Contemporary*. Detroit: Wayne State University Press, 1979.
61. Strickland, Edward. *American Composers: Dialogues on Contemporary Music*. Bloomington: Indiana University Press, 1991.
62. Strickland, Edward. *Minimalism: Origins*. Bloomington: Indiana University Press, 1993.
63. Stull, William L., ed. *Call If You Need Me*. New York: Vintage Books, 2000.
64. Trochimczyk, Maja, ed. *The Music of Louis Andriessen*. New York & London: Routledge Publishing Inc, 2002.
65. Tucker, Marcia. *A Short Life of Trouble: Forty Years in the New York Art World*. Berkeley: University of California Press, 2008.
66. Vlad., Roman. *Stravinsky*. London & New York: Oxford University Press, 1978.
67. Walden, Joshua S., ed, *Representation in Western Music*. Cambridge: Cambridge University Press, 2013.
68. Woerner, Felix, and Rupprecht, Philip, eds. *Tonality Since 1950: Concept and Practice*. Stuttgart: Franz Steiner Verlag, 2017.
69. Wurlitzer, Rudy. For Philip Glass, in *Anti-Illusion: Procedures/Materials*. New York: Whitney Museum, 1969.

（二）英文博士学位论文

1. Adam IV, George William. *Listening to Conceptual Music: Technology, Culture, Analysis*. The University of Chicago.
2. Aelmore, Matthew Donald. *Harmonic Centricity in Philip Glass' The Grid and Cowboy Rock'n'Roll USA, an Original Composition*. University of Pittsburgh, 2015.
3. Alburger, Mark. *Minimalism, Multiculturalism, and the Quest for Legitimacy*. The Claremont Graduate School, 1996.
4. Atkinson, Sean. *An Analytical Model for the Study of Multimedia*

Compositions: A Case Study in Minimalist Music. Florida State University, 2009.

5. Barsom, Paul. *Large-Scale Tonal Structure in Selected Orchestral Works of John Adams, 1977-1987*. University of Rochester, 1998.
6. Beverly, David Bruce. *John Adams's Opera the Death of Klinghoffer*. The University of Kentucky, 2002.
7. Blamey, Peter John. *Sine Waves and Simple Acoustic Phenomena in Experimental Music - with Special Reference to the Work of La Monte Young and Alvin Lucier*. University of Western Sydney, 2008.
8. Borioli, Leonardo Díaz. *Collective Autobiography Building Luis Barragán*. Princeton University, 2015.
9. Brownell, John. *The Changing Same: Asymmetry and Rhythmic Structure in Repetitive Idioms*. York University, 2002.
10. Burkhardt, Rebecca Louise. *The Development of Style in the Music of John Adams from 1978 to 1989*. The University of Texas at Austin, 1993.
11. Burggraff, Nathan Paul. *Music and Religion in a Postmodern Culture: Conceptual Integration in Compositions by Glass, Golijov, and Reich*. The University of Rochester, 2015.
12. Chapman, Jr., David Allen. *Collaboration, Presence, and Community: The Philip Glass Ensemble in Downtown New York, 1966-1976*. Washington University in St. Louis，2013.
13. Charlier, Celina Bordallo. *The Spatiality and Temporality of Minimalism Through the Study of Vermont Counterpoint for Flute and Tape by Steve Reich*. New York University, 2010.
14. Cizmic, Maria. *Performing Pain: Music and Trauma in 1970s and 80s Eastern Europe*. University of California Los Angeles, 2004.
15. Claman, David Neumann. *Western Composers and India's Music: Concepts, History, and Recent music*. Princeton University, 2002.
16. Cotter, Alice Miller. *Sketches of Grief: Genesis, Compositional Practice, and Revision in the Operas of John Adams*. Princeton University, 2016.
17. Daines, Matthew. *Telling the Truth About Nixon: Parody, Cultural*

Representation, and Gender Politics in John Adams's Opera Nixon in China. University of California Davis, 1995.

18. Durst, Alan Edward. *Minimalism and the Saxophone Concerto: A Performance Study of Three American Classics*. University of California Los Angeles, 2004.
19. Eaton, Rebecca Marie Doran. *Unheard Minimalisms: The Functions of the Minimalist Technique in Film Scores*. The University of Texas at Austin, 2008.
20. Ebright, Ryan Scott. *Echoes of the Avant-Garde in American Minimalist Opera*. The University of North Carolina at Chapel Hill, 2014.
21. Fink, Robert Wallace. *"Arrows of Desire": Long-Range Linear Structure and the Transformation of Musical Energy*. University of California at Berkeley, 1994.
22. Flickinger, Kelly Lawrence. *Music as a Gradual Lostness: A Performer's Guide to the Phase Music of Steve Reich*. University of California Los Angeles, 2012.
23. Force, Kristin Alicia. *From Koyaanisqatsi (1982) to Undertow (2004): A Systematic Musicological Examination of Philip Glass's Film Score*. York University, 2008.
24. Fyr, Kyle. *Proportion, Temporality, and Performance Issues in Piano Works of John Adams*. Indiana University, 2011.
25. Garton, Linda Ann. *Tonality and the Music of Steve Reich*. Northwestern University, 2004.
26. Gibson, John. *Listening To Repetitive Music: Reich, Feldman, Andriessen, Autechre*. Princeton University, 2004.
27. Gopinath, Sumanth S. *Contraband Children: The Politics of Race and Liberation in the Music of Steve Reich, 1965-1966*. Yale University, 2005.
28. Greenough, Forest Glen. *Progressive Density in John Adams' Harmonielehre: A Systematic Analytic Approach with Original Composition*. University of Northern Colorado, 2005.
29. Hasegawa, Robert Tatsuo. *Just Intervals and Tone Representation in Contemporary Music*. Harvard University, 2008.
30. Havis, Holly Jeanne. *An Interview Analysis Method Applied to an Investigation*

of Responses to the Music of Philip Glass. New York University, 1991.

31. Ieraci, James Anthony. *Part One: An Analysis of the Minimalist Techniques in Steve Reich's Nagoya Marimbas. Part Two: Original Composition Portfolio: The Book of Thoth, Evolution, and Midnight Frost*. University of California Santa Barbara, 2005.
32. Jedlicka, Jason Ryan. *Interpreting Steve Reich's Later Music (2007-2012)*. Indiana University, 2018.
33. Jemian, Rebecca. *Rhythmic Organization in Works by Elliott Carter, George Crumb, and John Adams: Rhythmic Frameworks, Timepoints, Periodicity, and Alignment*. Indiana University, 2001.
34. Johnson, Timothy Alan. *Harmony in the music of John Adams: from "Phrygian Gates" to "Nixon in China"*. State University of New York at Buffalo, 1991.
35. Kapusta, John David. *American Music in the Culture of Self-Actualization: Performance and Composition in the Long 1970s*. University of California, Berkeley, 2017.
36. Kessner, Dolly Eugenio. *Structural Coherence in Late Twentieth Century Music: The Linear-extrapolation Paradigm Applied to Four American Piano Compositions of Diverse Musical Styles (Martino, Rzewski, Crumb and Adams)*. University of Southern California, 1992.
37. Kim, Ransoo. *The "Art of Building" (Baukunst) of Mies Van Der Rohe*. Georgia Institute of Technology, 2006.
38. Kohut, Jacob. *An Examination of the Formal Structure and Compositional Methods in John Adams's Chamber Symphony*. George Mason University, 2016.
39. Lankov, Jeff. *The Solo Piano Compositions of John Adams: Style, Analysis, and Performance*. New York University, 2013.
40. Lee, Richard Andrew. *The Interaction of Linear and Vertical Time in Minimalist and Postminimalist Piano Music*. The University of Missouri-Kansas City, 2010.
41. Lemieux, Glenn Claude. *Construction, Reconstruction and Deconstruction: Music in Twelve Parts by Philip Glass*. The University of Iowa, 2000.

42. Metcalf, Sasha M. *Institutions and Patrons in American Opera: The Reception of Philip Glass, 1976-1992*. University of California Santa Barbara, 2015.
43. Moss, Linell Gray. *The Chorus as Character in Three American Operas of the Late Twentieth Century*. The University of Cincinnati, 1998.
44. Moroncini, Barbara Serena. *Experimental Music after Los Angeles: Site, Power, Self, Sound*. University of California Los Angeles, 2008.
45. Mukherji, Somangshu. *Generative Musical Grammar - A Minimalist Approach*. Princeton University, 2014.
46. Nestor, Ryan Douglas. *This is not a Drill: The Siren as a Symbol and Musical Instrument*. University of California San Diego, 2018.
47. Nickleson, Patrick. *The Names of Minimalism: Authorship and the Historiography of Dispute in New York Minimalism, 1960-1982*. The University of Toronto.
48. O'Brien, Kerry. *Experimentalisms of the Self: Experiments in Art and Technology, 1966-1971*. Indiana University, 2018.
49. Ocampo, Rebecca. *Jean Cocteau: The Composer's Muse*. The University of Maryland, 1999.
50. Paterson, Alexis. *Minimal kaleidoscope: Exploring Minimal Music Through the Lens of Postmodernity*. Cardiff University, 2010.
51. Pellegrino, Catherine Ann. *Formalist Analysis in the Context of Postmodern Aesthetics: The Music of John Adams As a Case Study*. Yale University, 1999.
52. Perez, Francisco S. *An Analysis and Performance Guide of Steve Reich's Mallet Quartet*. The University of Kentucky, 2018.
53. Plocher, Joshua David Jurkovskis. *Presenting the New: Battles around New Music in New York in the Seventies*. The University of Minnesota, 2012.
54. Prock, Stephan Martin, III. *Reading between the lines: Musical and dramatic discourse in John Adams's "Nixon in China"*. Cornell University, 1993.
55. Raickovich, Milos. *"Einstein on the Beach" by Philip Glass: A Musical Analysis*. City University of New York, 1994.
56. Raisor, Steven C. *A Postmodern Interpretation of American Minimal Music*. The Florida State University, 1997.

57. Robin, William. *A Scene Without a Name: Indie Classical and American New Music in the Twenty-first Century*. The University of North Carolina at Chapel Hill, 2016.
58. Ridderbusch, Michael. *Form in the Music of John Adams*. West Virginia University, 2017.
59. Rivera, Luis C. A *Repurposing of Orchestral Chamber Works for the Modern Percussion Ensemble*. The Florida State University, 2012.
60. Sanchez-behar, Alexander. *Counterpoint and Polyphony in Recent Instrumental Works of John Adams*. Florida State University, 2008.
61. Sarah Elizabeth Majorins. *Music as a Memorial Space: An Analysis of John Adams's On the Transmigration of Souls & Over the Sojourners: A Cantata based on Psalm 146*. University of California Davis, 2007.
62. Scherzinger, Martin Rudolf. *Musical Formalism as Radical Political Critique: From European Modernism to African Spirit Possession*. Columbia University, 2001.
63. Shelley, Peter. *Rethinking Minimalism: At the Intersection of Music Theory and Art Criticism*. University of Washington, 2013.
64. Skretta, James Edward. *Perceiving Meter in Romantic, Post-minimal, and Electro-pop Repertories*. The University of Iowa, 2015.
65. Strovas, Scott M. *Musical Aesthetics and Creative Identification in Two Harmonielehren by John Adams and Arnold Schoenberg*. Claremont Graduate University, 2012.
66. Sun, Cecilia Jian-Xuan. *Experiments in Musical Performance: Historiography, Politics, and the Post-Cagian Avant-Garde*. University of California Los Angeles, 2004.
67. Suzuki, Dean Paul. *Minimal Music: Its Evolution as Seen in the Works of Philip Glass, Steve Reich, Terry Riley, and La Monte Young*. University of Southern California, 1991.
68. Taxier, Eric. *Object-Oriented Musicology: Some Implications of Graham Harman's Philosophy for Music Theory, History, and Criticism*. The City University of New York, 2020.

69. Tones, Daniel Mark. *Elements of Ewe Music in the Music of Steve Reich*. The University of British Columbia, 2007.
70. Vaughn, Jenny Lee. *Violin Periphery: Nuevo Tango in Astor Piazzolla's Tango-Etudes and Minimalism in Philip Glass' Sonata for Violin and Piano*. Florida State University, 2016.
71. Vishio, Anton Joseph, Jr. *Asymmetries in Post-Tonal Counterpoint*. Harvard University, 2008.
72. Warburton, Daniel, *Aspects of Organisation in the "Sextet" of Steve Reich*. The University of Rochester, 1988.
73. Weiler, Derek. *Serial Aesthetics and the Concept of Technique: Mel Bochner and the 1960s*. New York University, 2013.
74. Weinberg, Leah G. *Opera Behind the Myth: An Archival Examination of Einstein on the Beach*. The University of Michigan, 2016.
75. Welch, Allison Clare. *The Influence of Hindustani Music on Selected Works of Philip Glass, Terry Riley and La Monte Young*. The University of Texas at Austin, 1997.
76. Williamson, James. *Portfolio of Compositions: Composing Music Through Minimal Means*. University of York, 2018.
77. Wolfe, Julia. *Embracing the Clash*. Princeton University, 2012.
78. Wu, Chia-Ying. *Musical and Dramatic Functions of Loops and Loop Breakers in Philip Glass's Opera the Voyage*. University of North Texas, 2016.
79. Yri, Kirsten Louise. *Mediecal Uncloistered: Uses of Medieval Music in Late Twentieth Century Culture*. Stony Brook University, 2004.
80. Zorgniotti, Marc F. *Quotations and Constructivism in Twentieth-Century Violin Chaconnes by John Adams, Hans W. Henze, and Moses Pergament*. The University of Cincinnati, 2010.

（三）英文期刊论文

1. Abercrombie, Stanley. "Much Ado about Almost Nothing: Rescuing Mies' Farnsworth House, a Clear and Simple Statement of What Architecture Can Be". *Preservation 52.5* (Sept.-Oct. 2000): p.66.
2. Adams, Sarah Elizabeth. Aristotle's Cough: Rhetoricity, Refrain, and Rhythm

in Minimalist Music. *Rhetoric Society Quarterly* 48:5 (2018): pp.499-515.

3. Adlington, Robert. *Singing Archaeology: Philip Glass's 'Akhnaten'* by John Richardson; *Four Musical Minimalists: La Monte Young, Terry Riley, Steve Reich, Philip Glass* by Keith Potter; *Jonathan Harvey* by Arnold Whittall. *Music&Letters* 82.3 (Aug, 2001), pp.487-491.
4. Adlington, Robert and Glass, Philip. Through a Glass Darkly. *The Musical Times* 135. 1813 (Mar, 1994): pp.164-165.
5. Agawu, Kofi. Concepts of Closure and Chopin's Opus 28. *Music Theory Spectrum* 9 (1987): pp.1-17.
6. Assmann, Jan. Collective Memory and Cultural Identity. *New German Critique* 65 (Spring-Summer 1995): pp.125-133.
7. Atkinson, Sean. Aspects of Otherness in John Adams's Nixon in China. *Dutch Journal of Music Theory* 18.3 (2013).
8. Atkinson, Sean. Canons, Augmentations, and Their Meaning in Two Works by Steve Reich. *Music Theory Online* (Chicago) 17.1, Apr 2011.
9. Babbitt, Milton, Boulez, Pierre, Birtwistle, Harrison, Ferneyhough, Brian, Reich, Steve, Donatoni, Franco, Andriessen, Louis and Ligeti, György. Brave New Worlds. *The Musical Times* 135.1816 (Jun, 1994): pp.330-337.
10. Barbara, Henning. Minimalism and the American Dream: "Shiloh" by Bobbie Ann Mason and "Preservation" by Raymond Carver. *Modern Fiction Studies* 35.4 (1989): pp.689-698.
11. Barnes, Paul. Minimalism, Mysticism, and Monasticism: Concert Music Inspired by Byzantine Chant. Journal of the International Society for Orthodox Church Music, Vol. 2, Section II: Conference Papers, pp.57-66.
12. Bernard, Jonathan W. I See Smoke, but Where's the Fire? *Perspectives of New Music* 39.1 (Winter, 2001): pp.255-259.
13. Bernard, Jonathan W. Minimalism, Postminimalism, and the Resurgence of Tonality in Recent American Music. *American Music* 21.1 (Spring, 2003): pp.112-133.
14. Bernard, Jonathan W. The Minimalist Aesthetic in the Plastic Arts and in Music. *Perspectives of New Music* 31.1 (Winter, 1993): pp.86-132.

15. Bickley, Tom. Constellations: Minimal Music for Recorders. *American Recorder* (St Louis) 60.1, Spring 2019.
16. Broadhurst, Susan. Einstein on the Beach: A Study in Temporality. *Performance Research* 17.5 (2012): pp.34-40.
17. Broad, Elaine. A New X? An Examination of the Aesthetic Foundations of Early Minimalism. *Music Research Forum* 5 (1990): pp.51-62.
18. Brown, Galen H.. Process as Means and Ends in Minimalist and Postminimalist Music. *Perspectives of New Music* 48.2 (Summer 2010): pp.180-192.
19. Cardew, Cornelius. One Sound: La Monte Young. *The Musical Times*, Nov., 1966, Vol. 107, No. 1485 (Nov., 1966), pp. 959-960.
20. Catherine Pellegrino. Aspects of Closure in the Music of John Adams. *Perspectives of New Music* 40.1 (Winter, 2002): pp.147-175.
21. Catterall, Bob. City life — Infotainment, Identity and Action. *City*, Vol. 2, Iss. 7.
22. Carl, Robert. The Politics of Definition in New Music. *College Music Symposium*, Vol.29 (1989): pp.101-114.
23. Champion, Laurie. "What's to say": Silence in Raymond Carver's "Feathers". *Studies in Short Fiction*, 1997 (34): pp. 193-201.
24. Chave, Anna C.. Minimalism and the Rhetoric of Power. *The Arts Magazine* 64.5 (January 1990): pp.44-63.
25. Cohn, Richard. An Introduction to Neo-Riemannian Theory: A Survey and Historical Perspective. *Journal of Music Theory* 42.2 (Autumn 1998): pp.167-180.
26. Cohn, Richard. Transpositional Combination of Beat-Class Sets in Steve Reich's Phase-Shifting Music Author (s): Richard Cohn. *Perspectives of New Music* 30.2 (Summer, 1992): pp.146-177.
27. Cohn, Richard. Uncanny Resemblances: Tonal Signification in the Freudian Age. *Journal of the American Musicological Society* 57.2 (2004): p.285-323.
28. Colannino, Justin, Gómez, Francisco and Toussaint, Godfried T. Analysis of Emergent Beat-Class Sets in Steve Reich's "Clapping Music" and the Yoruba Bell Timeline. *Perspectives of New Music* 47.1 (Winter 2009): pp.111-134.
29. Cumming, Naomi. The Horrors of Identification: Reich's "Different Trains".

Perspectives of New Music 35.1 (Winter, 1997): pp.129-152.

30. Dalton, Jody. Meet the Composer: Laura Dean. *Ear: Magazine of New Music* 15.6 (October 1990): p.38.
31. Duker, Philip. Resulting Patterns, Palimpsests, and "Pointing Out" the Role of the Listener in Reich's Drumming. *Perspectives of New Music* 51.2 (Summer 2013): pp.141-191.
32. Eaton, Rebecca M. Doran. Marking Minimalism: Minimal Music as a Sign of Machines and Mathematics in Multimedia. *Music and the Moving Image* 7.1 (Spring 2014): pp.3-23.
33. Fink, Robert. Elvis Everywhere: Musicology and Popular Music Studies at the Twilight of the Canon. *American Music* 16.2 (Summer 1998): p.146.
34. Flavin, Dan. ...In Daylight or Cool White. *Artforum*, December 1965, p.24.
35. Fromm, Harold. Review: Philip Glass, Maximalist? Reviewed Work (s): Words Without Music: A Memoir by Philip Glass. *The Hudson Review* 68.2 (Summer 2015): pp.309-317.
36. Gann, Kyle. La Monte Young's The Well-Tuned Piano. *Perspectives of New Music* 31.1 (Winter, 1993): pp.134-162.
37. Gann, Kyle. Minimal Music, Maximal Impact. *New Music Box*, November, 2001.
38. Gann, Kyle. The Outer Edge of Consonance: Snapshots from the Evolution of La Monte Young's Tuning Installations. *The Bucknell Review*, Jan 1, 1996.
39. Garland, David. Philip Glass: Theater of Glass. *Downbeat* 50.12 (December 1983): p.18.
40. Gearhart, Michael W. M.. Breaking the Ties that Bind: Inarticulation in the Fiction of Raymond Carver. *Studies in Short Fictions*, 1989 (26): pp.439-446.
41. Glass, Philip and Howell, John. Interview: Satyagraha and Contemporary Opera. *Performing Arts Journal* 6.1 (1981): pp.68-83.
42. Glass, Philip. Interview by Sylvère Lotringer and Bill Hellermann, "Phil Glass: Interview," *Semiotexte 3*, no. 2 (1978): p.185.
43. Glass, Philip. Notes: Einstein on the Beach. *Performing Arts Journal* 2.3 (Winter, 1978), pp.63-70.

44. Greenberg, Clement. Recentness of Sculpture, in *American Sculpture in the Sixties*, Maurice Tuchman ed. Los Angeles: Contemporary Arts Council, 1967, pp.24-26.
45. Griffiths, Paul. Review: Reich on Music. Reviewed Work (s): Writings about Music by Steve Reich. *The Musical Times* 116.1589 (Jul, 1975): p.627.
46. Grimal, Claude. Two Interviews with Raymond Carver. *Europe* 733 (May 1990): pp.72-79.
47. Grimshaw, Jeremy. High, "Low," and Plastic Arts: Philip Glass and the Symphony in the Age of Postproduction. *The Musical Quarterly* 86.3 (Autumn, 2002): pp.472-507.
48. Grimshaw, Jeremy. Music of a "More Exalted Sphere": The Sonic Cosmology of La Monte Young. *Dialogue: A Journal of Mormon Thought* 38.1 (Spring 2005): pp.1-35.
49. Halliwell, Michael. Vocal Embodiment and Performing Language in Waiting for the Barbarians Philip Glass's Adaptation of J. M. Coetzee's Novel. *Word and Music Studies*, Vol.12 (2011): pp.173-189.
50. Haskins, Rob, Glass, Philip and Riesman, Michael. Philip Glass and Michael Riesman: Two Interviews. *The Musical Quarterly* 86.3 (Autumn, 2002): pp.508-529.
51. Haskins, Rob, Glass, Philip and Riesman, Michael. Book Review. Reviewed Work (s): Repeating Ourselves: American Minimal Music as Cultural Practice. *Current Musicology*, Iss.81 (Spring 2006): pp.147-154.
52. Heisinger, Brent. American Minimalism in the 1980s. *American Music* 7.4 (Winter, 1989): pp.430-447.
53. Hennion, Antoine. Baroque and Rock: Music, Mediators and Musical Taste. *Poetics* 24.6 (1997): pp.415-435.
54. Horlacher, Gretchen. Multiple Meters and Metrical Processes in the Music of Steve Reich. *Intégral*, Vol.14/15 (2000/2001): pp.265-297.
55. Horlacher, Gretchen. Tehillim and the Fullness of Time, presented at the Second International Conference on Minimalist Music, 2009, Kansas City, Missouri.

56. Hunter, Mead. Interculturalism and American Music. *Performing Arts Journal* 11.3-12.1 (1989): pp.186-202.
57. Johnson, Timothy A. Harmonic Vocabulary in the Music of John Adams: A Hierarchical Approach. *Journal of Music Theory* 37.1 (Spring, 1993): pp.117-156.
58. Johnson, Timothy A. Minimalism: Aesthetic, Style, or Technique? *The Musical Quarterly* 78.4 (Winter, 1994), pp.742-773.
59. Joseph, Branden W. The Tower and the Line: Toward a Genealogy of Minimalism. *Grey Room*, No.27 (Spring, 2007): pp.58-81.
60. Judd, Donald. Specific Objects. *Contemporary Sculptors* (New York), *The Art Digest* (Arts Yearbook 8, 1965): p.79.
61. Kheng Keow Koay. Baroque Minimalism in John Adams's Violin Concerto. *Tempo* 66.260 (April 2012): pp.23-33.
62. Kim, Rebecca Y. From New York to Vermont: Conversation with Steve Reich. *Current Musicology*, Iss.67/68 (Fall 1999): pp.345-366.
63. Kivisiv, Anneli and Kutman, Kai. Archiving a Living Composer. *Fontes Artis Musicae* 64.2, Special Topic: Libraries, Archives, Museums, and Collections in the Baltic Countries (April-June 2017): pp.152-163.
64. Koch, Gerhard R. Reich's 'The Desert Music'. *Tempo*, No.149 (Jun, 1984), pp.44-46.
65. La Monte Young. Lecture 1960. *The Tulane Drama Review*, 10.2 (Winter, 1965): pp.73-83.
66. Landon, H. C. Robbins. A Pox on Manfredini. *High Fidelity* 11.6 (June 1961): pp.38-39, pp.86-87.
67. Mănăilescu, Sorana, and Oarcea, Ioan. Theme and Performance in Symphony No. 5 by Philip Glass. *Series VIII: Performing Arts*, Vol. 13 (62) Special Issue.
68. Mellers, Wilfrid. A Minimalist Definition. *The Musical Times* 125.1696 (Jun, 1984): p.328.
69. Meyer, Adam. Now You See Him, Now You Don't, Now you Do Again: The Evolution of Raymond Carver's Minimalism. *Critique* 30.4 (1989): pp.239-251.

70. Moody, Ivan. Four Portuguese Minimalists? Iberian Reflections. *Tempo* 71.282: pp.29-40.

71. Morris, Patrick. Steve Reich and Debussy: Some Connexions. *Tempo*, No.160 (Mar, 1987): pp.8-14.

72. Morris, Robert. Notes on Sculpture. *Artforum* (New York), February 1966, p.79.

73. Mullen, Bill. A Subtle Spectacle: Televisual Culture in the Short Stories of Raymond Carver. *Critique*, 39.2 (1998): pp.99-114.

74. Müller, Grégoire. Robert Morris Presents Anti-Form: The Castelli Warehouse Show. *Arts Magazine* 43.4 (February 1969).

75. Niedermaier, Edward G. Music and World Events Since 1945. *College Music Symposium*, Vol.55, 2015.

76. Niren, Ann Glazer. An Examination of Minimalist Tendencies in Two Early Works by Terry Riley. First International Conference on Music and Minimalism University of Wales, Bangor, 2007.

77. Nyman, Michael. Steve Reich. *The Musical Times* 112.1537 (Mar, 1971): pp.229-231.

78. O'Grady, Terence J.. Aesthetic Value in Indeterminate Music. *The Musical Quarterly* 67.3 (Jul, 1981): pp.366-381.

79. Osmond-Smith, David. The Tenth Oscillator: The Work of Cathy Berberian. *Tempo* 58.227 (2004): p.4.

80. Palmer, Robert. Terry Riley: Doctor of Improvised Surgery. *Downbeat* 42.19 (20 November 19): p.18.

81. Pasachoff, Jay M. Review: Nevertheless, It Does Move Us. Reviewed Work (s): Galileo Galilei by Philip Glass, Mary Zimmerman, Philip Glass and Arnold Weinstein. *Science, New Series* 298.5598 (Nov 22, 2002): pp.557-1558.

82. Pasler, Jann. Postmodernism, Narrativity, and the Art of Memory. *Contemporary Music Review* 7.2: pp.3-32.

83. Piekut, Benjamin. Actor-Networks in Music History: Clarifications and Critiques, in *Twentieth-Century Music* 11.2 (Sept 2004): pp.1-25.

84. Piekut, Benjamin. Indeterminacy, Free Improvisation, and the Mixed Avant-

Garde: Experimental Music in London, 1965-1975. *Journal of the American Musicological Society* 67.3 (Fall 2014): pp.769-824.

85. Puca, Antonella. Steve Reich and Hebrew Cantillation. *The Musical Quarterly* 81.4 (Winter, 1997): pp.537-555.
86. Porter, Andrew and Adams, John. "Nixon in China": John Adams in Conversation. *Tempo*, No. 167 (Dec, 1988): pp.25-30.
87. Potter, Keith. Review: Opera Glass. Reviewed Work (s): Opera on the Beach: On His New World of Music Theatre by Philip Glass and Robert T. Jones. *The Musical Times* 129.1749 (Nov 1988): p.602.
88. Potter, Keith. Review: Reich in Score. Reviewed Work (s): Variations for Winds, Strings and Keyboards by Steve Reich; Vermont Counterpoint by Steve Reich; New York Counterpoint by Steve Reich; Eight Lines by Steve Reich. *The Musical Times* 131.1773 (Nov, 1990): pp.597-598.
89. Potter, Keith. Harmonic Progressions as a Gradual Process: Towards an Understanding of the Development of Tonality in the Music of Steve Reich.
90. Potter, Keith. 'New Chaconnes for Old?' Steve Reich's Sketches for Variations for Winds, Strings and Keyboards, with Some Thoughts on Their Significance for the Analysis of the Composer's Harmonic Language in the Late 1970s. *Contemporary Music Review* 36.5 (2017): pp.406-439.
91. Puy, Nemesio García-carril. Musical Minimalism and the Metaphysics of Time. *Revista Portuguesa de Filosofia (Philosophy of Music)* 74.4 (2018): pp.1267-1306.
92. Quinn, Ian. Minimal Challenges: Process Music and the Uses of Formalist Analysis. *Contemporary Music Review* 25.3 (Jun 2006): pp.283-294.
93. Rose, Barbara. New York Letter. *Art International* 8:1 (February 15, 1964): p.41.
94. Rose, Barbara. ABC Art. *Art in America* (October/November 1965).
95. Reed, S. Alexander. In C on Its Own Terms: A Statistical and Historical View. *Perspectives of New Music* 49.1 (Winter 2011): pp.47-78.
96. Reich, Steve. Tenney. *Perspectives of New Music*, 25.1/2 (Winter-Summer, 1987): pp.547-548.

97. Reich, Steve. Texture-Space-Survival. *Perspectives of New Music*, 26.2 (Summer, 1988): pp.272-280.

98. Richardson, John. Book Reviews. Reviewed Work (s): Minimalists. By K. Robert Schwarz. *American Music*, Summer 1999.

99. Ricoeur, Paul. Narrative Time. *Critical Inquiry* 7.1 (Autumn, 1980): pp.169-190.

100. Roberts, Rosemary. Positive Women Characters in the Revolutionary Model Works of the Chinese Cultural Revolution: An Argument Against the Theory of Erasure of Gender and Sexuality. *Asian Studies Review* 28.4 (December 2004): pp.407-408.

101. Roeder, John. Beat-Class Modulation in Steve Reich's Music. *Music Theory Spectrum* 25.2 (Fall 2003): pp.275-304.

102. Rothstein, Joel. Terry Riley. *Down Beat* 48.5 (May 1981): p.28.

103. Rupprecht, Philip. The Stravinsky Legacy. *Journal of the American Musicological Society*, Summer 2003.

104. Rush, Michael. Review: Art Extensions: Technology and Performance. Reviewed Work (s): Monsters of Grace by Philip Glass and Robert Wilson: Splayed Mind Out by Gary Hill, Meg Stuart and Damaged Goods. *A Journal of Performance and Art*, 21.2 (May, 1999): pp.57-62.

105. Saltini, Roberto Antonio. Structural Levels and Choice of Beat-Class Sets in Steve Reich's Phase-Shifting Music. *Intégral*, Vol. 7 (1993): pp.149-178.

106. Sanchez-Behar, Alexander. Dovetailing in John Adams's "Chain to the Rhythm". *Indiana Theory Review* 31.1 (Spring/Fall 2013): pp.88-114.

107. Sanchez-Behar, Alexander. Finding Slonimsky's Thesaurus of Scales and Melodic Patterns in Two Concerti by John Adams. *Music Theory Spectrum* 37.2 (Fall 2015): pp.175-188.

108. Sanchez-Behar, Alexander. Symmetry in the Music of John Adams. *Tempo* 68.268 (April 2014): pp.46-60.

109. Scherzinger, Martin. Curious Intersections, Uncommon Magic: Steve Reich's It's Gonna Rain. *Current Musicology*, Iss.79/80 (2005): pp.207-244.

110. Scherzinger, Martin. Representing African Music: Postcolonial Notes, Queries,

Positions. *Current Musicology*, Iss.75 (Spring 2003): pp.223-253.

111. Schwarz, David. Listening Subjects: Semiotics, Psychoanalysis, and the Music of John Adams and Steve Reich. *Perspectives of New Music* 31.2 (Summer, 1993): pp.24-56.
112. Schwarz, K. Robert. Steve Reich: Music as a Gradual Process: Part I. *Perspectives of New Music* 20.1/2 (Autumn, 1980 - Summer, 1981): pp.373-392.
113. Schwarz, K. Robert. Steve Reich: Music as a Gradual Process Part II. *Perspectives of New Music* 20.1/2 (Autumn, 1981 - Summer, 1982): pp.225-286.
114. Schwarz, K. Robert. Process vs. Intuition in the Recent Works of Steve Reich and John Adams. *American Music* 8.3 (Autumn, 1990): pp.245-273.
115. Shames, Laurence. Listen to John Adams. *Esquire*, December 1984, p.160.
116. Siôn, Pwyll ap and Evans, Tristian. Parallel Symmetries? Exploring Relationships between Minimalist Music and Multimedia Forms. Paper delivered at the First International Conference on Music and Minimalism, Bangor University 31 August - 2 September 2007.
117. Smalley, Roger. La Monte Young. *The Musical Times* 108.1488 (Feb, 1967): p.143.
118. Smith, Dave. Following a Straight Line: La Monte Young. *Contact* 18 (1977-1978): pp.4-9.
119. Smith, Geoff. Steve Reich Talking about ‘The Cave’. *Tempo*, No. 186 (Sep, 1993): pp.16-19.
120. Stein, Robert. John Adam’s ‘Century Rolls’. *Tempo*, No. 208 (Apr, 1999): pp.66-67.
121. Sun, Cecilia. Review: Draw a Straight Line and Follow It: The Music and Mysticism of La Monte Young Draw a Straight Line and Follow It: The Music and Mysticism of La Monte Young by Jeremy Grimshaw. *Journal of the American Musicological Society* 66.1 (Spring 2013): pp.318-322.
122. Sun, Cecilia. The Theatre of Minimalist Music: Analyzing La Monte Young’s Composition 1960 #7. *Context: Journal of Music Research*, 2006.

123. Taruskin, Richard. *The Oxford History of Western Music*, Vol. 3. Oxford: Oxford University Press, 2005.
124. Välimäki, Susanna. Subject Strategies in Music: A Psychoanalytic Approach to Musical Signification. *Imatra* (2009): pp.133-135.
125. Walker, Peter. Minimalism in the Garden. *The Antioch Review* 64.2 (2006): pp.206-210.
126. Warburton, Dan. A Working Terminology for Minimal Music. *Intégral*, Vol. 2 (1988): pp.135-159.
127. Wasserman, Emily. An Interview with Steve Reich. *Artforum* 10.9 (May 1972): p.48.
128. Welch, Allison. Meetings along the Edge: Svara and Tāla in American Minimal Music. *American Music* 17.2 (Summer, 1999): pp.179-199.
129. Whitesell, Lloyd. White Noise: Race and Erasure in the Cultural Avant-Garde. *American Music* 19.2 (Summer, 2001): pp.168-189.
130. Whittall, Arnold. Review: American Allegiances. Reviewed Work (s): Writings on Music 1965-2000 by Steve Reich and Paul Hillier; A Ned Rorem Reader by; The Music of American Folk Song and Other Selected Writings on American Folk Music by Ruth Crawford Seeger, Larry Polansky and Judith Tick. *The Musical Times*, Vol. 144, No. 1882 (Spring, 2003): pp. 61-64.
131. Whittall, Arnold. Review: It's Gonna Reign. Reviewed work (s): The Ashgate Research Companion to Minimalist and Postminimalist Music Edited by Keith Potter, Kyle Gann & Pwyll ap Siôn and Michael Nyman: Collected Writings Edited by Pwyll ap Siôn. *The Musical Times*, Spring 2014.
132. Wlodarski, Amy Lynn. The Testimonial Aesthetics of Different Trains. *Journal of the American Musicological Society* 63.1 (Spring 2010): pp.99-141.
133. Yalkut, Jud. Philip Glass and Jon Gibson. *Ear* [West] 9.2/3 (1981): p.4.

二、中文文献

（一）中文研究专著

1. 曹顺庆：《比较文学教程》，高等教育出版社，2010 年版。
2. 曹顺庆等：《比较文学学科理论研究》，巴蜀书社，2001 年版。

3. 曹田泉：《艺术设计概论》，上海人民美术出版社，2009 年版。
4. 曹祥哲：《室内陈设设计》，人民邮电出版社，2015 年版。
5. 陈高朋编：《现代艺术的思潮与运动：追寻从 1750-2010 年以来的艺术足迹》，江苏凤凰科学技术出版社，2015 年版。
6. 陈根编：《极简设计：从入门到精通》，化学工业出版社，2018 年版。
7. 陈鸿铎：《西方当代音乐创作研究——结构思维与当代走向》，人民音乐出版社，2018 年版。
8. 陈池瑜：《现代艺术学导论》，清华大学出版社，2005 年版。
9. 陈旭光：《艺境无涯：艺术学理论思考与批评实践》，中国文联出版社，2016 年版。
10. 董衡巽：《美国文学简史》，人民文学出版社，2003 年版。
11. 方环非、郑祥福、冯昊青、张小琴编著：《当代西方哲学思潮》，浙江大学出版社，2013 年版。
12. 冯宪光、肖伟胜、马睿：《美学与艺术理论》，重庆大学出版社，2016 年版。
13. 高强编著：《20 世纪西方思想经典选读》，中国人民大学出版社，2016 年版。
14. 管建华：《中西音乐比较》，南京师范大学出版社，2014 年版。
15. 洪汉鼎：《当代西方哲学两大思潮》，商务印书馆，2011 年版。
16. 贾冀川：《转型期的欧美电影——二十世纪八九十年代欧美电影研究》，中国电影出版社，2004 年版。
17. 蒋孔阳：《美学与艺术评论》，复旦大学出版社，1984 年版。
18. 蒋勋：《艺术概论》，三联书店，2000 年版。
19. 李黎阳：《颠覆与建构——西方现当代艺术解读》，中信出版集团，2019 年版。
20. 李泽厚：《美的历程》，天津社会科学院出版社，2002 年版。
21. 刘瑾、周钟、刘茜：《案例式音乐美学教程》，暨南大学出版社，2017 年版。
22. 刘三平：《艺术概论新编》，高等教育出版社，2012 年版。
23. 刘悦笛：《当代艺术理论：分析美学导引》，中国社会科学出版社，2015 年版。

24. 逯海勇主编：《现代景观建筑设计》，中国水利水电出版社，2013 年版。
25. 马晓翔、陈云海：《当代艺术思潮》，南京大学出版社，2020 年版。
26. 彭锋：《艺术临界》，文化艺术出版社，2022 年版。
27. 彭锋：《重回在场：哲学、美学与艺术理论》，中国文联出版社，2016 年版。
28. 彭吉象：《艺术学概论》，北京大学出版社，2019 年版。
29. 彭志敏：《20 世纪音乐分析文集》，上海音乐出版社，2007 年版。
30. 彭志敏：《新音乐作品分析教程》，湖南文艺出版社，2011 年版。
31. 钱亦平，王丹丹：《西方音乐体裁及形式的演进》，上海音乐学院出版社，2003 年版。
32. SendPoint 善本编：《极简之道：日本平面设计美学》，文汇出版社，2020 年版。
33. 唐小波：《约翰·亚当斯管弦乐作品创作研究》，知识产权出版社，2012 年版。
34. 童强：《艺术理论与空间实践》，北京大学出版社，2019 年版。
35. 王刚编：《放飞的情感：超现实主义》，天津科学技术出版社，2011 年版。
36. 王洪义编：《西方当代美术：不是艺术的艺术史》，哈尔滨工业大学出版社，2008 年版。
37. 王一川：《艺术学理论要略》，北京大学出版社，2021 年版。
38. 王中强：《简约不简单：美国极简主义文学研究》，暨南大学出版社，2014 年版。
39. 夏建统编：《点起结构主义的明灯——丹·凯利》，中国建筑工业出版社，2002 年版。
40. 徐子方：《美学与一般艺术学新论》，东南大学出版社，2009 年版。
41. 严伯钧：《对立之美：西方艺术 500 年》，中信出版集团股份有限公司，2021 年版。
42. 姚恒璐：《现代音乐分析方法教程》，湖南文艺出版社，2003 年版。
43. 于润洋：《现代西方音乐哲学导论》，湖南教育出版社，2000 年版。
44. 周计武：《艺术的祛魅与艺术理论的重构》，北京大学出版社，2019 年版。

45. 周宪：《艺术理论的文化逻辑》，北京大学出版社，2018 年版。
46. 赵树军：《理查德·沃尔海姆的艺术定义及其他相关艺术理论问题》，中国社会科学出版社，2016 年版。
47. 宗白华：《美学散步》，上海人民出版社，1981 年版。

（二）中文期刊论文

1. 艾力：《简约主义音乐的"万花筒"：科林·柯里打击乐团演绎史蒂夫·赖希》，《音乐爱好者》，2019 年第 6 期。
2. [美]B.内特尔，管建华：《20 世纪世界音乐史的方方面面——疑问、问题和概念》，《中国音乐》，1992 年第 1 期。
3. 白志文：《相位手法影响控制下的民族器乐室内乐创作——以秦文琛〈群雁——向远方〉为例》，《音乐创作》，2016 年第 3 期。
4. 曹顺庆：《建构比较文学的中国话语》，《当代文坛》，2018 年第 6 期。
5. 陈鸿铎：《复杂的简约——利盖蒂对简约音乐的另类发展》，《音乐艺术》（上海音乐学院学报），2021 年第 1 期。
6. 陈大炜：《格拉斯在影片〈此时·此刻〉中的冷音乐》，《电影文学》，2013 年第 10 期。
7. 邓军：《实现"永恒"理想的现代性批判——20 世纪简约主义作曲家拉·蒙特·杨的创作观念研究》，《乐府新声》（沈阳音乐学院学报），2012 年第 4 期。
8. 邓军：《走向"永恒"观念的简约主义批判——拉·蒙特·杨的创作研究》，《人民音乐》，2011 年第 2 期。
9. 高为杰：《山居》，《音乐创作》，2016 年第 8 期。
10. 韩江雪：《简约主义音乐的美学理念与文化实践》，《艺术百家》，2019 年第 5 期。
11. 韩江雪：《简约主义音乐"重复"特征的文化释义》，《人民音乐》，2018 年第 9 期。
12. 韩江雪：《后现代语境下的简约主义音乐》，《艺术教育》，2013 年第 2 期。
13. 胡家祥：《马斯洛需要层次论的多维解读》，《哲学研究》，2015 年第 8 期。
14. 黄汉华：《音乐互文性问题之探讨》，《音乐研究》，2007 年第 3 期。
15. 姜蕾：《简约下的重组整合——莱利〈In C〉结构特征分析》，《黄钟》（中国·武汉音乐学院学报），2013 年第 1 期。

16. [美]克莱门特·格林伯格，易英:《走向更新的拉奥孔》,《世界美术》，1991年第4期。
17. 李吉提:《论“一波三折”的音乐结构——中、西方传统音乐比较之一》,《中央音乐学院学报》，1989年第2期。
18. 李吉提，童昕:《三重奏〈戏〉的音乐语言分析》,《中央音乐学院学报》，1999年第3期。
19. 李西安，瞿小松，叶小钢，谭盾:《现代音乐思潮对话录》,《人民音乐》，1986年第6期。
20. 李天道:《“淡雅”说的美学意义解读》,《西南民族大学学报（人文社科版)》，2007年第12期。
21. 李闻思:《影像中的审美意识形态——从〈卡里加利〉到“极简主义”》,《河南社会科学》，2017年第8期。
22. 李严梅:《简约派音乐作曲技术分析》,《戏剧之家》，2018年第7期。
23. 李芸:《简约主义和日本传统风格的结合——宫崎骏动画电影的音乐解析》,《电影新作》，2014年第3期。
24. 林楠，李宁宁:《生态链打造的“小米帝国”》,《设计》，2018年第4期。
25. 马玉峰:《简析序列音乐及简约派音乐风格特征》,《燕山大学学报》（哲学社会科学版)，2005年第3期。
26. 孟天翔:《吉姆·贾木许电影研究——兼谈当今美国独立电影中类型与作者的共生》,《北京电影学院学报》，2010年第5期。
27. 聂辽亮，邱江宁:《元代文人画　妙悟自然　澄怀观道》,《中国宗教》，2022年第3期。
28. 牛俊峰:《西方音乐中的简约主义》,《交响》（西安音乐学院学报)，2007年第1期。
29. 欧阳灿灿:《欧美身体研究述评》,《外国文学评论》，2008年第2期。
30. 朴英:《洗尽铅华，返璞归真——简约主义音乐的本质特征及其表现形式》,《乐府新声》（沈阳音乐学院学报)，2013年第2期。
31. 朴英:《史蒂夫·莱赫的简约主义音乐初探》,《乐府新声》（沈阳音乐学院学报)，2011年第3期。
32. 朴英:《菲利普·格拉斯简约音乐作品的和声特色》,《乐府新声》（沈阳音乐学院学报)，2008年第4期。

33. 戎涓仁：《简约风格的音乐作曲技术分析》，《当代音乐》，2020 年第 12 期。
34. 唐小波：《简约主义音乐创作技法之“附加过程”研究》，《星海音乐学院学报》，2011 年第 1 期。
35. 唐小波：《约翰 · 亚当斯创作中的象征手法及其结构功能》，《中央音乐学院学报》，2011 年第 4 期。
36. 唐小波：《约翰 · 亚当斯〈灵魂升华〉的“后简约主义”创作技法研究》，《音乐研究》，2011 年第 5 期。
37. 王建国：《光、空间与形式——析安藤忠雄建筑作品中光环境的创造》，《建筑学报》，2000 年第 2 期。
38. 王今：《简约派音乐》，《中央音乐学院学报》，1994 年第 4 期。
39. 王泉，朱岩岩：《解构主义》，《外国文学》，2004 年第 3 期。
40. 王斯：《过度阐释后的美感 / 可以被理解的美感——史蒂夫 · 赖克简约主义音乐中的背弃与沉湎》，《星海音乐学院学报》，2010 年第 1 期。
41. 王莹：《以简驭繁：简约主义音乐的历史渊源》，《艺海》，2012 年第 2 期。
42. 王则灵：《简约音乐作曲技法特征的分析与研究》，《吉林艺术学院学报》，2012 年第 4 期。
43. 魏明：《从数理预案、建构和陈述方式诠释中透视音乐的写意内涵——以高为杰当代民乐室内乐〈山居〉创作路径详解为例》，《中国音乐》，2019 年第 5 期。
44. 吴莹，卢雨霞，陈家建，王一鸽：《跟随行动者重组社会——读拉图尔的〈重组社会：行动者网络理论〉》，《社会学研究》，2008 年第 2 期，第 218-234 页。
45. 徐昌俊，蔡妮辰，赵媛媛：《史蒂夫 · 里奇和他的〈钢琴相位〉（Piano Phase, 1967）》，《黄钟》（中国 · 武汉音乐学院学报），2006 年第 1 期。
46. 徐婉茹：《姬尔美可的极简主义舞蹈及其戏剧构作——从姬尔美可的早期舞蹈作品说起》，《北京舞蹈学院学报》，2020 年第 3 期。
47. 王长荣：《试论当代美国小说结尾的开放性》，《外国语（上海外国语学院学报）》，1992 年第 3 期。
48. 许琛：《神性自然——瓦斯克斯神圣简约主义音乐的自然生态伦理观研究》，《艺术研究》，2019 年第 3 期。

49. 肖慧：《论简约主义音乐走向窘境的必然性》，《时代文学》，2010 年第 3 期。
50. 阎嘉：《时空压缩与审美体验》，《文艺争鸣》，2011 年第 15 期。
51. 姚亚平：《抽象音乐的观念》，《中央音乐学院学报》，1996 年第 4 期。
52. 杨婷婷：《简约主义能写交响曲吗？菲利普 · 格拉斯的交响曲创作》，《音乐爱好者》，2021 年第 1 期。
53. 杨婷：《繁简相映　继往开来——赖克〈为十八位演奏家而作的音乐〉分析研究》，《中央音乐学院学报》，2010 年第 3 期。
54. 杨天成：《关于简约派音乐作曲技术及应用分析》，《中国民族博览》，2020 年第 20 期。
55. 杨静：《简约而不“简单”——简约主义音乐的创作手法探略》，《黄河之声》，2008 年第 17 期。
56. 杨向荣：《陌生化》，《外国文学》，2005 年第 1 期。
57. 虞建华：《极简主义》，《外国文学》，2012 年第 4 期。
58. 章琼：《简约派音乐作曲技术分析》，《中国文艺家》，2019 年第 10 期。
59. 赵媛媛：《简约主义音乐和史蒂夫 · 里奇的〈为木制乐器而作〉》，《艺术探索》，2019 年第 3 期。
60. 张倩：《简约风格音乐作曲技术探析》，《中国文艺家》，2018 年第 11 期。
61. 周强：《秦文琛《向远方》（上）持续型织体化乐思及简约主义倾向》，《中国音乐》，2017 年第 4 期。
62. 张广沙：《论简约音乐作曲技术特征》，《戏剧之家》，2017 年第 19 期。
63. 张宝华：《20 世纪西方音乐概览（之十五）简约派》，《音乐生活》，2015 年第 5 期。
64. 朱宁宁：《声音材料的惯性运动在简约音乐中的表现路径》，《星海音乐学院学报》，2012 年第 3 期。
65. 张洪模：《美国简约乐派的开山祖师菲利普 · 格拉斯》，《人民音乐》，1993 年第 10 期。

（三）中文学位论文

1. 顾之勉：《微变奏——简约主义作曲技术之纲》，上海音乐学院 2008 年博士学位论文。
2. 姜蕾：《解构与重构》，上海音乐学院 2012 年博士学位论文。

3. 黄磊：《亚当斯大型管弦乐创作特征》，上海音乐学院 2017 年博士学位论文。

4. 唐小波：《约翰·亚当斯管弦乐作品创作研究》，中央音乐学院 2011 年博士学位论文。

（四）其他中文文献

1. [英]爱德华·露西·史密斯：《1945 年以来的艺术运动》，陆汉臻、景晨、刘芳元译，浙江摄影出版社，2016 年版。

2. [美]爱德华·W·萨义德：《论晚期风格：反本质的音乐与文学》，阎嘉译，生活·读书·新知三联书店，2019 年。

3. [美]爱德华·W·萨义德：《音乐的极境》，庄加逊译，广西师范大学出版社，2019 年。

4. [芬兰]埃罗·塔拉斯蒂：《音乐符号学理论》，黄汉华译，上海音乐学院出版社，2017 年。

5. [美]彼得·斯·汉森：《20 世纪音乐概论》，孟宪福译，人民音乐出版社，1986 年。

6. [英]彼得·沃森：《20 世纪思想史——从弗洛伊德到互联网》，张凤、杨阳译，译林出版社，2019 年。

7. [英]大卫·E·科珀：《存在主义》，孙小玲、郑剑文译，复旦大学出版社，2012 年版。

8. [法]笛卡尔：《第一哲学沉思集》，庞景仁译，北京：商务印书馆，1986 年。

9. [美]F·杰姆逊：《后现代主义与文化理论》，唐小兵译，陕西师范大学出版社，1987 年。

10. [美]菲利普·格拉斯：《无乐之词》，龚天鹏译，河南大学出版社，2018 年版。

11. [英]菲利普·唐斯：《古典音乐——海顿、莫扎特与贝多芬的时代》，孙国忠、沈璇、伍维曦、孙红杰译，上海音乐出版社，2012 年版。

12. [荷]佛克马、伯顿斯编：《走向后现代主义》，王宁等译，北京大学出版社，1991 年。

13. [法]贾克·阿塔利：《噪音——音乐的政治经济学》，宋素凤、翁桂堂译，上海人民出版社，2000 年版。

14. [美]K·罗伯特·施瓦茨：《简约主义音乐家》，毕祎译，上海：上海音乐出版社，2020 年版。

15. [德]康拉德·费德勒:《论艺术的本质》，丰卫平译，译林出版社，2017 年版。

16. [美]莱威等:《彼得·沃克　极简主义庭园》，王晓俊译，东南大学出版社，2003 年版，第 9 页。

17. [英]伦纳德·迈尔:《音乐、艺术与观念——20 世纪文化中的模式与指向》，刘丹霓译，杨燕迪校，华东师范大学出版社，2014 年。

18. [美]罗伯特·摩根:《二十世纪音乐：现代欧美音乐风格史》，陈鸿铎译，上海音乐出版社，2014 年版。

19. [美]罗伊格·弗朗科利:《理解后调性音乐》，杜晓十、檀革胜译，人民音乐出版社，2012 年版。

20. [美]迈克尔·弗雷德:《艺术与物性》，张晓剑、沈语冰译:《艺术与物性：论文与评论集》，江苏美术出版社，2013 年版。

21. [美]迈耶·夏皮罗:《艺术的理论与哲学：风格、艺术家和社会》，沈语冰、王玉冬译，江苏凤凰美术出版社，2016 年版。

22. [美]罗伯特·威廉姆斯:《艺术理论：从荷马到鲍德里亚》，许春阳、汪瑞、王晓鑫译，北京大学出版社，2009 年版。

23. [英]尼古拉斯·库克:《音乐分析指南》，陈鸿铎译，上海音乐出版社，2016 年。

24. 日本日经设计编著:《无印良品的设计》，袁璟、林叶译，广西师范大学出版社，2015 年版。

25. [美]塞缪尔·亨廷顿:《文明的冲突与世界秩序的重建》，新华出版社，2010 年版。

26. [日]三浦展:《极简主义者的崛起》，陶小军，张永亮译，东方出版社，2018 年版。

27. [英]斯蒂芬·利特尔:《流派》艺术卷，祝帅译，生活·读书·新知三联书店，2008 年版。

28. [英]斯图尔特·托里:《极简设计》，周安迪译，广西美术出版社，2019 年版。

29. [美]苏珊·朗格:《情感与形式》，刘大基译，中国社会科学出版社，1986 年版。

30. [德]泰奥多尔 · W · 阿多诺:《新音乐的哲学》，曹俊峰译，中央编译出版社，2019 年。
31. [美]唐纳德 · 杰 · 格劳特、克劳德 · 帕利斯卡:《西方音乐史》，余志刚译，人民音乐出版社，2010 年版。
32. [美]托马斯 · 克罗:《大众文化中的现代艺术》，吴毅强、陶铮，江苏凤凰美术出版社，2016 年版。
33. [美]特里 · 巴雷特:《为什么那是艺术: 当代艺术的美学和批评》，徐文涛、邓峻译，江苏凤凰美术出版社，2018 年版。
34. [俄罗斯]瓦西里 · 康定斯基:《艺术中的精神》，余敏玲译，邓扬舟校，重庆大学出版社，2019 年。
35. [俄罗斯]瓦西里 · 康定斯基:《康定斯基论点线面》，罗世平、魏大海、辛丽译，中国人民大学出版社，2008 年。
36. [英]威尔 · 贡培兹:《现代艺术 150 年——一个未完成的故事》，王烁、王同乐译，广西师范大学出版社，2019 年。
37. [美]约翰 · 凯奇:《沉默》，李静萤译，漓江出版社，2017 年。
38. [加]约翰 · 谢泼德、彼得 · 维克:《音乐和文化理论》，谢钟浩译，上海音乐学院出版社，2017 年。
39. [美]佐亚 · 科库尔:《1985 年以来的当代艺术理论》，梁硕恩、王春辰、何积惠、李亮之译，上海人民美术出版社，2018 年版。